古典文學研究輯刊

十七編

曾永義 主編

第6冊

唐代書論與詩論之比較研究（下）

洪曜南 著

國家圖書館出版品預行編目資料

唐代書論與詩論之比較研究（下）／洪曜南 著 — 初版 — 新北市：花木蘭文化事業有限公司，2018〔民107〕

目 4+174 面；19×26 公分

（古典文學研究輯刊 十七編；第6冊）

ISBN 978-986-485-323-6（精裝）

1. 中國文學 2. 書法 3. 文藝評論 4. 唐代

820.8　　107001698

ISBN-978-986-485-323-6

古典文學研究輯刊

十七編　第六冊　　ISBN：978-986-485-323-6

唐代書論與詩論之比較研究（下）

作　　者　洪曜南

主　　編　曾永義

總 編 輯　杜潔祥

副總編輯　楊嘉樂

編　　輯　許郁翎、王筑　美術編輯　陳逸婷

出　　版　花木蘭文化事業有限公司

發 行 人　高小娟

聯絡地址　235 新北市中和區中安街七二號十三樓

電話：02-2923-1455／傳真：02-2923-1452

網　　址　http://www.huamulan.tw 信箱 hml 810518@gmail.com

印　　刷　普羅文化出版廣告事業

初　　版　2018年3月

全書字數　362088字

定　　價　十七編26冊（精裝）新台幣50,000元

唐代書論與詩論之比較研究（下）

洪曜南 著

目次

上冊

下　冊

第六章　中唐的書論與詩論

第一節　沉潛的中唐書論

中唐從代宗大歷六年至穆宗長慶四年（771～824）韓愈卒，約五十餘年。此期書法專論僅有韓方明〈授筆要說〉，其餘則偶見於詩文中，堪稱書論的沉潛期。

一、高峰後的沉潛

（一）孟郊

孟郊（751～814）〈送草書獻上人歸廬山〉：

> 狂僧不為酒，狂筆自通天。將書雲霞片，直至清明巔。手中飛黑電，象外瀉玄泉。萬物隨指顧，三光為迴旋。聚書雲霮䨴，洗硯山晴鮮。忽怒畫蛇虺，噴然生風煙。江人願停筆，驚浪恐傾船。〔註 1〕

全詩極寫獻上人書草的情景，以「象外瀉玄泉」寫草書能流瀉出象外之意，乃盛唐詠草時風之續，但卻以「象外」一詞表之，提示了對書法非具象本質特性的理解。

（二）韓愈

韓愈（768～824）與書法相關的文字有〈送高閑上人序〉及〈石鼓歌〉。〈送高閑上人序〉云：

〔註 1〕唐・孟郊：〈送草書獻上人歸廬山〉，《全唐詩》（台北：明倫出版社，1971 年 5 月），卷 379，頁 4249。

苟可以寓其巧智，使機應於心，不挫於氣，則神完而守固，雖外物至，不膠於心……。

往時張旭善草書，不治他技。喜怒窘窮，憂悲、愉佚、怨恨、思慕、酣醉、無聊、不平，有動於心，必於草書焉發之。觀於物，見山水崖谷，鳥獸蟲魚，草木之花實，日月列星，風雨水火，雷霆霹靂，歌舞戰鬥，天地萬物之變，可喜可愕，一寓於書。故旭之書，變動猶鬼神，不可端倪，以此終其身而名後世。今閑之於草書，有旭之心哉！不得其心而逐其迹，未見其能旭也。爲旭有道，利害必明，無遺錙銖，情炎於中，利欲斗進，有得有喪，勃然不釋，然後一決於書，而後旭可幾也。今閑師浮屠氏，一死生，解外膠。是其爲心，必泊然無所起；其於世，必淡然無所嗜。泊與淡相遭，頹墮委靡，潰敗不可收拾，則其於書得無象之然乎！〔註2〕

韓愈所論主要是談創作，且不是談方法、技巧而是聚焦於創作時的情感狀態。他強調要有較爲強烈的主觀情感——「不平」之心，方能於草書有所表現。「不平」即是一種動勢，但他所謂「不平」，乃有理智制約的「不平」，一如張旭之所爲。〔註3〕韓愈的這種看法，與他的文學主張一致，強調的是「不平則鳴」。其實韓愈於此所指出的問題可謂一針見血，蓋佛家重「寂」，要求捨離；道家重「逸」，蓋求自在；而儒家重「志」，欲有作爲。當時許多釋家或未必眞有捨離之心，實際所行或近於道家「自然」「無爲」的路子，或許韓愈想藉此召喚高閑，與其當個假和尚，不如考慮回頭作眞儒？

除了強調「有動於心」的創作情感之外，這篇序文還有幾個重點：一是學書必須專心致志；二是除了用志不分，法中求精外，還要再書外觀物，法外取意；三是要求書家在創作實踐時，必須托「物」言志，寓情於書。因此，韓愈的書學主張或可以「專」、「變」、「發」來概括。〔註4〕

〔註2〕唐・韓愈：〈送高閑上人序〉，《昌黎先生集》卷二十一。或見《全唐文新編》卷555，頁6402。

〔註3〕成復旺：《神與物游：中國傳統審美之路》（濟南：山東人民出版社，2007年1月），頁118。

〔註4〕楊璋明：〈韓愈的書論及其作品〉，《書法》雜誌編輯部編：《書法文庫——群星璀璨》（上海：上海書畫出版社，2008年1月），頁149～155。原刊《書法》1980年第6期（總15期）。

韓愈〈石鼓歌〉〔註5〕描述石鼓文：「鸞翔鳳翥眾仙下，珊瑚碧樹交枝柯。金繩鐵索鎖紐壯，古鼎躍水龍騰梭。」採用形象類喻的方法，以顯其遒勁屈曲而又有活力的模樣。其所指或未必全指向書法，實際上當兼指石鼓的文字之美。應該說，此處書法與文字不分。又批評王羲之曰：「羲之俗書趁姿媚，數紙尚可博白鵝」，認爲王書「姿媚」，雖有刻意強調古文字之美的意味，但似乎也有復古（樸）的審美傾向。

整體而言，韓愈對書法的看法乃繼盛唐重「變」與「復古」之書學理念的自然發展，而「有動於心」之說則可謂孫過庭《書譜》情感論的翻版。

（三）柳宗元

柳宗元（773～819）雖無論書文字，但其〈報崔黯秀才論爲文書〉言及：

> 學者務求諸道而遺其辭。辭之傳於世者，必由於書。道假辭而明，辭假書而傳，要之之道而已耳。道之及物而已耳，斯取道之內者也。今世因貴辭而矜書，粉澤以爲工，遒密以爲力，不亦外乎？吾子之所言道，匪辭而書，其所望於僕亦匪辭而書，是不亦去及物之道愈以遠乎？……凡人好辭工書者，皆病癖也。〔註6〕

柳氏以「辭」與「書」爲「之道」之工具，因而認爲好辭工書皆是病癖，其重道輕書之程度可見一般。又從其所述可知有「貴辭而矜書，粉澤以爲工，遒密以爲力」的時風。又柳氏〈邕州馬退山茅亭記〉云：「夫美不自美，因人而彰。蘭亭也，不遭右軍，則清湍脩竹，蕪沒於空山矣。」〔註7〕乃強調書家的主體性。與前述引文並看，其重視創作主體的立場十分明顯。

（四）劉禹錫（772～842）。

劉禹錫有〈論書〉一文云：

> 或問曰：書足以記姓名而已，工與拙何損益於數哉？答曰：此誠有之，蓋舉上之說爾，非蹈中之說。……藝者何，禮樂射御書數之謂，是則藝居三德之後而士必游之也；書居數之上而六藝之一也。……

〔註5〕唐・韓愈：〈石鼓歌〉，《昌黎先生集》卷五。《全唐詩》，卷340，頁3810。

〔註6〕唐・柳宗元：〈報崔黯秀才論爲文書〉，《柳宗元集》（台北：漢京文化事業有限公司1982年5月），頁886。

〔註7〕唐・柳宗元：〈邕州馬退山茅亭序〉，《文淵閣四庫全書》集部二・別集類・漢至五代・《柳河東集》卷二十七。

> 所謂中道而言，書者何處之文學之下，六博之上。材鈞而善者得以加譽，過鈞而善者得以議能。〔註 8〕

劉氏以「書」爲六藝之一，「處之文學之下，六博之上」，將書法定位得非常清楚，較之柳宗元以好辭工書爲病癖之見，似乎具有更爲寬容的文藝視野。

二、對「筆法」的重視

（一）張敬玄

張敬玄（生卒年不詳，唐德宗貞元年間人），《新唐書》卷五十七錄張敬玄著〈書則〉一卷，明陶宗儀《書史會要》卷九載錄其文：

> 楷書把筆，妙在虛掌運腕，不宜把筆苦緊，緊則轉腕不得，既腕不轉，則字體或粗或細，上下不均，雖多用力，元來不當。又云：楷書只虛掌轉腕，不要懸臂，氣力有限；行草書即須懸腕，筆勢無限。不懸腕，筆勢有限。又云：其初學書，先學眞書，此不失節也。若不先學眞書，便學縱體爲宗主，後却學眞體，難成矣。〔註 9〕

張氏強調楷書要「虛掌轉腕」而不須懸臂；草書筆勢無限故須懸臂。又主張宜先習眞書而後縱體。所論皆從學書角度指示注意事項而多論執筆與用筆。

（二）韓方明

韓方明（生卒年不詳，貞元時人）有〈授筆要說〉，乃至今所傳中唐唯一書法專論。摘要於下：

> 昔歲學書，專求筆法。……今言筆法，亦不言自張芝。芝自云比崔、杜不足，即可信乎筆法起自崔瑗子玉明矣。清河公雖云傳筆法於張旭長史，世之所傳得長史法者，唯有得「永」字八法，次有五執筆，已下并未之有前文者乎。方明傳之於清河公，問八法起於隸字之始，後漢崔子玉歷鍾、王以下，傳授至於永禪師，而至張旭始弘八法，次演五勢，更備九用，則萬字無不該於此，墨道之妙，無不由之以成也。夫把筆有五種。大凡筆長不過五六寸，貴用易便也。第一執

〔註 8〕唐・劉禹錫：〈論書〉，宋・朱長文編：《墨池編》卷五，盧輔聖主編：《中國書畫全書（一）》，頁 245～246。

〔註 9〕唐・張敬玄：〈論書〉，明・陶宗儀《書史會要》卷九，盧輔聖主編：《中國書畫全書（三）》，頁 621。

管。夫書之妙在於執管，既以雙指苞管，亦當五指共執，其要實指虛掌，鉤、擫、訐、送，亦曰抵送，以備口傳手授之說也。世俗皆以單指苞之，則力不足而無神氣……。（徐公）又曰：夫執筆在乎便穩，用筆在乎輕健，故輕則須沉，便則須澀，謂藏鋒也。……然意在筆前，筆居心後，皆須存用筆法，想有難書之字，預於心中佈置，然後下筆，自然容與徘徊，意態雄逸，不得臨時無法，任筆所成，則非謂能解也。〔註10〕

〈授筆要說〉歷述筆法傳授淵源，且介紹了五種把筆方法，而韓氏特鍾「執管」；此外他強調「執筆在乎便穩，用筆在乎輕健」，則所謂「筆法」兼及執筆與用筆；文末特別說明「意在筆前」的重要；又從文中可知他有重視「力」、「雄逸」的審美傾向。後二者前人皆已有所述，韓氏書論突出之處蓋在對「筆法」之重視與更爲細密的探求。

（三）〈筆陣圖〉

〈筆陣圖〉，首見於晚唐張彥遠《法書要錄》，載爲衛夫人作，但前代從未稱引，僅《書譜》論及王羲之〈筆陣圖〉；其後，蔡希綜〈法書論〉引「夫三端之妙，莫先乎用筆」，直說是「右軍〈筆陣圖〉云」。〔註11〕可見舊傳〈筆陣圖〉或爲王羲之所作，張天弓則以其爲唐天寶以後人所僞托。〔註12〕筆者推測其主要作僞年代約在中唐，故置此討論。其文曰：

凡學書字，先學執筆。若眞書，……。下筆點畫波撇屈曲，皆須盡一身之力而送之。初學先大書，不得從小。善鑒者不寫，善寫者不鑒。善筆力者多骨，不善筆力者多肉……。一，如千里陣雲，隱隱然其實有形；丶如高峰墜石，磕磕然實如崩也……。若執筆遠而急，意前筆後者勝。……然心存委曲，每爲一字，各象其形，斯造妙矣，書道畢矣。〔註13〕

此篇指導學書的用意十分明顯，文中雖言「自非通靈感物，不可與談斯道」，但所述仍較先前之書論更爲實際和詳盡。其主張學書以執筆、大字爲先，且提及「須盡一身之力而送之」，又對基本筆劃有精采的譬喻，相當重視「（執

〔註10〕唐・韓方明：〈授筆要說〉，《全唐文新編》，頁5708～5709。

〔註11〕唐・蔡希綜：〈法書論〉，見《書苑菁華》卷十二，盧輔聖主編：《中國書畫全書（三）》，頁64。

〔註12〕張天弓：《張天弓先唐書學考辨文集》，頁105～108、399、402。

〔註13〕〈筆陣圖〉，見《法書要錄》，盧輔聖主編：《中國書畫全書（一）》，頁32。

筆）法」、「勢」、「骨」、「力」及「意」等，最後歸於一心，而求「象其形」。其所謂「形」者，當然不只是外在的形式，還包括其內涵的「勢」、「力」、「意」等，簡言之，就是一種與形式結合爲一體而具有生氣的「象」。又其「善鑒者不寫，善寫者不鑒」，或來自張懷瓘《書斷・下》：「能言之者未必能行，能行之者未必能言，何必備能而後爲評」的觀點。

（四）傳王羲之〈題衛夫人〈筆陣圖〉後〉

傳王羲之〈題衛夫人〈筆陣圖〉後〉〔註 14〕首見於晚唐張彥遠《法書要錄》卷一，余紹宋《書畫書錄解題》認爲〈筆陣圖（並題後）〉「爲六朝人所僞托，殆無可疑」〔註 15〕；張天弓則以爲〈題衛夫人〈筆陣圖〉後〉（或稱〈用筆陣圖法〉）全篇皆抄襲〈法書論〉文字改飾而成，作僞時間在唐天寶以後，〔註 16〕本文從此。〈題衛夫人〈筆陣圖〉後〉以兵陣比擬書法（以兵擬書，首見於李世民），有謂「心意者將軍也」，並強調「意在筆前」，書前宜「凝神靜思」；又謂〈筆陣圖〉適用於眞、行，若草書則有別法；末段「夫書先須引八分、章草入隸字中，發人意氣，若直取俗字，則不能先發。」頗有以復古之內質先發「意氣」而否定俗字之見。

（五）〈筆勢圖〉

〈筆勢圖〉〔註 17〕首見於《墨藪》卷二，上半篇乃僞衛夫人〈筆陣圖〉前半篇，下半篇爲《墨池編》卷一〈王羲之書論四篇〉之三；亦即《書苑菁華》卷一王羲之〈筆陣圖〉（一作〈筆勢圖〉）；《佩文齋書畫譜》卷五收入題爲〈書論〉。張天弓以〈筆勢圖〉必唐天寶以後人所僞托。〔註 18〕〈書論〉提到「大抵書須存思，余覽李斯等論筆勢，及鍾繇書，骨甚是不輕……。」「欲書先構筋力，然後裝束」「每作一字，須用數種意」「若作一紙之書，須字字意別」「凡書貴乎沉靜，令意在筆前，字居心後，未作之始，結思成矣」「筆

〔註 14〕傳晉・王羲之〈題衛夫人〈筆陣圖〉後〉，見《法書要錄》，盧輔聖主編：《中國書畫全書（一）》，頁 32～33。

〔註 15〕余紹宋：《書畫書錄解題》（杭州：浙江人民出版社，1982 年 11 月，據 1932 年國立北平圖書館排印本影印），卷九頁一。

〔註 16〕張天弓：〈王羲之書學論著考辨〉，氏著：《張天弓先唐書學考辨文集》，頁 111～113、398。

〔註 17〕〈筆勢圖〉，見《墨藪》，盧輔聖主編：《中國書畫全書（一）》，頁 23～24。

〔註 18〕張天弓：〈王羲之書學論著考辨〉，氏著：《張天弓先唐書學考辨文集》，頁 108～111、399。

是將軍，故須遲重……。心是箭鋒，箭不欲遲……。」強調筋骨勢力和意在筆前，又論及用筆的遲重緩急……等。最特別的是提出須「用數種意」與「字字意別」，可視爲書法「意」論的發展，然於一字之中用數種意，又求字字之意別，則難免有用意過甚之缺。

（六）〈王逸少筆勢傳〉

〈王逸少筆勢傳〉〔註19〕首見於《墨藪》卷一，《書苑菁華》卷十八作〈王羲之筆勢傳〉，文有出入。張天弓以斯篇乃剽竊蔡希綜〈法書論〉而成。他又據《唐國史補》卷下載：「長安風俗，自貞元（785～805）侈於游宴，其後侈於書法、圖畫。」懷疑僞造前代筆法文字，恐多出自此時。〔註20〕總之，所論性質多聚焦於筆法，此乃此期出現之書論的一大特色。

（七）傳鍾繇〈筆法〉

傳鍾繇〈筆法〉，首見於傳唐韋續《墨藪‧用筆法并口訣》〔註21〕，實因襲蔡希綜〈法書論〉增飾而成。〔註22〕

除以上所介紹者之外，有李肇（生卒年不詳，憲宗元和時人）於《唐國史補》記大書法家張旭說：「張旭草書得筆法，後傳崔邈、顏眞卿。旭言：『始吾見公主擔夫爭路而得筆法之意；後見公孫氏舞劍器，而得其神。』旭飲酒輒草書，揮筆而大叫，以頭搵水墨中而書之，天下呼爲『張顚』。醒後自視，以爲神異，不可復得。」〔註23〕描述張旭草書創作之狂，所述核心在筆法及其傳承，亦見此期書論多聚焦於筆法的特質。

綜觀中唐書論，既少有創見而多因襲，其論述重心在對筆法之強調，即如僞託者亦難脫此時代格局，可謂既承續盛唐遺緒，又開晚唐聚焦於筆法之風。

〔註19〕〈王逸少筆勢傳〉，見《墨藪》，盧輔聖主編：《中國書畫全書（一）》，頁22。

〔註20〕張天弓：〈王羲之書學論著考辨〉，氏著：《張天弓先唐書學考辨文集》，頁115。

〔註21〕唐‧蔡希綜：〈法書論〉，《書苑菁華》卷十二，盧輔聖主編：《中國書畫全書（三）》，頁18。

〔註22〕張天弓：〈「鍾繇筆法」考辨〉，氏著：《張天弓先唐書學考辨文集》，頁51～52。

〔註23〕唐‧李肇：《唐國史補》，《學津討原》，嚴一萍選集：《百部叢書集成》（台北：藝文印書館，1964年），卷上頁三。或見陳尚君輯校：《全唐文補編》（北京：中華書局，2005年）卷77，頁949。

第二節　儒家心性觀與因時而變的中唐詩論

一、儒家心性觀的強調

（一）顧況

顧況（約727～約821～824）〔註24〕〈文論〉〔註25〕：

> 建安正始，洛下鄴中，吟詠風月，此其所以亂文也。夫以文求士，十致八九，理亂由之，君臣則之。……廢文則廢天，莫可法也。廢天則廢地，莫可理也。廢地則廢人，莫可象也。郁郁乎文哉！法天理地象人者也。

作者對於文的定義寬泛，然謂吟詠風月所以亂文，而主張法天理地象人，正可見其儒家詩教立場。又其〈悲歌序〉:「情思發動，聖賢所不免也，故師乙陳其宜，延陵審其音，理亂之所經，王化之所興，信無逃於聲教，豈徒文彩之麗？」〔註26〕則具緣情觀，並重音聲之教。

（二）高仲武

高仲武（生卒年不詳）自至德初年開始選唐人詩，迄大歷末年編成《中興間氣集》，其〈中興間氣集序〉云：

> 詩人之作，本諸於心，心有所感而形於言，言合典謨則列於風雅。……《英華》失於浮游，《玉台》陷於淫靡，《珠英》但紀朝士，《丹陽》止錄吳人。此由曲學專門，何暇兼包眾善……但使體狀風雅，理致清新，觀者易心，聽者竦耳，則朝野通取，格律兼收。〔註27〕

高仲武《中興間氣集》詩學思想最突出的一點是對「風雅」的提倡。其「風雅」主要有兩方面的含義：一方面是指詩歌的內容必須有助於教化；另一更重要的內涵在詩歌藝術方面，不但與元結的「風雅」相融通，還包括詩歌藝術上的雅調，包括高雅、典雅、閒雅等審美內含，與他所推崇的清贍情致相一致。〔註28〕

〔註24〕顧況生卒年，據趙昌平考證，約生於玄宗開元十五年（727）前後，卒於長慶（821～824）年間。

〔註25〕唐·顧況：〈文論〉，《全唐文新編》，頁6156。

〔註26〕唐·顧況：〈悲歌序〉，《全唐詩》卷265，頁2942。

〔註27〕唐·高仲武：〈中興間氣集序〉，《全唐文新編》，頁5391。

〔註28〕陳伯海、蔣哲倫主編；倪進等著：《中國詩學史·隋唐五代卷》，頁183～184。

與殷璠《河嶽英靈集》相比，《中興間氣集》在體裁方面最顯著的特點是樂府詩歌的減少——由《河嶽英靈集》的四十首銳減到一首，其次是邊塞題材作品由二十一首減到七首。與這兩類題材銳減相對的是送行詩和律詩（特別是五律）的比例大增。〔註 29〕又在入選《中興間氣集》中的二十六位詩人，都曾程度不同地寫出過一些具有歷史眞實性的詩篇，反映了這一時期詩歌創作的歷史風貌。它讓我們看到從杜甫、元結到白居易，關心現實、同情人民的創作思想在歷史中的演變發展。〔註 30〕又《河嶽英靈集》的意象描述中凸顯了「遠」的價値，反映的是盛唐詩歌以自然語言表現深遠意蘊的意象特徵；而《中興間氣集》中的「興致」則以「繁富」相譽（《中興間氣集》卷上評韓翃詩「興致繁富」），呈顯了中唐詩歌意象內涵密集和精巧綺麗的語言特徵。〔註 31〕

（三）李益

李益（748～829）〈詩有六義賦〉：

> 爾其德以頌宣，事以類比。……屬詞庶因於勸誡，緣情孰多夫綺靡。……至於詩之爲稱，言以全興；詩之爲志，賦以明類。亦有感於鬼神，豈止明夫禮義？王澤竭而詩不作，周道微而興以刺，俾乃審音之人，于以知風之自。〔註 32〕

李益雖論詩教六義，但其觀點卻不偏狹，故有「緣情孰多夫綺靡」、「亦有感於鬼神」之論。

（四）孟郊

孟郊（751～814）約作於貞元九年的〈送任齊二秀才自洞庭游宣城詩序〉云：

> 文章者，賢人之心氣也。心氣樂，則文章正，心氣非，則文章不正。當正而不正，心氣之僞也。賢與僞，見於文章。一直之詞，衰代多禍，賢無曲詞。文章之曲直，不由心氣，心氣之悲樂，亦不由賢人，由於時故。〔註 33〕

〔註 29〕陳伯海、蔣哲倫主編；倪進等著：《中國詩學史・隋唐五代卷》，頁 188～189。
〔註 30〕黃保眞等：《中國文學理論史——隋唐五代宋元時期》，頁 163。
〔註 31〕徐艷：《中國中世文學思想史——以文學語言觀念的發展爲中心》，頁 319。
〔註 32〕唐・李益：〈詩有六義賦〉，《全唐文新編》，頁 5688。
〔註 33〕唐・孟郊：〈送任齊二秀才自洞庭游宣城詩序〉，《全唐詩》卷 378，頁 4244～4245。

孟郊詩學觀較値得注意的有三點：一是高揚「六義」，崇尚雅正，注重詩歌反映社會、人生的功能；二是關於「心氣」與造化的關係，他將之歸於「時」；三是其詩歌接受觀。孟郊對前代詩人詩作特別看重國風、宋玉、建安七子、謝靈運、李白等。韓愈首將李、杜並稱，而孟郊只標舉李白，可見韓愈所接受的乃是李、杜共有的那種雄豪強建、思出天外，而不僅僅是李白的那種浪漫與清新流轉。〔註 34〕又孟郊、李賀以「苦吟」名世，其苦吟實質上是借助詩的形式表達內心不平的意氣；相對而言，賈島、姚合的苦吟則更多是指向詩本身，其爲詩而詩的創作意圖更爲純粹。〔註 35〕

（五）權德輿

權德輿（759～818）〈唐故漳州刺史張君集序〉曰：

> 善乎揚子雲之言，曰：『詩人之賦麗以則』。班固亦曰：『賦者，古詩之流也。』至若言天下之事業，美盛德之形容，皆源委於是，而派流寖大。然則體物導志，其爲文之本歟。〔註 36〕

權氏能接受「麗」的審美觀，但仍認爲「體物導志」才是爲文之本，因此其〈答柳福州書〉謂：「近者祖習綺靡，過於雕蟲，俗謂之甲賦律詩，儷偶對屬……」〔註 37〕反對過於雕蟲綺靡，又〈唐使君盛山唱和集序〉：「士君子以文會友，緣情放言，言必類而思無邪。」〔註 38〕亦是同一立場。

作爲中唐詩人，自難免受釋、道思想之影響，其〈送靈澈上人廬山回歸沃洲序〉有言：「泝沿鏡中，靜得佳句。然後深入空寂，萬慮洗然。則向之物境，又其稊稗也。」〔註 39〕權德輿〈左武衛冑曹許君集序〉更提及：「凡所賦詩，皆意與境會，疏導情性，含寫飛動，得之於靜，故所趣皆遠。」〔註 40〕與王昌齡相比，權氏將「凝心」置換成「疏導情性」，使寫「意」的味道更濃；且其提出「意與境會」的概念，在心物之間取平等對待的態度，而不再是王昌齡以「心」、「意」貫注於「物」、「境」的方式。〔註 41〕値得注意的是，作

〔註 34〕陳伯海、蔣哲倫主編；倪進等著：《中國詩學史・隋唐五代卷》，頁 207～209。
〔註 35〕陳伯海、蔣哲倫主編；倪進等著：《中國詩學史・隋唐五代卷》，頁 233。
〔註 36〕唐・權德輿：〈唐故漳州刺史張君集序〉，《全唐文新編》，頁 5842。
〔註 37〕唐・權德輿：〈答柳福州書〉，《全唐文新編》，頁 5812。
〔註 38〕唐・權德輿：〈唐使君盛山唱和集序〉，《全唐文新編》，頁 5811。
〔註 39〕唐・權德輿：〈送靈澈上人廬山回歸沃洲序〉，《全唐文新編》，頁 5835。
〔註 40〕唐・權德輿：〈左武衛冑曹許君集序〉，《全唐文新編》，頁 5812。
〔註 41〕陳伯海、蔣哲倫主編；倪進等著：《中國詩學史・隋唐五代卷》，頁 272。

爲文壇盟主的權德輿，在「疏導情性」的詩學思想指導下，將創作引向了娛情一路，並由此顯示其個性特徵。〔註 42〕

二、因時而變的發展

（一）韓愈

1、詩文分流

韓愈（768～824）在〈答竇秀才書〉中說自己：「發憤篤專於文學」〔註 43〕，驗之其文學主張，或非虛言。其詩之創作大抵與當時書畫藝術趨於同一方向，即在藝術的深層尋求一種帶有自我心靈返照的、異乎尋常的審美方式，從而創造出一種險峻怪奇的藝術風格。〔註 44〕他放棄古來以中和爲理想的藝術規則，忽視感官愉悅而代之以強烈、怪異、變形的多樣化追求，實質上是對古典美學的全面反叛。〔註 45〕「以文爲戲」正是批評韓愈在創作表現上的有意出格。〔註 46〕韓愈在〈答張籍書〉爲自己辯解說：「此吾所以爲戲耳；比之酒色，不有間乎？」〔註 47〕難道不是因爲它有助於擺脫儒家文藝傳統的既有束縛，從而獲得揮灑性靈的自由？〔註 48〕基本上，韓愈把詩視爲作文「傳道」之餘的「餘事」，所以他以爲詩與文的功能不同，詩的目的主要在書憤解憂、娛樂自己。既以表現自我爲詩歌創作的核心，則自然會帶有很濃厚的感情色彩和自我個性。〔註 49〕後人常謂韓愈以文爲詩，若就形式論，古詩近於古文，而律絕詩近於駢文，韓愈作爲一個重要的古文家，其以古文爲古詩實乃理所當然。〔註 50〕詩文效用之區分在此期似乎是比較普遍的現象，但由於韓愈對

〔註 42〕陳伯海、蔣哲倫主編；倪進等著：《中國詩學史・隋唐五代卷》，頁 200～203。
〔註 43〕唐・韓愈：〈答竇秀才書〉，《全唐文新編》，頁 6364。
〔註 44〕孟二冬：〈韓孟詩派的創新意識及其與中唐文化趨向的關係〉，《中國社會科學》1989 年第 6 期，頁 155～170。
〔註 45〕蔣寅：《百代之中：中唐的詩歌史意義》，頁 183。
〔註 46〕〔日〕川合康三著；劉維治、張劍、蔣寅譯：《終南山的變容：中唐文學論集》（上海：上海古籍出版社，2007 年 8 月），頁 175、181。
〔註 47〕唐・韓愈：〈答張籍書〉，《全唐文新編》，頁 6362。
〔註 48〕畢寶魁：〈論韓孟詩派的形成與發展〉，見傅璇琮主編：《唐代文學研究・第九輯》（桂林：廣西師範大學，2002 年 4 月），頁 457。
〔註 49〕〔韓〕李揆一：〈韓詩異文論及其體現〉，傅璇琮主編：《唐代文學研究・第九輯》，頁 460、462。
〔註 50〕程千帆：〈韓愈以文爲詩說〉，郭紹虞等：《古代文學理論研究叢刊》（台北：新文豐出版公司，1989 年 6 月台一版），頁 256。

古文的大力實踐與提倡，加上他個人詩文風格表現的迥然有別，使得詩與文的界線至此而涇渭分明。韓愈在古文方面竭力維護儒家正統，在詩方面則有衝破儒家正統詩學思想之限制的努力，表面上看來頗為矛盾，實際上對韓愈而言，詩文之功能截然二分，因而沒有矛盾問題。

2、「不平則鳴」與「氣盛言宜」

韓愈〈送孟東野序〉：

> 大凡物不得其平則鳴……。人聲之精者為言，文辭之於言，又其精也，尤擇其善鳴者而假之鳴。〔註51〕

韓愈所謂的「不平」，似是指感情激蕩、不可已已而言。〔註52〕此理論主張首源於《荀子・樂論》和《禮記・樂記》的情本說而更接近〈詩大序〉的情本說，另一個淵源則應是司馬遷的「發憤著書」說。〔註53〕然而韓愈使它具有更強烈的主觀色彩，並與崇尚怪奇之美的審美情趣相結合，遂開出一條新的詩歌創作天地，後來更開啓了歐陽修「詩窮而後工」的論點。

韓愈又在〈答李翊書〉中說：「氣，水也；言，浮物也」〔註54〕，以文氣救道之缺失是文學理論史上的一個重要轉折，韓愈的「氣盛言宜」說大抵是針對「文」而發的，但是這種具有本質性的觀點，很難說對於其詩觀沒有影響。「氣盛」之說首出於孟子之論；後來劉勰《文心雕龍》將養氣納入文學理論，從澡雪精神、入興貴閑等角度加以討論；韓愈則以「氣盛言宜」揭示養氣與創作的具體關係。〔註55〕「氣盛言宜」與「不平則鳴」二者並不相衝突，皆強調「氣」在文藝創作中的重要性。

3、奇崛險怪與平淡之辯證

韓愈〈荊潭唱和詩序〉：

> 夫和平之音淡薄，而愁思之聲要妙；讙愉之辭難工，而窮苦之言易好也。是故文章之作，恒發於羈旅草野；至若王公貴人氣滿至得，

〔註51〕唐・韓愈：〈送孟東野序〉，《全唐文新編》，頁6394。

〔註52〕羅宗強：〈韓愈〉，牟世金主編：《中國古代文論家評傳》（鄭州：中州古籍出版社，1988年8月），頁358。

〔註53〕朱志榮主編：《中國古代文論名篇講讀》（北京：北京大學出版社，2006年1月），頁157。

〔註54〕唐・韓愈：〈答李翊書〉，《全唐文新編》，頁6371。

〔註55〕趙樹功：《氣與中國文學理論體系構建》（北京：人民出版社，2012年3月），頁28。

非性能而好之，則不暇以爲。……乃能存志乎詩書，寓辭乎詠歌，往復循環，有唱斯和，搜奇抉怪，雕鏤文字，與韋布里閭憔悴專一之士較其毫厘分寸，鏗鏘發金石，幽眇感鬼神，信所謂材全而能鉅者也。〔註 56〕

提出「淡」、「妙」、「工」等審美標準以及「窮苦之言易好」的觀點，強調由衷抒發不平之心境。前述「不平則鳴」的觀點反映於詩歌已轉爲奇峭險怪，進而爲苦吟。

韓愈〈薦士〉則較集中地體現了其詩歌發展史觀，並呈顯韓孟詩派的語言風格與詩美境界：

周詩三百篇，雅麗理訓誥。曾經聖人手，議論安敢到。五言出漢時，蘇李首更號。東都漸彌漫，派別百川導。建安能者七，卓犖變風操。逶迤抵晉宋，氣象日凋耗。中間數鮑謝，比近最清奥。齊梁及陳隋，眾作等蟬噪。搜春摘花卉，沿襲傷剽盜。國朝盛文章，子昂始高蹈。勃興得李杜，萬類困陵暴。後來相繼生，亦各臻閫奥。有窮者孟郊，受材實雄驁。冥觀洞古今，象外逐幽好。橫空盤硬語，妥帖力排奡。敷柔肆紆餘，奮猛卷海潦。〔註 57〕

又於〈貞曜先生墓志銘〉讚美孟郊：

及其爲詩，劌目鉥心，刃迎縷解，鉤章棘句，掐擢胃腎，神施鬼沒，間見層出。惟其大玩於詞而與世抹摋，人皆劫劫，我獨有餘。〔註 58〕

肯定其爲排遣世慮而醉心於玩味文學。韓愈論詩主倡苦思與功力，其〈詠雪贈張籍〉云：「雕刻文刀利，搜求智網灰。」〔註 59〕但這種雕刻、搜求的最高境界是不露人工之痕跡，故早在元和六年（811）其〈送無本師歸范陽〉即曰：「狂詞肆滂葩，低昂見舒慘。奸窮怪變得，往往造平淡。」〔註 60〕（無本即賈島）又其〈醉贈張秘書〉：「險語破鬼膽，高詞媲皇墳。至寶不雕琢，神功謝鋤耘。」〔註 61〕顯見天工自然的境界是他的詩美理想，因而李杜並美說始於韓愈（〈調張籍〉），絲毫不令人感到訝異。

〔註 56〕唐・韓愈：〈荊潭唱和詩序〉，《全唐詩》卷 337，頁 3780。
〔註 57〕唐・韓愈：〈薦士〉，《全唐詩》，卷 337，頁 3780～3781。
〔註 58〕唐・韓愈：〈貞曜先生墓志銘〉，《全唐文新編》，頁 6485。
〔註 59〕唐・韓愈：〈詠雪贈張籍〉，《全唐詩》，卷 343，頁 3844。
〔註 60〕唐・韓愈：〈送無本師歸范陽〉，《全唐詩》，卷 340，頁 3810。
〔註 61〕唐・韓愈：〈醉贈張秘書〉，《全唐詩》，卷 337，頁 3774。

（二）劉禹錫

劉禹錫（772～824）有書法墨跡〈張好好詩〉〔註62〕，不以骨勁見長，而多文人雅麗之韻。他以詩爲高，故〈唐故尚書主客員外郎盧公集紀〉云：「心之精微，發而爲文；文之神妙，詠而爲詩。」〔註63〕又〈董氏武陵集序〉：

> 片言可以明百意，坐馳可以役萬景，工於詩者能之。風、雅體變而興同，古今調殊而理冥，達於詩者能之。工生於才，達生於明，二者還相爲用，而後詩道備矣。……詩者，其文章之蘊邪！義得而言喪，故微而難能。境生於象外，故精而和寡。〔註64〕

認爲「片言可以明百意，坐馳可以役萬景」，故「詩者，其文章之蘊邪」；又雖然風雅體變、古今調殊，但「興」、「理」則同；更強調詩之「工」與「達」，尤爲難得的是提出了「境生於象外」的意境論。此處還要注意的是「義—言」與「境—象」的對應關係，故劉氏〈答柳子厚書〉:「氣爲幹，文爲枝」〔註65〕，凡詩文以氣爲本，以文爲末，此書中並對創作與批評加以區隔，與盛唐張懷瓘之書論同見。劉氏又有〈彭陽唱和集引〉曰：「胸中之氣伊郁蜿蜒，泄爲章句，以遣愁沮。」〔註66〕此則與韓愈「不平則鳴」相類也。又〈秋日過鴻舉法師院便送歸江陵序〉：

> 能離欲則方寸地虛，虛而萬景入，入必有所泄。及形乎詞，詞妙而深者必依於聲律。故自近古而降，釋子以詩聞於世者相踵焉。因定而得境，故翛然以清，由慧而遣詞，故粹然以麗。〔註67〕

此則強調創作本體之虛與聲律之必要，而以「清」、「麗」美之。劉勰有「陶鈞文思，貴在虛靜」以及「四序紛回，入興貴閑」之說，劉禹錫則提出「能離欲，則方寸地虛，虛而萬景入」的論點，由「閑」而「虛」，似又增添了釋家的影響因子。

〔註62〕唐・劉禹錫〈張好好詩〉，墨跡見《中華五千年文化集刊——法書一》（台北：故宮博物院中華五千年文化集刊編輯委員會，1984年10月），頁218～224。
〔註63〕唐・劉禹錫：〈唐故尚書主客員外郎盧公集紀〉，《全唐文新編》，頁6856。
〔註64〕唐・劉禹錫：〈董氏武陵集序〉，《全唐文新編》，頁6858。
〔註65〕唐・劉禹錫：〈答柳子厚書〉，《全唐文新編》，頁6845。
〔註66〕唐・劉禹錫：〈彭陽唱和集引〉，《全唐文新編》，頁6858。
〔註67〕唐・劉禹錫：〈秋日過鴻舉法師院便送歸江陵序〉，《劉禹錫箋證》（上海：上海古籍出版社，1989年12月），頁956～957。

以劉禹錫、權德輿等人爲代表的詩學理論，受佛家心性修養意識的影響，呈顯了唐代山水詩論的獨特內涵，而有別於主要是承續六朝物色論系統的王昌齡詩論。〔註 68〕

由以上之分析，可見劉禹錫之詩學理念並未特別偏於某一方，但他能從藝術的立場出發而以詩爲高，不排除「清」、「麗」、「聲律」之美，又融入釋家之理念，更提出「境生於象外」的概念，使詩學之意境論又向前跨了一大步。

（三）白居易

白居易（772～846）〈與元九書〉：

> 人之文，六經首之。就六經言，《詩》又首之。何者？聖人感人心而天下和平。感人心者，莫先乎情，莫始乎言，莫切乎聲，莫深乎義。詩者，根情，苗言，華聲，實義。……每與人言，多詢時務，每讀書史，多求理道，始知文章合爲時而著，歌詩合爲事而作。……啓奏之外，有可以救濟人病，裨補時闕，而難於指言者，輒咏歌之，欲稍稍遞進聞於上。……除讀書屬文外，其他懵然無知，乃至書畫棋博可以接群居之歡者，一無通曉，即其愚拙可知也。……詩人多蹇……僕志在兼濟，行在獨善，奉而始終之則爲道，言而發明之則爲詩。謂之諷諭詩，兼濟之志也；謂之閒適詩，獨善之義也。……今僕之詩，人所愛者，悉不過雜律詩與〈長恨歌〉已下耳。時之所重，僕之所輕。至於諷諭者，意激而言質，閒適者，思淡而詞迂，以質合迂，宜人之不愛也。〔註 69〕

白氏以六經爲文之首，而《詩》爲六經之首，以其能感人心也，然其所推重的是詩的諷喻內容，而不重在比興手法。又認爲詩乃「根情、苗言、華聲、實義」，他以「情」乃詩之根本，在諷諭詩是借情動人，情理並提；在閒適詩則情性並提。〔註 70〕如〈策林四・采詩（六十九）〉：「大凡人之感於事，則必動於情，然後興於嗟嘆，發於吟詠，而形於歌詩矣。」〈進士策問五道・第三道〉：「大凡人之感於事，則必動乎情，發於嘆，興於詠，而後形於歌詩焉。」

〔註 68〕孫中峰：〈唐代山水詩論探析——以「境」之範疇爲論述核心〉，《興大中文學報》第 15 期（2003 年 6 月），頁 164～193。

〔註 69〕唐・白居易：〈與元九書〉，《全唐文新編》，頁 7622～7625。

〔註 70〕陳伯海、蔣哲倫主編；倪進等著：《中國詩學史・隋唐五代卷》，頁 221。

〔註 71〕及〈問楊瓊〉:「古人唱歌兼唱情，今人唱歌惟唱聲。」〔註 72〕等皆強調詩「情」的重要。

他又提出「文章合爲時而著，歌詩合爲事而作」的主張，強調詩歌的諷諭功能，大抵係居於政治現實之考量，如其〈寄唐生〉:「非求宮律高，不務文字奇，惟歌生民病，願得天子知。」〔註 73〕表達了反映民生的詩歌功能，因此他強調「刺」而不強調「美」，而且是「風刺上」而非「風化下」。可以說白居易對歷代詩歌的批評，主要係思想內容著眼而較少從藝術形式的角度加以評論。〔註 74〕而其「難於指言者，輒咏歌之」，則詩與文有別，與韓愈詩文之分流同出一轍。然而白居易〈劉白唱和集解〉稱:「文之神妙，莫先於詩」〔註 75〕，則從藝術的角度（神妙）推重詩歌之功效，則與韓愈有所差異。

此外，他將其詩分爲雜、律詩與諷諭、閒適等（將己作予以分類，白氏蓋爲第一人），又指出其間的特色與差別——「諷諭者，意激而言質，閒適者，思淡而詞迂」。又其感傷詩是「事物牽於外，情理動於內，隨感遇而形於嘆咏」（〈與元九書〉），即所謂的抒情詩，惟其主要在抒發個人之憤怨不平，與韓愈的「不平則鳴」可謂一脈相承，同屬於「感物」詩論體系。

白氏於〈與元九書〉謂「書畫棋博可以接群居之歡者，一無通曉」，似有輕薄之意。然而白居易書法字跡有明王秉錞所輯刻的《潑墨齋法帖》卷八中之〈與運使郎中書〉(《潑墨齋法帖》未見藏本)；又南宋《淳熙秘閣續帖》第五卷有〈致劉禹錫書〉拓本，可見其亦擅書法。〔註 76〕此外他又有〈記畫〉〔註 77〕一文謂:「畫無常工，以似爲工；學無常師，以眞爲師」，並稱畫家必須「得於心，傳於手」,「措一意，狀一物，往往運思，中與神會」，如此才能達到「形眞而圓，神和而全」的境界，對畫的見解不可謂不深刻。由此其所謂「一無通曉」之言，當爲行文所須的誇大之詞耳。

〔註 71〕唐・白居易:〈策林四・采詩（六十九）〉、〈進士策問五道・第三道〉,《全唐文新編》，頁 7589、7551～7552。

〔註 72〕唐・白居易:〈問楊瓊〉,《全唐詩》，卷四百四十四，頁 4976。

〔註 73〕唐・白居易:〈寄唐生〉,《全唐詩》，卷四百二十四，頁 4663。

〔註 74〕周品生:《從詩論到文論：中國狹義文學批評論綱》（成都：巴蜀書社，2006 年 10 月），頁 123～124、128。

〔註 75〕唐・白居易:〈劉白唱和集解〉,《全唐文新編》，頁 7651。

〔註 76〕傅申:《書史與書蹟：傅申書法論文集（一）》（台北：國立歷史博物館，1996 年 9 月），頁 171 及 180～181。

〔註 77〕唐・白居易:〈記畫〉,《全唐文新編》，頁 7643。

又白居易〈新樂府序〉〔註 78〕總結出一套感事詩學的藝術創作原則，諸如「事核而實」、「辭質而徑」、「言直而切」、「體肆而順」乃至「首章標其目」、「卒章顯其志」等，不僅自成系統，且在風格的直切順暢方面突破了傳統詩教「溫柔敦厚」的束縛，具有面向社會大眾的傾向。〔註 79〕

總結白居易詩論，自陳子昂以《詩經》之風雅精神反對當下的頹靡文風，繼元結主張「係古人規諷之流」(〈二風詩論〉)，至白居易強調詩歌的現實干預作用，要求反映民生疾苦，洩導人情，進一步於理論上深化了詩歌的諷刺功能，實已將其推到了極點，之後遂有不得不然的轉折。從其並未忽視詩歌的藝術規律即可見白居易詩學主張的現實義與本質義之間的矛盾，而這種表面的矛盾也同韓愈一樣，乃建立在詩文分流的基礎之上而有以致之。白居易後期詩風一改前期以儒家詩教爲主而轉入釋道，一則或以政治之現實，一則或亦藝術本質使然。

（四）柳宗元

柳宗元（773～819）〈大理評事楊君文集後序〉云：

> 文之用，辭令褒貶，導揚諷諭而已。……文有二道，辭令褒貶，本乎著述者也；導揚諷諭，本乎比興者也。著述者流，蓋出於《書》之謨、訓，《易》之象、繫，《春秋》之筆削，其要在於高壯廣厚，詞正而理備，謂宜藏於簡冊也。比興者流，蓋出於虞、夏之詠歌，殷、周之風雅，其要在於麗則清越，言暢而意美，謂宜流於謠誦也。茲二者，考其旨義，乖離不合，故秉筆之士，恆偏勝獨得，而罕有兼者焉。〔註 80〕

在文論的美學功能上，柳氏提出了「辭令褒貶」；在詩歌的美學功能上，提出了「導揚諷諭」，將詩與文清楚地分別開來。在文化的美學標準問題上，則提出了「高壯廣厚，詞正而理備」。又以「麗則清越，言暢而意美」爲其詩歌的美學標準。〔註 81〕在〈與呂恭論墓中石書〉則謂：「今所謂律詩者，晉時蓋未爲此聲，大謬妄矣。」〔註 82〕他極力反對形式的空殼，強調內在精神的充實，

〔註 78〕唐・白居易：〈新樂府序〉，謝思煒校注：《白居易詩集校注》（北京：中華書局，2006 年 7 月），頁 267。
〔註 79〕陳伯海、蔣哲倫主編；倪進等著：《中國詩學史・隋唐五代卷》，頁 219～220。
〔註 80〕唐・柳宗元：〈大理評事楊君文集後序〉，《全唐文新編》，頁 6593。
〔註 81〕王明居：《唐代美學》（合肥：安徽大學出版社，2005 年 4 月），頁 347。
〔註 82〕唐・柳宗元：〈與呂恭論墓中石書〉，《全唐文新編》，頁 6560。

如此形式才有意義。〔註 83〕此外柳宗元亦強調剛柔相濟的動態「變」化觀，如〈送楊凝郎中使還汴宋詩後序〉:「參剛柔而兩用，化逆順而同道。」〈送崔子符罷舉詩序〉:「剛以知柔」〔註 84〕等。

（五）姚合

姚合（775～845）〈答韓湘〉:「君子無浮言，此詩應亦直。」〔註 85〕反對浮言而強調「直」。而其〈喜覽裴中丞詩卷〉更曰:「調格江山峻，功夫日月深。」〔註 86〕可見姚合既重工夫，亦重「調格」。又無論是「選字詩中老」、「願攻詩句覓升仙」還是「共師文字有因緣」都傳達了姚合對詩作爲一自足世界的追求及以文字爲師的理念。〔註 87〕

（六）皇甫湜

皇甫湜（777～830）〈論業〉:「歌詠者極情性之本，載迹者遵良直之旨。觸類而長，不失其要。」〔註 88〕認爲詩歌本於情性，當觸類而長，不失其要。又其〈顧況詩集序〉:「往往若穿天心、出月脇。意外驚人語，非尋常所能及，最爲快也。」〔註 89〕則強調意外之奇。

（七）元稹

元稹（779～831）詩觀與白居易大抵相類，其〈進詩狀〉云:

> 凡所爲文，多因感激。故自古風詩至古今樂府，稍存寄興，頗近謳謠，雖無作者之風，粗中道人之採。〔註 90〕

強調「感激」、「寄興」。又〈樂府古題序〉與〈唐故工部員外郎杜君墓繫名并序〉云:

> 近代唯詩人杜甫〈悲陳陶〉〈哀江頭〉〈兵車〉〈麗人〉等，凡所歌行，率皆即事名篇，無復倚傍。〔註 91〕

〔註 83〕王耘:《唐代美學範疇研究》（上海:學林出版社，2005 年 8 月），頁 178。

〔註 84〕唐・柳宗元:〈送楊凝郎中使還汴宋詩後序〉、〈送崔子符罷舉詩序〉，《全唐文新編》，頁 6594、6601～6602。

〔註 85〕唐・姚合:〈答韓湘〉，《全唐詩》，卷五百一，頁 5703。

〔註 86〕唐・姚合:〈喜覽裴中丞詩卷〉，《全唐詩》，卷五百二，頁 5712。

〔註 87〕陳小亮:《論宇文所安的唐代詩歌史研究》（北京:中國社會科學出版社，2010 年 8 月），頁 152。

〔註 88〕唐・皇甫湜:〈論業〉，《全唐文新編》，頁 7776～7777。

〔註 89〕唐・皇甫湜:〈顧況詩集序〉，《全唐文新編》，頁 7769。

〔註 90〕唐・元稹:〈進詩狀〉，《全唐文新編》，頁 7350。

〔註 91〕唐・元稹:〈樂府古題序〉，《全唐詩》，卷四百十八，頁 4605。

> 予觀其（指李白）壯浪縱恣，擺去拘束，模寫物象及樂府歌詩，誠亦差肩於子美矣。至若鋪陳終始，排比聲韻，大或千言，次猶數百，詞氣豪邁而風調情深，屬對律切而脫棄凡近，則李尚不能厲其藩翰，況堂奧乎！〔註92〕

稱美杜甫「即事名篇，無復倚傍」，又於聲韻、詞氣、格律等超越李白，對杜甫之讚美顯示其追求文質兼融的詩歌理想，但實際則力有未逮。如其與白居易有不少長詩多用來敘事詠史、鋪陳刻畫、感喟咨嗟、怨嘆牢騷，而未能臻於藝術的理想境界。筆者以爲這種現象與韓愈之「以文爲詩」同一聲氣，反映了詩文本質上的差異和當時代詩文之分流。元稹論詩雖持儒家傳統詩論，但對詩歌的批評卻多從藝術上考量，他的抑李揚杜，可爲一例。

又元稹〈上令狐相公詩啓〉：

> 臣與同門生白居易愛驅駕文字，窮極聲韻……。常欲得思深語近，韻律調新，屬對無差，而風情宛然，而病未能也。〔註93〕

這種辯解適足以暴露離開內容而去追求技巧，與其提倡內容充實、形式質樸的樂府詩的觀點顯然矛盾。可以說元、白的新樂府理論不只是傳統儒家詩論的簡單重申，而主要是中唐社會矛盾的產物。〔註94〕

（八）賈島

賈島（779～843）之所尚蓋在運用虛實對偶創作變體律詩。〔註95〕其〈題詩後〉謂：「二句三年得，一吟雙淚流。」〔註96〕反映了重視詩法的時風，並從側面凸顯中唐詩壇「尚怪奇」、「語不驚人死不休」的審美風尙。

（九）呂溫

呂溫（生卒年不詳，貞元十四年舉進士）〈聯句詩序〉：

> 何以節宣慘舒，暢達情性，其有易於詩乎？乃因翰墨之餘，琴酒之暇，屬物命篇，聯珠迭唱，審韻諧律，同聲相應，研情比象，造境皆會。〔註97〕

〔註92〕唐·元稹：〈唐故工部員外郎杜君墓繫名并序〉，《全唐文新編》，頁7386～7387。
〔註93〕唐·元稹：〈上令狐相公詩啓〉，《全唐文新編》，頁7380。
〔註94〕黃保眞等：《中國文學理論史——隋唐五代宋元時期》，頁180、195。
〔註95〕陳小亮：《論宇文所安的唐代詩歌史研究》，頁168。
〔註96〕唐·賈島：〈題詩後〉，《全唐詩》，卷五百七十四，頁6692。
〔註97〕唐·呂溫：〈聯句詩序〉，《全唐文新編》，頁7095。

翰墨之餘，詩樂以娛，既重情境，亦不廢韻律，而達「暢達情性」、「造境皆會」交流目的。所論多承前人，略無新意。

綜觀中唐詩論似乎已到了不變不可的階段，大略可分別爲「復古」和「通變」二路。「復古」主要是回復到儒家詩教的觀點；而「通變」一者仍由儒家詩教出發，如韓愈、白居易等人的主張，再者是在釋、道影響下對「意境」理論的深化，此以劉禹錫爲代表，而後者對中國傳統文藝思想影響深遠。

第三節　中唐書論與詩論之比較

一、沉潛與因時而變的轉進

中唐社會與盛唐顯然已有很大的改變，清葉燮〈百家唐詩序〉謂「中唐」之「中」云：「此中也者，乃古今百代之中，而非有唐一代之所獨得而稱中者也。」〔註98〕葉氏之說點出此期詩風的大「轉向」，若將其用於書法，而所謂「中唐」的範圍再稍加擴大（涵蓋盛唐後期），則誠亦可謂「與書運實相表裡，爲古今一大關鍵」。爲何中唐之轉變竟是整個發展史上的大轉變？

中唐的轉向基本上有二路之發展：一是向外企圖以儒教提振時代精神；一是向內尋求某種自我之解脫。後者則多與道、釋結合而逐漸深化意境論的發展，進而確立了中國傳統文藝的主流核心。深密化、主觀化與個性化，可謂是中唐詩歌意象不同於盛唐的新追求。〔註99〕唐代貞元、元和之際，傳統儒學得到了新的闡釋，促發了思想革新和文風的變遷，儒家政教文學觀的高揚和文學復古運動的開展即爲其呈顯（在詩歌方面爲新樂府高潮）。而此期又蘊藏著深刻的社會矛盾，使其在「明道」、「諷諭」之外，又衍生出偏重奇險絕奧與感傷閑適兩大流向。「元和詩變」，可以說是時代政治的、思想的、文化的因素在文學領域的集中體現。〔註100〕「元和體」詩之內容以寫個人悲歡離合、愛情波折、婚戀遭遇、朋友交往、游宴酬酢爲主，涉及到一般文人不

〔註98〕清・葉燮：〈百家唐詩序〉，《已畦集》卷八，《四庫全書存目叢書・集部二四四》（濟南：齊魯書社，1997年7月），集244～82。

〔註99〕徐艷：《中國中世文學思想史——以文學語言觀念的發展爲中心》，頁321。

〔註100〕許總：〈文化轉型時代的思想革新與文風變遷〉，中國唐代文學學會、廣西師範大學文學院、廣西師範大學出版社編：《唐代文學研究年鑑・2008》（桂林：廣西師範大學出版社，2008年10月），頁103。原刊《齊魯學刊》2007年第3期。

願公之於世的隱蔽角落。〔註 101〕白居易、元稹於詩論中強調儒家詩教，而實際又不排除藝術性的詩作，實亦藝術發展的不得不然。元、白主張「文章合爲時而著，歌詩合爲事而作」，詩的形式風格已被化約成一種直質的語言功能，原初強調「主文而譎諫」的「言論尺度」與「語言藝術」因而被迫拋棄。其所提倡的實際上只是一種樂府精神的揭示，與樂府的音樂、形式美感並不相涉。反觀韓愈詩窮而工的理論卻顛覆了傳統樂論的價值觀，將哀怨的美感價值推向極致。〔註 102〕另一方面，文學復古運動的展開，也影響了中唐詩歌的散文化現象，〔註 103〕這是一種重「意」的表現。又中唐文學語言敘事性因素的加入，對當時詩歌語言發展的影響有其兩面性：一方面它拓展了語言的抒情渠道，豐富了詩歌內容；另一方面，敘事因素的加入攜帶著儒家道義立場，卻也淡化了文學語言的本體特徵。打從杜甫開始就體現出以敘事方式開拓詩歌語言表情路徑的努力，而詩、詞中景物意象到人事意象之轉變，也反映了文學語言從中世之抒情性向近世之敘事性發展的總體趨勢。〔註 104〕總體而言，中唐詩文的發展主要是以儒家思想爲主的復古，然而不論韓愈主導的古文運動或元、白所主導的新樂府運動，皆未能獲得其目的對象及大環境的有效支持，因而無法興起成爲普遍的風潮；反而是沉潛在檯面下的藝術化發展仍默默在進行，於是而有意境論的深化以及韓愈詩窮而工的轉進。可見藝術的發展有其屬自的規律，時代環境只能扮演加速或延緩其發展的配角角色，而刻意以非藝術性原因強行介入的結果，如果不是四處碰壁，亦僅能是暫時性的扭曲，終究會回歸到藝術發展的正軌上來。

中唐時期在書法方面的趨向大抵於筆法之論述上更爲具體、細膩，明顯缺乏新的創發動力。書論之重筆法與詩之強調苦吟，皆是重法的表現，也是在摸索出新無門的情況下的掙扎和努力。孟郊、韓愈、柳宗元、劉禹錫等人皆從儒家立場出發，帶有復古之傾向而又有程度不同的通變調整，特別是後者融入更多的釋、道審美觀而更具包容力，於詩或書法之審美均能有較爲寬廣的視野和接受度。雖說如是，但若比較二者在理論方面的表現，仍以詩論

〔註 101〕周品生：《從詩論到文論：中國狹義文學批評論綱》，頁 127～128。

〔註 102〕蔡瑜：《唐詩學探索》，頁 204、206、216。

〔註 103〕〔日〕川合康三著；劉維治、張劍、蔣寅譯：《終南山的變容：中唐文學論集》，頁 17。

〔註 104〕徐艷：《中國中世文學思想史——以文學語言觀念的發展爲中心》，頁 313、314、345。

較爲突出，書論則相對保守，復古的多而通變的少。相對而言，書法要到明代傅山等人的出現，才有相類於中唐詩歌的「苦吟」表現。此或因時代背景之影響而有變的需求，然於各別之發展則與其個別之本質及其出新的可能性有所關連。蓋書法本質的直接性使其與實際生活環境有較緊密的關聯，而詩歌本質的間接性使其與詩人思想、觀念有較緊密的關聯，因而在中唐時期書論變爲沉潛，僅聚焦於筆法的狹窄範疇而未能有出新的發展，一直到明代社會環境有了明顯的改變，書法才出現「寧拙勿巧，寧醜勿媚」〔註 105〕類似詩歌的苦吟表現。

中唐時期儒學由「體」轉「用」，書法、詩歌及其他藝術自然也會受到影響。〔註 106〕此時的大環境迫使書法與詩歌不得不變，且都是以復古爲方向的轉變，但前者退縮至筆法的狹小範疇，而後者企圖以詩藝達到政治諷刺的功效，已鑄下其必敗的結局，然而亦是在此狀況之下出現韓愈的詩論之「變」，反而拓展了對悲苦的審美新範疇。由盛唐進入中唐，確實是一個轉折的時代，但是這一轉折主要出現於詩歌而非書法，書論的轉折似乎要等到宋代的來臨才有較明顯的表現，而這些宋代的重要書家又多兼具重要詩人的身分，使人不得不懷疑宋代書論重意的轉折係受到詩論的影響。由此可見書法與詩歌對時代環境的反應有其個別性，而期間又不無彼此相互影響的可能。

對於中唐時期書論與詩論的表現，還可以從二者的本質面來觀察：當大環境帶來改變的壓力時，書法直接性的本質導致其改變最先發生於創作面，書法理論則多爲事後的歸納整理，其反應較創作爲遲；而詩歌間接性的語言本質則使其改變大抵理論先行或理論與創作並行，通常詩歌理論不會落在創作之後。由此亦可解釋爲何中唐詩論有較大的轉折表現而書論卻退縮於一隅。

在六朝盛行的行草和盛唐的狂草，發展至中唐開始讓位於古雅而講求規矩的篆、隸、楷諸體，這是書法觀念變化的結果，也是書法藝術發展的必然。〔註 107〕杜甫〈李潮八分小篆歌〉推重隸書、篆書，已反映了此時書法審美在書體上的變化。而六朝書論「意在筆前」的論斷，基本上其整體的藝術構思

〔註 105〕清．傅山：《霜紅龕書論》，崔爾平選編點校：《明清書論集》（上海：上海辭書出版社，2011 年 5 月），頁 562。

〔註 106〕王崗：〈中唐尚實尚俗的書法思想〉，《書法研究》總第 30 期（1987 年第 4 期），頁 19。

〔註 107〕王崗：〈中唐尚實尚俗的書法思想〉，《書法研究》總第 30 期（1987 年第 4 期），頁 15。

與憑靈感衝動而創作是統一的；到了中唐雖也強調「意在筆前」，但卻有了新的詮釋。如韓方明《授筆要說》:「然意在筆前，筆居心後，皆須存用筆法，想有難書之字，預於心中布置，然後下筆，自然容與徘徊，意態雄逸，不得臨時無法，任筆所成，則非謂能解也。」它極度強調「意」的事前構思，不但窄化了書法創作的自由度，對「任筆所成」也持否定的態度。這種見解顯然將「意」歸屬於「法」的籠罩之下，自然很難有什麼重大的出新作爲。中唐書論一味地強調筆法，已明顯失去了盛唐時的創造精神。〔註 108〕

綜觀唐代中期，安史之亂以後士大夫多以「餘事作詩人」的態度從事藝術的創作，他們不再「爲藝術而藝術」，而是摻入了更多的政治考量和現實的主觀色彩，流露出作者人格、思想、政治觀點及倫理道德觀念，這使得人品與美學觀點進一步結合。如杜甫〈戲爲六絕句〉，已逐漸超出單純審美的範疇，而與作者的人品、審美理論等合而爲一。又如慧能禪宗的空無觀點，在初盛唐美學思潮中本無太多的響應者，到了中唐以後則誘發了文士審美心理上的共鳴。〔註 109〕二者之發展皆受到現實環境的波及而引發其不得不轉向的回應。

宋代蘇軾曾云:「書之美者，莫如顏魯公，然書法之壞，自魯公始。詩之美者，莫如韓退之，然詩格之變，自退之始。」〔註 110〕東坡此評固是，但若究其相對之時期與成就，則以杜甫和顏眞卿相較或更爲適切。二者時代更爲接近，且分別在書法與詩歌方面具有極高而相稱的成就和改變時風的影響力，實爲百代轉折的關鍵性人物。是他們將書法和詩歌的發展推向至高峰，同時也種下了大轉變的因子，這種因子在中唐時尚未明顯被開發出來，而是到了宋代才眞正茁壯起來。

二、分流觀比較

自蕭綱「立身之道與文章異，立身先須謹重，文章且須放蕩」(〈誡當陽公大心書〉)將文章與政教分離，反對「文必宗經」，裴子野〈雕蟲論並序〉則極力維護儒家正統詩教理念，至韓愈則從詩與文的本質及其功能差異將二

〔註 108〕王崗:〈中唐尚實尚俗的書法思想〉,《書法研究》總第 30 期(1987 年第 4 期)，頁 17、18。

〔註 109〕霍然:《唐代美學思潮》(高雄:麗文文化事業，1993 年 10 月)，頁 231、234、239、261。

〔註 110〕宋・魏慶之:《詩人玉屑》(台北:世界書局，1980 年 10 月五版)，卷 15，頁 320。

者予以分別，而白居易卻又走了回頭路，欲以詩而達諷刺之功能，然而時代環境已非昔時之背景，且此舉亦有違詩之本質，實際上是混淆了詩與文之功能，於是註定要以失敗收場。從韓愈和元、白等人，可以看出中唐詩文已然分流的事實，這顯然受到文體本質之影響，也是歷史發展的必然結果。詩文的分流，使詩有了回歸詩人主體的契機。〔註 111〕由此也才能將「意境」理論與創作實踐推到一個高峰。

殷璠《河嶽英靈集》首標「興象」，但其看重「興象」之「用」，體現了儒家詩教觀；而在高仲武《中興間氣集》中殷璠推崇的風骨在高集中已經不被看重，而是以「興致」突出意象的「情致」內涵（《中興間氣集》卷上評韓翃詩「興致繁富」），有著「移風骨之賞於情致」的重要變化。此外高氏又有「興用」一詞，由此將意象與功利目的予以分開。〔註 112〕

書法之分流主要體現在不同的書體上，這當然與各書體之本質有關，如楷書結構之謹嚴，自然會對其規範多有論述，故有「永字八法」之說；草書之飛動不拘，常爲審美之焦點並與書家主體精神之表現相連結，故詠書者以此爲主流；而篆、隸書因非當代流行之實用書體，故其論述較少且多與文字相關，審美亦然。這種分流現象伴隨著書體之發展而逐漸形成，初唐歐陽詢之論述焦點主要在楷書，而孫過庭《書譜》則對草書審美之關注較多，自張旭、懷素以後，草書即爲後人詠書之焦點。

中唐詩文之分流，更加確立了詩體的藝術本質；而書法之分流則爲字體發展已然成熟，書體之發展卻仍持續進行的必然產物，從此字體與書體脫鉤，書法走上了完全屬於自己的道路。

若將書法與詩加以比對，則楷書之謹嚴與實用功能或可類比於儒家詩教，其雄渾、肥壯之當代審美偏好則可視爲其通變；草書之飛動暢達似較近於文，然其濃厚的藝術性質卻又與詩接近，可類比於道、釋一路之發展。二者之類比有十分貼切者，亦有不完全對應之處，此乃其個別之本質及其限制使然。可見時代背景與書、詩之特質及其歷史發展均有所影響，但在程度、層面上則有其差異。

〔註 111〕蔡瑜：《唐詩學探索》，頁 215。

〔註 112〕徐艷：《中國中世文學思想史——以文學語言觀念的發展爲中心》，頁 318～319。

第七章　晚唐的書論與詩論

第一節　略乏新意的晚唐書論

晚唐從敬宗寶歷元年至昭宗天佑四年（825～907），約八十年。此期書論亦相對薄弱，主要有盧攜〈臨池訣〉、林蘊〈撥鐙序〉及呂總〈續書評〉，另有張彥遠《法書要錄》及傳韋續《墨藪》，已進入書論之整理期，具有偏重於效法前人的特質。

一、細密化的筆法論

（一）柳公權

柳公權（778～865）有〈筆偈〉云：「圓如錐，捺如鑿，只得入，不得卻。」〔註 1〕這是談書寫之心得，前二句以譬喻法論之，寫字卻如錐鑿，內容具辯證性；後二句則強調書寫時須勇於面對挑戰而不能有絲毫之怯意，這似乎也合乎一般對柳公權書法重骨（「顏筋柳骨」）的見解。

又有〈謝人惠筆書〉：「近蒙寄筆，雖毫管甚佳，而出鋒太短，傷於勁硬，所要優柔，出鋒須長，擇毫須細，管不在大，副切須齊，副齊則波擊有憑，管小則運動省力，毛細則點畫無失，鋒長洪潤自由。」〔註 2〕這是談筆毫的信，顯然柳氏之重骨並非一味勁硬，而由其重視出鋒之短長、毫毛之粗細與筆管等細節，可見是相當重視毛筆性能的，似可推見其重「法」的程度了。

〔註 1〕唐・柳公權：〈筆偈〉，《全唐文新編》，頁 8097。
〔註 2〕唐・柳公權：〈謝人惠筆書〉，《全唐文新編》，頁 8098。

柳公權是跨越了中晚唐的著名書家，其「心正則筆正」〔註3〕說固可視爲筆諫，亦可爲其強調書寫主體的書法觀，此與柳宗元、劉禹錫等人觀點並無不同，只是他所強調的「正」，更具儒家的色彩罷了。柳氏之楷書蛻去了顏眞卿寬厚博大的氣息，凸顯「骨」、「力」而參之以歐陽詢嚴謹的結構，適與其對「正」的強調不謀而合。然而亦由此顯現了晚唐士人較爲保守、甚至是退縮的書法時風。

（二）盧携

盧携（？～880）有〈臨池訣〉，自言「取《翰林隱術》、右軍〈筆勢論〉、徐吏部〈論書〉、竇臮〈字格〉、〈永字八法勢論〉，刪繁選要，以爲其篇。」首述筆法傳授淵源，自謂得永興（虞世南）家法。繼標「用紙筆」、「認勢」、「裹束」、「眞如立，行如行」、「草如走」、「上稀」、「中勻」、「下密」八點，但未加說明；後又論用筆及水墨之法。茲摘錄其後段於下：

> 用筆之法：拓大指，擫中指，斂第二指，拒名指，令掌心虛如握卵，此大要也。凡用筆，以大指節外置筆，令轉動自在。然後奔頭微拒，奔中中鈎，筆拒亦勿令太緊，名指拒中指，小指拒名指，此細要也。皆不過雙苞，自然虛掌實指。「永」字論云：以大指拓頭指鈎中指。此蓋言單苞者。然必須氣脈均勻，拳心須虛，虛則轉側圓順；腕須挺起，黏紙則輕重失準。把筆淺深，在去紙遠近，遠則浮泛虛薄，近則搵鋒體重。用水墨之法，水散而墨在，迹浮而稜斂，有若自然。紙剛則用軟筆，策掠按拂，制在一筆。紙柔用硬筆，衮努鈎磔，順成在指。純剛如以錐畫石，純柔如以泥洗泥，既不圓暢，神格亡矣。書石及壁，同紙剛例，蓋相得也。〔註4〕

既首述家法來源，可見對家法之重視，其後則及於工具、書勢、用筆法、字體特色、結字、水墨等，整體而言，幾乎全聚焦於「法」，特別對筆法有詳細而具體的敘述。

（三）林蘊

林蘊（生卒年不詳）〔註5〕〈撥鐙序〉主要記述作者師於盧肇之子弟安期

〔註3〕此說見《舊唐書・柳公權傳》，《新校本舊唐書》（台北：鼎文書局，1976年），卷165，頁4310。

〔註4〕唐・盧携：〈臨池訣〉，《全唐文新編》，頁9532～9533。

〔註5〕有謂貞元與元和間的林蘊與寫〈撥鐙序〉的林蘊可能非同一人，蓋盧肇生於元和十三年（818），在時間上相去六、七十年，〈撥鐙序〉的作者林蘊應是晚唐人而非中唐人。

而得盧肇教以筆法的內容。茲摘要於下：

> 盧公忽相謂曰：「子學吾書，但求其力爾。殊不知用筆之力不在於力，用於力，筆死矣。虛掌實指，指不入掌，東西上下，何所閡焉。常人云『永』字八法，乃點畫爾，拘於一字，何異守株。《翰林禁經》云，筆貴饒左，書尚遲澀，此君臣之道也。大凡點畫，不在拘於長短遠近，但勿遏其勢。俾令筋骨相連，意在筆前，然後作字。若平直相似，狀如算子，此畫爾，非書也。吾昔受教於韓吏部，其法曰『撥鐙』，今將授子，子勿妄傳。推、拖、撚、拽是也。訣盡於此，子其旨而味乎！」〔註6〕

此中要點首先提到「用筆之力不在力」，強調「虛掌實指」，執筆靈活，並提醒勿爲一「永」字所拘。此外強調「書尚遲澀」，又「勿遏其勢」，須「筋骨相連」、「意在筆前」。最後言及此「撥鐙」筆法傳授來自韓愈，謂「推、拖、撚、拽」。清朱履貞《書學捷要》認爲「撥鐙法」即雙鈎法；而沈尹默《書法論》則指爲「轉指法」。〔註7〕筆者以爲其法既言「撥鐙」，則非僅指靜態的執筆，更有強調動態的用筆之意；而「推、拖、撚、拽」四字，可能係指用筆時分別對應於「拇指、食指、中指、無名指和小指」的作用及功能，亦即「推」主要來自拇指之力；「拖」則要靠食指；「撚」則中指扮演了關鍵的角色；「拽」主要是看無名指和小指的發揮。總之其所論焦點與盧携一樣亦在於「法」，且是偏重於筆法和字形之法。

（四）韋榮宗

《宣和書譜》卷十謂：「韋榮宗（生卒年不詳），不知何許人也。工正書行草，而行草尤勝，學者多從之。喜論書法，其得處皆吻合古人，亦技進乎道者也。」有〈論書〉如下：

> 嘗謂人曰：「凡下筆，心注於手，然後可下。若少等閑，殆亦無憑。」此杜牧論文章而曰不可以輕心掉之，其近是耶？又嘗論筆法：「其淺深虛實遠近之宜，各有其理，略曰須淺其執，牢其筆，實其指，虛其

〔註6〕唐・林蘊：〈撥鐙序〉，《全唐文新編》，頁9164。

〔註7〕朱履貞《書學要捷》及沈尹默《書法論》，前者見《歷代書法論文選》（台北：華正書局，1984年9月），頁559；後者見《現代書法論文選》（台北：華正書局，1984年12月），頁16。（按：二書原爲上海書畫出版社於1979年、1980年出版。）

> 掌，至論正書行草，則曰眞書小密，執宜近頭；行書寬縱，執宜稍遠、書草流逸，執宜更遠。遠取點畫長大，近欲分布齊均。」〔註8〕

所論仍未脫於「法」而多具體，對於執筆的敘述特別細膩，又以杜牧論文章擬之。

（五）陸希聲

陸希聲（唐昭宗時人）〈寄𧦧光上人〉：「筆下龍蛇似有神，天池雷雨變逡巡。寄言昔日不龜手，應念江頭洴澼人。」〔註9〕描述書法以「筆下龍蛇」，顯然針對草書之特色加以評論，強調其動態的變化莫測，而以「有神」讚美之，仍係沿續前人觀點之表現。

（六）傳顏真卿〈張長史十二意筆法〉

〈張長史十二意筆法〉首見於傳晚唐韋續編纂的《墨藪》，《書苑菁華》題爲〈述張長史筆法十二意〉，張天弓以爲〈張長史十二意筆法〉乃抄襲〈觀鍾繇書法十二意〉（張彥遠《法書要錄》載錄），〈張長史十二意筆法〉各本（含劉有定《衍極注》本及顏眞卿行書本）皆爲僞托。〔註10〕

〈張長史十二意筆法〉記述顏眞卿向張旭請教筆法的對答過程，其中張旭傳授的筆法十二意乃從梁武帝〈觀鍾繇書法十二意〉而來。茲摘錄於下：

> 僕頃在長安二年，師事張公，竟不蒙傳授，使知是道也。人或問筆法者，張公皆大笑，而對之便草書，或三紙或五紙，皆乘興而散，竟不復有得其言者。……亦嘗論請筆法，惟言倍加工學臨寫，書法當自悟耳。……「筆法玄微，難妄傳授。非志士高人，詎可與言要妙也。書之求能，且攻眞草。今以授之，可須思妙。」乃曰：「夫平謂横，子知之乎？」僕思以對曰：「嘗聞長史九丈令每爲一平畫，皆須縱横有象。此豈非其謂乎？」長史乃笑曰：「然。」又曰：「夫直謂縱，子知之乎？」……夫書道之妙，煥乎其有旨焉。字外之奇，言所不能盡。世之書者宗二王，元常逸迹曾不睥睨，筆法之妙遂爾雷同。……張公曰：「妙在執筆，令得圓轉，勿使拘攣。其次識法，

〔註8〕唐・韋榮宗：〈論書〉，宋・《宣和書譜》卷十，盧輔聖主編：《中國書畫全書（二）》，頁304。因置於韓偓（844～923）之後，故推測其人應在晚唐。

〔註9〕唐・陸希聲：〈寄𧦧光上人〉，《全唐詩》，第六百八十九卷，頁7915。

〔註10〕張天弓：〈關於〈張長史十二意筆法〉的眞僞問題〉，氏著：《張天弓先唐書學考辨文集》，頁443～448。

謂口傳手授之訣，勿使無度，所謂筆法也。其次在於布置，不慢不越，巧使合宜。其次紙筆精佳。其次變通適懷，縱捨掣奪，咸有規矩。五者備矣，然後能齊於古人。」……長史曰：「余傳授筆法，得之於老舅彥遠，曰：『吾昔日學書，雖功深，奈何迹不至殊妙。後聞於褚河南曰：用筆當須如印印泥。思而不悟，後於江島遇見沙平地淨，令人意悅欲書。乃偶以利鋒畫而書之，其勁險之狀，明利媚好。自茲乃悟用筆如錐畫沙，使其藏鋒，畫乃沉著。當其用筆，常欲使其透過紙背，此功成之極矣。眞草用筆，悉如畫沙，點畫淨媚，則其道至矣……。』」〔註 11〕

傳唐顏眞卿〈張長史十二意筆法〉，在一定程度上「活現」出古代師徒之間筆法傳授的情境。其一，張旭並不輕言筆法；其二，強調自悟；其三，傳授過程並非一番詳細的講解，而是師徒的一段對話；其四，所謂筆法之祕，都是顏眞卿自己說出來的，又其答語類似於古代的筆法口訣；其五，文末張旭自言其筆法得於老舅彥遠，並言及其於江島沙平地淨，意悅欲書，乃偶以利鋒畫而書之，感悟筆法的事。此間透露了古人筆法傳授的主要觀念：一是筆法玄微，必須當面口傳心授；二是唐以前人們的書法意識與字學觀念相混成，故多採「形象喻知」法論書，唐代字體演變結束，筆法系統發展完成，於是多以「訣」論書，明顯具實踐性的指導意義；三是張旭提到其筆法傳授來源，這是譜系觀念，乃唐人尚法背景下的現象。〔註 12〕整體而言，傳顏眞卿〈張長史十二意筆法〉仍聚焦於家法和筆法，只是它特別強調了「自悟」的重要，而這在初唐虞世南已經說過了。

（七）唐人〈敘筆法〉

唐人〈敘筆法〉見於《書苑菁華》卷二，崔爾評《歷代書法論文選續編》選錄：

學書之初，執筆爲最。蓋明於位置點畫，便於墨道也。須其良師口授，天性自悟，縱橫落紙，筆無虛發，即能專成。其勢大約虛掌實指，平腕豎鋒，意在筆前，鋒行畫內，心想字形，輕重邪正各得其

〔註 11〕傳唐・顏眞卿：〈張長史十二意筆法〉，《墨藪》第十一，盧輔聖主編：《中國書畫全書（一）》，頁 21～22。

〔註 12〕賀文榮：〈論中國古代書法的傳授譜系與觀念〉，中國書法家協會主編：《當代中國書法論文選・技法、創作、教育卷》（北京：榮寶齋出版社，2010 年 6 月），頁 254～255。

趣。切須襟懷沉靜，自然思盈半矣。……蓋書非口傳手授，而云能知者，未之見也。〔註 13〕

所論焦點仍爲「筆法」，強調師承、體法以及學者之「自悟」，實際操作則指須「虛掌實指，平腕豎鋒，意在筆前，鋒行畫內，心想字形，輕重邪正各得其趣」，又要「襟懷沉靜」；後段之內容引《玉堂禁經》、張懷瓘、李嗣眞、褚河南等人之語，再次強調良師口傳手授之必要性，所論與此期其他書論有高度之雷同。

此外有傳王羲之〈用筆賦〉，首見於《墨池編》卷一，恐爲唐末宋初人僞托。〔註 14〕又傳王羲之〈晉天台紫眞筆法〉，亦首見於《墨池編》卷一，《書苑菁華》卷十九作〈記白雲先生書訣〉，此篇可能係宋初好事者僞托。〔註 15〕故此二篇不論。

總結以上所述，晚唐書論沒有例外地幾乎全聚焦於家法傳承與相對具體的筆法論述，呈現了相當一致的趨向。而其所以強調家法傳承，當因重視筆法之故，故眞正之重點在「法」；又其所以重「法」，蓋晚唐已非攻城掠地的開創時期，而是承繼中唐以來重法的趨向，因而在表面之重「法」下，也顯露了缺乏出新意識以及喪失了主體自信的時代環境特質。

二、草書審美一枝獨秀

（一）吳融

吳融（？～約 903）〈覽䛒光上人草書想賀監賦〉：

一日衍層軒，幔素壁，攘袂高下，飛文絡繹，風雨隨生，魚龍互擲，濤奔流走，中秋逢犯斗之槎，月上雲開，半夜見隕天之石，狂兕無群，離鴻一隻，橫魯陽揮去之戈，樹呂布射來之戟，援毫既罷，悅目忘疲滿堂生金石之寶，出世掩鬼神之奇，日落簾捲，山掩枕欹，雲情自遠，鶴態難羈，但將健筆以爲適，豈待閑人之見知……〔註 16〕

〔註 13〕〈敘筆法〉，《書苑菁華》卷二，盧輔聖主編：《中國書畫全書（三）》，頁 11～13。崔爾平選編：《歷代書法論文選續編》選錄，題爲〈唐人敘筆法〉，見是書頁 42～43。因其內容引有張懷瓘、李嗣眞、褚河南等人之語，故推測斯篇出現時間當在盛唐以後。

〔註 14〕張天弓：《張天弓先唐書學考辨文集》，頁 117～118。

〔註 15〕張天弓：《張天弓先唐書學考辨文集》，頁 116～117。

〔註 16〕唐・吳融：〈覽䛒光上人草書想賀監賦〉，《全唐文新編》，頁 10195。

此詩不但多形象之比喻，更將草書的整個創作過程，以類似於故事情節的方式生動地描述了出來。

又吳融〈贈䛒光上人草書歌〉：

> 篆書樸，隸書俗，草聖貴在無羈束。江南有僧名䛒光，紫毫一管能顛狂。人家好壁試揮拂，瞬目已流三五行。摘如鈎，挑如撥，斜如掌，迴如斡。又如夏禹鎖淮神，波底出來手正拔。又如朱亥鎚晉鄙，袖中抬起腕欲脫。有時軟縈盈，一穗秋雲曳空闊。有時瘦巉巖，百尺枯松露槎枿。忽然飛動更驚人，一聲霹靂龍蛇活。稽山賀老昔所傳，又聞能者惟張顛。上人致功應不下，其奈飄飄滄海邊。可中一入天子國，絡素裁縑灑豪墨。不系知之與不知，須言一字千金值……。〔註17〕

此處提到三種書體，認為篆書的特點是樸而隸書的特典為俗，而草書的特點在無拘束，分別了三種書體的不同特質，亦如前詩以多種譬喻擬之。雖然此詩讚美的對象是䛒光上人的草書，但尊崇張旭的草書表現（「又聞能者惟張顛」），亦極力肯定書法之價值。

吳融又有〈贈廣利大師歌〉：

> 三十年前識師初，正見把筆學草書。崩雲落日千萬狀，隨手變化生空虛。海北天南幾回別，每見書蹤轉奇絕。近來兼解作詩歌，言語明快有氣骨。堅如百鍊鋼，挺特不可屈。又如千里馬，脫羈飛滅沒。好是不雕刻，昨來示我十餘篇，詠殺江南風與月。乃知性是天，習是人（一作「乃知性天習成人」）……〔註18〕

此讚美廣利大師之草書，並以「奇絕」美之；又言其作詩有「氣骨」，並以百鍊鋼、千里馬喻之；更指「性是天，習是人」，乃以性為本，以習為手段的見解。以上吳融三詩皆極力讚美草書，其所美之對象都是僧人，則此期草書僧之狀況可見一斑。

（二）司空圖

司空圖論草書亦與書寫主體緊密連結，故其〈送草書僧歸楚越〉有云：「以導江湖沉郁之氣」〔註19〕。又其〈書屏記〉曰：「人之格狀或峻，其心必勁，

〔註17〕唐・吳融：〈贈䛒光上人草書歌〉，《全唐詩》，第六百八十七卷，頁7899。

〔註18〕唐・吳融：〈贈廣利大師歌〉，《全唐詩》，卷六百八十七，頁7900。

〔註19〕唐・司空圖：〈送草書僧歸楚越〉，《全唐文新編》，頁9932。

心之勁則視其筆跡，亦足見其人矣。」〔註 20〕此謂由筆跡與心之連結而見其人，表露了「書如其人」之見解。司空圖對書法之觀點與晚唐重「法」之書論或異，但和先前唐人論草書之重視創作者主體情性則完全一致，實乃承繼前人之所述，而非有違於時代之趨勢。

其〈晉光大師草書歌〉:「僧家愛詩自拘束，僧家愛畫所局促，大師草聖藝偏高，一掬山泉心便足。」〔註 21〕「羸病受師書勁逸，作長歌，助狂筆，乘高雷鼓震川原，驚迸驊騮幾千匹。縱橫不離禪，方知草聖本非顛。歌成與掃松齋壁，何似曾題說劍篇。」〔註 22〕特別強調僧家與草書之勁逸狂顛相契合，蓋草書與禪之本質相近，更與人的涵養境界有關。此外司空圖首次提及「作長歌，助狂筆」的「以詩助書」觀，將詩歌與書法的關係實質地結合在一起。

（三）貫休

貫休（832～912）〈觀懷素草書歌〉:「張顛顛後顛非顛，直至懷素之顛始是顛。師不譚經不說禪，觔力唯於草書朽。顛狂却恐是神仙，有神助兮人莫及」、「粉壁素屏不問主，亂拏亂抹無規矩」、「勢崩騰兮不可止，天機暗轉鋒鋩里」、「乍如沙場大戰後，斷鎗橛箭皆狼藉。又似深山朽石上，古病松枝掛鐵錫」、「天馬驕獰不可勒，東卻西，南又北，倒又起，斷復續」、「固宜須冷笑逸少，爭得不心醉伯英。天台古杉一千尺，崖崩劚搰何崢嶸。或細微，仙衣半拆金線垂。或妍媚，桃花半紅公子醉。我恐山為墨兮磨海水，天與筆兮書大地，乃能略展狂僧意」〔註 23〕。貫休極力讚揚懷素狂草，以為有若神助，氣勢雄放而變化不可捉摸，且將其在書法上的表現與其人完全聯繫起來。

至於貫休本人之書法，黃滔〈東林寺貫休上人篆隸題詩〉有云:「墨跡兩般詩一首，香爐峰下似相逢。」〔註 24〕可見貫休擅篆、隸二書體，難怪他如此地大力讚揚懷素狂草，又黃氏讀貫休書跡而謂「似相逢」，頗有見書如見人之意。

〔註 20〕唐・司空圖：〈書屏記〉，《全唐文新編》，頁 9933。

〔註 21〕唐・司空圖：〈晉光大師草書歌〉，陳尚君輯校：《全唐詩補編》（北京：中華書局，1992 年）卷 9，頁 435。

〔註 22〕〈晉光大師草書歌〉二首，《墨池編》卷十三，盧輔聖主編：《中國書畫全書（一）》，頁 306。因置於鄭文寶〈題嶧山碑〉後，或係鄭文寶所作？未能定之。

〔註 23〕唐・貫休：〈觀懷素草書歌〉，《禪月集》卷六，《白蓮集、禪月集、浣花集、廣成集》（上海：上海商務印書館，1965 年，四部叢刊初編集部），頁 16。

〔註 24〕唐・黃滔：〈東林寺貫休上人篆隸題詩〉，《全唐詩》，卷七百六，頁 8129。

（四）釋蘊光

釋蘊光（生卒年不詳）〈論書法〉：「書法猶釋氏心印，發於心源，成於了悟，非口手所傳。」〔註 25〕此將書法直接比擬於釋氏心印，強調其非口手所傳，要在發於心而成於悟，指出了書法與佛家禪學的相通之處。

晚唐多草書僧，此當與草書較不受拘束，適於抒情的本質特色有關，而書法直接且隱微不易捉摸的審美特質，也與禪學相近，自易爲禪僧所援用，其中亦有由間接性的文字之「意」轉向直接性的文字之「形」之義涵，亦即由間接之思維轉向直接之審美。此期有關書法審美之文字多就僧人之草書發論，一方面呈顯了草書於此期之地位；另方面則凸顯此期僧人與草書的特殊關係；再一方面也告訴吾人書法藝術審美與創作主體的緊密聯結，特別是草書最能流露書家之性情，以是乃可由書觀人。

三、理論總集的出現

（一）張彥遠

理論總集的出現似乎預告著一個歷史發展大循環的即將終結，張彥遠（815～875）《法書要錄》〔註 26〕全面性地輯錄前人書論，它的出現正有這樣的時代意義。

張彥遠另有《歷代名畫記》（成書於 847），其中提到：「無以傳其意，故有書；無以見其形，故有畫」、「書畫異名而同體」〔註 27〕指出書畫同體，而書之重點在「傳意」，畫之重點在見「形」，而此「意」與「形」對舉，則「意」有難以爲語言文字所傳之意。又張氏在〈論畫六法〉中引謝赫六法論並加以論析曰：「夫象物必在於形似，形似須全其骨氣。骨氣形似，皆本於立意而歸乎用筆，故工畫者多善書。」〔註 28〕強調書的傳意與畫之見形的同體關係，並指出關鍵處在「用筆」。又《歷代名畫記》卷六引張懷瓘之言：「陸公（探微）參靈酌妙，動與神會。筆跡勁利，如錐刀焉。秀古清像，似覺生動，令人懍懍若對神明，雖妙極象中而思不融乎墨外。夫象人風骨，張亞於顧、陸

〔註 25〕唐・釋蘊光：〈論書法〉，收入清・孫岳頒輯：《佩文齋書畫譜》（上海：掃葉山房，1919 年），第三冊頁 3a 下。

〔註 26〕唐・張彥遠：《法書要錄》，盧輔聖主編：《中國書畫全書（一）》，頁 30～118。

〔註 27〕唐・張彥遠：〈敘畫之源流〉，《歷代名畫記》卷一，盧輔聖主編：《中國書畫全書（一）》，頁 120。

〔註 28〕唐・張彥遠：〈論畫六法〉，《歷代名畫記》卷一，盧輔聖主編：《中國書畫全書（一）》，頁 124。

也。張得其肉，陸得其骨，顧得其神。神妙無方，以顧爲最。比之書，則顧陸鍾張也。」〔註 29〕以象人風骨擬畫而特重神妙，直接以書論代畫論，可見此期畫論取法書論之現象。

（二）傳韋續《墨藪》

張天弓認爲《墨藪》〔註 30〕成書約與《法書要錄》同時或稍晚，而今存明刊本肯定不是天興令韋續所編。他猜測可能係因首篇是韋續（生卒年不詳）所著〈五十六種書〉，故於傳抄中誤題爲韋續所纂。〔註 31〕《墨藪》雜錄前人書學文獻，保存了較早的論書文本，與《法書要錄》一樣，均反映了唐代書法理論發展的總結趨勢。

（三）呂總（生卒年不詳）。

呂總〈續書評〉〔註 32〕分體評唐代書家四十人，篆僅李陽冰一人；八分五人；眞行二十二人；草書十二人。每人各以八字評之，蓋亦承襲前人之法，又所評皆有唐書家，乃以「續」名之。唯其所崇尚者屬雄逸、外拓，個性張揚一路，與二王及尚法之書風殊途。〔註 33〕〈續書評〉意在接續前人書評而補論有唐一代書家，自亦有整理、總結之意。

第二節　多元紛呈的晚唐詩論

一、修辭觀之轉進

（一）杜牧

杜牧（803～852）〈獻詩啓〉：「某苦心爲詩，惟求高絕，不務奇麗，不涉習俗，不今不古，處於中間。」〔註 34〕苦心爲詩而求高絕，不追求奇麗亦不涉習俗，儒家詩教立場固然明顯，然亦有時風之變。又杜牧〈唐故平盧軍節度巡官隴西李府君墓誌銘〉：

〔註 29〕唐・張彥遠：《歷代名畫記》卷六，盧輔聖主編：《中國書畫全書（一）》，頁 143。
〔註 30〕傳唐・韋續纂：《墨藪》，盧輔聖主編：《中國書畫全書（一）》，頁 9～29。
〔註 31〕張天弓：〈略論先唐書學文獻〉，氏著：《張天弓先唐書學考辨文集》，頁 394～395。
〔註 32〕唐・呂總：〈續書評〉，《墨池編》第六卷，盧輔聖主編：《中國書畫全書（一）》，頁 255～256；或見崔爾評選編：《歷代書法論文選續編》，頁 31～35。
〔註 33〕武振宇：〈略論唐代書學理論關於王羲之書法地位的變遷〉，《大連大學學報》2009 年第一期，頁 95。
〔註 34〕唐・杜牧：〈獻詩啓〉，《全唐文新編》，頁 8854。

嘗曰：詩者可以歌，可以流於竹，鼓於絲，婦人小兒，皆欲諷誦，國俗薄厚，扇之於詩，如風之疾速；嘗痛自元和以來，有元白詩者，纖艷不逞，非莊士雅人，多為其所破壞；流於民間，疏於屏壁，子父女母，交口教授，淫言媟語，冬寒夏熱，入人肌骨，不可除去。吾無位，不得用法以治之；欲使後代知有發憤者，因集國朝以來類於古詩者……。〔註35〕

強調詩的觀風與諷諫功能，更可確認其傳統儒家詩教立場。又〈冬至日寄小姪阿宜詩〉中有「史書閱興亡，濃薰班馬香；李杜泛浩浩，韓柳摩蒼蒼。近者四君子，與古爭強梁」〔註36〕，推許李白、杜甫、韓愈、柳宗元（李杜顯然指向詩；韓柳當係指向文），或因其符合杜牧「以意為主，以氣為輔，以辭采章句為之兵衛。」〔註37〕（〈答莊充書〉）的思想，亦有針對當時詩壇上閨閣艷情詩和唱和應酬詩之流行而發的議論。《樊川文集》詩、文混雜，二者並無分野。〔註38〕但杜牧在論詩時，多言志、言情；在論文時，則言意、言氣，唯皆未忘辭之表達。〔註39〕又其在〈李賀歌詩集序〉〔註40〕中，並未因李賀創造了豐富的詩之美境而忽略批評其在「理」上有所不足，也未因此而抹殺它的審美價值。〔註41〕

杜牧詩觀基本上持儒家傳統的政教中心論，惟其不只強調思想內容，實際上亦重視詩歌的藝術性。〔註42〕其儒家詩教的中心思想雖然沒有太大的變動，但對修辭（藝術美）的重視則呈現了時代的風尚。

（二）李商隱

創作於青年時代的李商隱（812～858）〈獻侍郎鉅鹿公啓〉云：

光傳樂錄，道煥詩家，況屬詞之工，言志為最。自魯、毛肇軌，蘇、李揚聲，代有遺音，時無絕響，雖古今異制，而律呂同歸。我朝以來，此道尤盛，皆陷於偏巧，罕或兼材。枕石漱流，則尚於枯槁寂

〔註35〕唐·杜牧：〈唐故平盧軍節度巡官隴西李府君墓誌銘〉，《全唐文新編》，頁8834。

〔註36〕唐·杜牧：〈冬至日寄小姪阿宜詩〉，《全唐詩》，卷五百二十，頁5941。

〔註37〕唐·杜牧：〈答莊充書〉，《全唐文新編》，頁8837。

〔註38〕陳小亮：《論宇文所安的唐代詩歌史研究》（北京：中國社會科學出版社，2010年8月），頁179。

〔註39〕王明居：《唐代美學》（合肥：安徽大學出版社，2005年4月），頁428。

〔註40〕唐·杜牧：〈李賀歌詩集序〉，《全唐文新編》，頁8858。

〔註41〕黃保眞等：《中國文學理論史——隋唐五代宋元時期》，頁261。

〔註42〕周品生：《從詩論到文論：中國狹義文學批評論綱》（成都：巴蜀書社，2006年10月），頁133。

> 寞之句；攀鱗附翼，則先於驕奢艷佚之篇；推李、杜則怨刺居多；效沈、宋則綺靡爲甚。〔註43〕

又其〈上崔華州書〉亦曰：

> 始聞長者言：『學道必求古，爲文必有師法。』常悒悒不快。退自思曰：夫所謂道，豈古之所謂周公、孔子者獨能邪？蓋愚與周、孔俱身之耳。以是有行道不繫今古，直揮筆爲文，不能攘取經史，諱忌時世。百經萬書，異品殊流，又豈能意分出其下哉？〔註44〕

顯然對時風頗有微言。李商隱反對一味地強調「學道求古」，而提倡百花釀蜜式的「兼材」。〔註45〕這實是對封建正統文藝思想和晚唐古文家「宗經」、「徵聖」、「原道」主張的一種挑戰。其〈容州經略使元結文集後序〉讚美次山：「以自然爲主，元氣爲根，變化移易之。」〔註46〕可見他反對原道、宗經、徵聖，批評正統的儒家思想傳統；另提出近似於自然天道觀的見解。

又〈獻相國京兆公啓〉：「人稟五行之秀氣，備七情之動，必有詠嘆，以通靈性。」〔註 47〕〈有感〉：「非關宋玉有微詞，却是襄王夢覺遲。一自高唐賦成後，楚天雲雨盡堪疑。」〔註 48〕作者肯定文學作品有其自身的特點和規律，有其再現生活的一面，還有表現作家主觀情感的一面。

又李商隱〈太尉衛公會昌一品集序〉：

> 麗則孔門之賦，清新鄴下之詩。重以多能，推於小學。王子敬之隸法遒媚，皇休明之草勢沉著。異時相逼，當代罕儔。〔註49〕

其以「遒媚」稱隸法，以「沉著」美草勢，對書體之審美顯然有其獨到之見解。而他將詩、賦與隸、草並論，可見在其心目中，二者之地位或有可相通之處。又其〈唐梓州慧義精舍南禪院四證堂碑銘〉亦提及書法：「夢裡題詩，醉中裁剪，臨池筆落，動草琴休。」〔註 50〕詩、書並提，又將草書與琴音相連繫，果有深邃之見而能得其本質之相類。

〔註43〕唐・李商隱：〈獻侍郎鉅鹿公啓〉，《全唐文新編》，頁 9271。

〔註44〕唐・李商隱：〈上崔華州書〉，《全唐文新編》，頁 9244。

〔註45〕吳調公：〈李商隱文藝觀探微〉，氏著《古典文論與審美鑒賞》（濟南：齊魯書社，1985 年 12 月），頁 136～137。

〔註46〕唐・李商隱：〈容州經略使元結文集後序〉，《全唐文新編》，頁 9284。

〔註47〕唐・李商隱：〈獻相國京兆公啓〉《全唐文新編》，頁 9266。

〔註48〕唐・李商隱：〈有感〉，《全唐詩》，卷五百三十九，頁 6181。

〔註49〕唐・李商隱：〈太尉衛公會昌一品集序〉，《全唐文新編》，頁 9282～9284。

〔註50〕唐・李商隱：〈唐梓州慧義精舍南禪院四證堂碑銘〉，《全唐文新編》，頁 9291～9293。

總結李商隱之詩觀，首先他反對文學創作原於周孔之道，主張「以自然爲主，元氣爲根」；其次，他反對文學創作中「攘取經史」，「師法孔氏」，而提倡在藝術上有獨創性；再次，他提倡文質兼備而反對偏巧。〔註 51〕此外他更將書法與詩賦並論，書法與音樂聯姻，賦予彼此以相當之地位；又其對書體之審美頗爲深邃，確有獨見。

（三）羅鄴

羅鄴（825～？）〈覽陳丕卷〉:「雪宮詞客燕宮遊，一軸煙花象外搜。」〔註 52〕出現「象外」一詞，或可窺時風所在。

（四）貫休

貫休（832～912）〈苦吟〉:「河薄星疏雪月孤，松枝清氣入肌膚。因知好句勝金玉，心極神勞特地無。」〔註 53〕作者要求一個適合於詩歌創作的環境，又因佳句難覓，若沙裡淘金，而認爲一個平靜、沒有絲毫雜念的心境有助於詩歌創作。又〈讀顧況歌行〉云:「庾翼未伏王右軍，李白不知誰擬殺。」〔註 54〕貫休不僅追求「文采之麗」，亦重視詩歌的政治意義。詩中用王羲之和李白的典來感嘆顧況晚年遭遇和茅山歸隱之事，將二者等同對待，亦可見書法與詩歌在此期之地位。

（五）韋莊

韋莊（836～910）編選了《又玄集》，其序文曰:「但掇其清詞麗句錄在西齋……」〔註 55〕，此詩集不求全面反映詩人的創作成就，也不探尋各家的淵源流派，明言入選的標準就是「清詞麗句」。雖然杜甫〈戲爲六絕句〉中亦云「不薄今人愛古人，清詞麗句必爲鄰」，但韋莊選編此集的目的基本上是在滿足感官之享受。〔註 56〕

〔註 51〕黃保眞等:《中國文學理論史——隋唐五代宋元時期》，頁 278～280。

〔註 52〕唐・羅鄴:〈覽陳丕卷〉，《全唐詩》，卷六百五十四，頁 7519。

〔註 53〕唐・貫休:〈苦吟〉，《禪月集》卷二十三，《白蓮集、禪月集、浣花集、廣成集》，頁 48。

〔註 54〕唐・貫休:〈讀顧況歌行〉，《全唐詩》卷八二七，頁 9316。

〔註 55〕唐・韋莊:〈又玄集序〉，《全唐文新編》，頁 9244。

〔註 56〕周品生:《從詩論到文論：中國狹義文學批評論綱》（成都：巴蜀書社，2006 年 10 月），頁 169。

（六）韓偓

韓偓（842～932）〈香奩集自序〉：「遐思宮體，未敢稱庾信工文；却誚玉台，何必倩徐陵作序。粗得捧心之態，幸無折齒之慚；柳巷青樓，未嘗糠秕；金閨綉戶，始預風流。咀五色之靈芝，香生九竅；咽三危之瑞露，春動七情」〔註 57〕。韓偓肯定宮體詩立場明顯而突出，堪稱晚唐詩觀之一極。

（七）韋縠

韋縠（生卒年不詳）〈才調集序〉：

> 暇日因閱李、杜集，元、白詩，其間海天茫茫，風流特挺，遂採摭奧妙，併諸賢達章句，又可備錄，各有編次。或閑窗展卷，或月榭行吟；韻高而桂魄爭光，詞麗而春色鬬美。但貴自樂所好，豈敢垂諸後昆？〔註 58〕

所選標準在「韻高」、「詞麗」，然觀其選錄的詩作主要是艷情詩，內容則重在歌詠妓女，描寫冶遊，多爲香豔、輕薄甚至淫蕩之作，則其目的蓋在自樂。〔註 59〕〈才調集〉與韋莊〈又玄集〉大類，只是一爲「清麗」，一是「香豔」之別，在一定程度上反映出此期詩集選編的趨向與審美風尚。而由韋莊、韓偓與韋縠等人則可知此期有傾向追求詞語媚麗與重視感官之趨勢。

又李商隱與貫休皆曾將詩與書並提，相互比況，已開此風氣之先，影響及於後世（如蘇軾），反映書法與詩歌在此期之地位已略相當。

二、儒家詩教及其變風

（一）、皮日休

皮日休（約 834～883 左右）〈正樂府十篇序〉：「詩之美也，聞之足以觀乎功；詩之刺也，聞之足以戒乎政。」〔註 60〕重視詩的美刺功能。又〈松陵集序〉：「逮及吾唐開元之世，易其體爲律焉，始切於儷偶，拘於聲勢。」〔註 61〕皮氏強調「變」，反對拘於聲律，基於見志之需求而有輕詩之意。惟此序對藝

〔註 57〕唐・韓偓：〈香奩集自序〉，《全唐文新編》，頁 10441。
〔註 58〕唐・韋縠：〈才調集序〉，《才調集》，（台北：新文豐出版公司，1980 年 2 月），頁 1。
〔註 59〕周品生：《從詩論到文論：中國狹義文學批評論綱》，頁 170。
〔註 60〕唐・皮日休：〈正樂府十篇序〉，《全唐詩》，卷六百八，頁 7018。
〔註 61〕唐・皮日休：〈松陵集序〉，《全唐文新編》，頁 9667。

術風格的多樣性問題仍有深刻的理論闡釋。〔註 62〕又〈劉棗強碑〉:「歌詩之風蕩來久矣，大底喪於南朝，壞於陳叔寶。然今之業是者，苟不能求古於建安，即江左矣；苟不能求麗於江左，即南朝矣。或過爲艷傷麗病者，即南朝之罪人。」〔註 63〕將「建安」與「江左」並舉，既有揭露現實的追求，此可謂中唐詩學的延續；又有艷麗藻飾的好尚，則是對晚唐詩風的青睞。〔註 64〕又其〈論白居易薦徐凝屈張祜〉云：

> 元、白之心，本乎立教，乃寓意於樂府，雍容宛轉之詞，謂之「諷諭」，謂之「閒適」。既持是取大名，時士翕然從之，師其詞，師其旨。凡言之浮靡艷麗者，謂之「元白體」。二子規規攘臂解辯，而習俗既深，牢不可破。非二子之心也，所以發源者非也。〔註 65〕

可見皮氏讚同元、白的諷諭詩教立場而批評浮靡艷麗之詞。然其〈雜體詩序〉謂:「詞之體不得不因時而易也。……由古而律，由律至雜，詩之道盡乎此也」〔註 66〕，則表達了其詩體的發展觀。書體之發展亦然，狂草既出，亦宣告了書體發展的極限，往後只有轉往藝術風格上發展了。

（二）陸龜蒙

唐人論詩，往往有指斥聲病之說，陸龜蒙（？～約 881）則不然，其〈復友生論文書〉有曰：

> 夫聲成文謂之音，五音克諧，然後中律度。故《舜典》曰:『詩言志，歌詠言。聲依詠，律和聲。』聲之不和，病也；去其病則和。和則動天地，感鬼神。反不得謂之文乎？〔註 67〕

此文主要辨別了經、史、子等幾種文類的特點，且認爲不同文類當有不同的閱讀、寫作的方法。又其〈書李賀小傳序〉〔註 68〕生動形象地展現了中國古代士人「人生藝術化，藝術人生化」的生活情狀，並揭示了「紈絝不餓死，儒冠多誤身」、「詩窮而後工」的嚴峻現實與規律。對傳主的生活環境作了大量的描寫，頗有要以「典型環境表現典型人物」的意識。

〔註 62〕黃保眞等:《中國文學理論史——隋唐五代宋元時期》，頁 270。
〔註 63〕唐・皮日休:〈劉棗強碑〉,《全唐文新編》，頁 9702～9703。
〔註 64〕陳伯海、蔣哲倫主編；倪進等著:《中國詩學史・隋唐五代卷》，頁 266。
〔註 65〕唐・皮日休:〈論白居易薦徐凝屈張祜〉,《全唐文新編》，頁 9674。
〔註 66〕唐・皮日休:〈雜體詩序〉《全唐詩》，卷 616，頁 7101～7102。
〔註 67〕唐・陸龜蒙:〈復友生論文書〉,《全唐文新編》，頁 9714～9715。
〔註 68〕唐・陸龜蒙:〈書李賀小傳序〉《全唐文新編》，頁 9728。

（三）顧雲

顧雲（？～894）曾爲好友杜荀鶴《唐風集》作〈唐風集序〉：

> 詠其雅麗清苦激越之句，能使貪吏廉，邪臣正，父慈子孝，兄良弟順，人倫綱紀備矣。其壯語大言，則決起逸發，可以左攬工部袂，右拍翰林肩，吞賈喻八九於胸中，曾不蔕介。或情發乎中，則極思冥搜，游泳希夷，形兀枯木；五聲勞於吸呼，萬象悉於抉剔，信詩家之雄傑者也。〔註69〕

顧氏以雅麗清苦激越和壯語大言凸顯杜荀鶴的詩歌語言特質，讚賞雄逸詩風，亦是儒家詩教立場。

（四）陸希聲

陸希聲（生卒年不詳，唐昭宗時人）〈北戶錄序〉：

> 詩人之作，本於風俗，大抵以物類比興，達乎性情之源。自非觀化察時，周知民俗之事，博聞多見，曲盡萬物之理者，則安足以蘊六義之奧，流爲弦歌之美哉？〔註70〕

既謂詩乃本於風俗，又強調「物類比興，達乎性情」，終歸乎儒家詩教之六義。

（五）杜荀鶴

杜荀鶴（846～907）〈讀友人詩〉：「君詩通大雅，吟覺古風生。外却浮華景，中含教化情。」〔註71〕又〈哭方干〉：「何言寸祿不沾身，身沒詩名萬古存。況有數篇關教化，得無餘慶及兒孫？」〔註72〕又〈自敘〉：「寧爲宇宙閑吟客，怕作乾坤竊祿人。詩旨未能忘救物，世情奈值不容眞。」〔註73〕前二詩念念不忘「教化」，後詩亦謂「詩旨未能忘救物」，可見其堅持傳統儒家詩教觀。再看其〈苦吟〉云：「世間何事好，最好莫過詩。一句我自得，四方人已知。生應無輟日，死是不吟時。始擬歸山去，林泉道在茲。」〔註74〕當係對現實失望之餘的自我解脫罷了。

〔註69〕唐・顧雲：〈唐風集序〉，《全唐文新編》，頁10081～10082。

〔註70〕唐・陸希聲：〈北户錄序〉，《全唐文新編》，頁10049。

〔註71〕唐・杜荀鶴：〈讀友人詩卷〉，《全唐詩》，卷691，頁7942。

〔註72〕唐・杜荀鶴：〈哭方干〉，《全唐詩》，卷692，頁7962。

〔註73〕唐・杜荀鶴：〈自敘〉，《全唐詩》，卷692，頁7975。

〔註74〕唐・杜荀鶴：〈苦吟〉，《全唐詩》，卷691，頁7944。

（六）吳融

吳融（？～約 903）〈禪月集序〉：

> 夫詩之作者，善善則詠頌之，惡惡則風刺之，苟不能本此二者，韻雖甚切，猶土木偶不生於氣血，何所尚哉？自風雅之道息，爲五言七言詩者，皆率拘以句度屬對焉。既有所拘，則演情敘事不盡矣。且歌與詩，其道一也。然詩之所拘悉無之，足得於意，取非常語，語非常意，意又盡則爲善矣。國朝爲能歌者不少，獨李太白爲稱首，蓋骨氣高舉，不失頌詠風刺之道。厥後白樂天爲諷諫五十篇，亦一時之奇逸極言。……至於李長吉以降，皆以刻削峭拔飛勁文彩爲第一流，而下筆不在洞房蛾眉神仙詭怪之間，則擲之不顧。〔註 75〕

強調詩之諷刺而輕聲韻律對，以盡意爲善，欣賞骨氣奇逸峭拔飛勁的風格，堅持傳統詩教的美刺觀因而否定了與之相違的藝術美。

前節曾引吳融之〈贈廣利大師歌〉有言：

> 近來兼解作歌詩，言語明快有氣骨。堅如百煉鋼，挺特不可屈，又如千里馬，脫韁飛滅沒。好是不雕刻，縱橫衝口發。昨來示我十餘篇，詠殺江南風與月。乃知性是天，習是人。〔註 76〕

此強調「心志」，謂其學草則崩雲落日，隨手變化，有奇絕之勢；作詩則明快有氣骨，堅剛挺特又不受拘束。從另一面顯示出當時僧人對於草書與詩歌的接受態度，二者於此似有互補之效用。

（七）孟棨

孟棨（生卒年不詳）〈本事詩序〉〔註 77〕：

> 詩者，情動於中而形於言。故怨思悲愁，常多感慨。抒懷佳作，諷刺雅言，著於群書，雖盈廚溢閣，其間觸事興詠，猶所鍾情，不有發揮，孰明厥義？

孟氏最重要的詩觀是：「觸事興詠，猶所鍾情」〔註 78〕，他在儒家詩教的基礎上特重感興。

〔註 75〕唐・吳融：〈禪月集序〉，《禪月集》，頁 1；或《全唐文新編》，頁 10194～10195。

〔註 76〕唐・吳融：〈贈廣利大師歌〉，《全唐詩》，卷 687，頁 7900。

〔註 77〕唐・孟棨：〈本事詩序〉，《全唐文新編》，頁 10121。

〔註 78〕蕭水順：《從鍾嶸詩品到司空詩品》（台北市：文史哲出版社，1993 年 2 月），頁 25。

（八）黃滔

黃滔（生卒年不詳）〈答陳磻隱論詩書〉：「著物象謂之文，動物情謂之聲，文不正則聲不應。何以謂之不正不應？天地籠萬物，物物各有其狀，各有其態，指言之不當則不應。」〔註 79〕黃氏提出「不正不應」的論點。「正」，主要指向詩歌創作中藝術眞實與客觀事物的關係；而所謂「應」則是講藝術欣賞中的情感共鳴。〔註 80〕

以上晚唐諸人審美接受之範疇或有寬狹之別，然皆以儒家傳統詩教爲其基本立場，雖乏新意，然亦晚唐詩論之一路，乃備述之。

三、「意境」論之深化

（一）司空圖

關於《二十四詩品》的作者問題曾有過一段討論熱潮，乃由陳尚君、汪湧豪對其辨僞而起，之後有多位學者加入討論的行列。〔註 81〕綜合各家說法，筆者認爲《二十四詩品》之作者極有可能就是司空圖（837～908），因仍以司空圖爲《二十四詩品》之作者。司空圖論詩除了《二十四詩品》之外，尚有

〔註 79〕唐·黃滔：〈答陳磻隱論詩書〉，《全唐文新編》，頁 10362。

〔註 80〕黃保眞等：《中國文學理論史——隋唐五代宋元時期》，頁 273。

〔註 81〕陳尚君、汪湧豪：〈司空圖《二十四詩品》辨僞〉，《中國古籍研究》第 1 卷（上海：上海古籍出版社，1996 年 11 月），頁 39～73。後又收入陳尚君：《唐代文學叢考》（北京：中國社會科學出版社，1997 年 10 月）（新增〈附記〉及〈再附記〉）；再收入《陳尚君自選集》（桂林：廣西師範大學出版社，2000 年 11 月）。二人後來亦有所妥協與修正，參見陳尚君：《漢唐文學與文獻論考》（上海：上海古籍出版社，2008 年 5 月），頁 196～197。其他學者論文如張健：〈《詩家一指》的產生時代與作者——兼論《二十四詩品》作者問題〉，《北京大學學報》（哲學社會科學版）1995 年第 5 期，頁 34～44；張柏青：〈從《二十四詩品》用韻看它的作者〉，《安徽師大學報》第 24 卷第 4 期（1996 年），又〈從《二十四詩品》用韻看它的產生時代與作者〉，《文學遺產》2001 年第 1 期；張少康：〈司空圖《二十四詩品》眞僞問題之我見〉，《中國詩學》第 5 輯（南京：南京大學出版社，1997 年 7 月），頁 3～8；或參見張少康：《司空圖及其詩論研究》（北京：學苑出版社，2005 年 1 月），頁 148～162；羅宗強：〈20 世紀古代文學理論研究之回顧〉，見氏編：《古代文學理論研究》（武漢：湖北教育出版社，2002 年 10 月），頁 25；祖保泉：〈答張燦校友問——討論《二十四詩品》作者問題〉，《安徽師範大學學報》（人文社會科學版）第 33 卷第 6 期（2005 年 11 月），頁 702～707；張國慶：《《二十四詩品》詩歌美學》，〈前言〉頁 3；李建福：〈《二十四詩品》眞僞述評〉，見陳維德、韋金滿、薛雅文主編：《唐宋詩詞研究論集》（彰化：明道大學中文系，2008 年 6 月），頁 319～356。

〈題柳柳州集後序〉、〈與極浦書〉、〈與李生論詩書〉、〈與王駕評詩書〉等數篇相關文字。〔註 82〕

《二十四詩品》以二十四目標舉詩歌的藝術境界，似受到竇蒙〈語例字格〉以二百四十品對竇臮《書品》艱澀字詞進行釋義的影響，不少用語都和〈語例字格〉中的字句相同或相似，當然亦與傳統概念（如二十四節氣）不無關聯。而此二十四目中，雖只有〈實境〉出現「境」字，但各品目當皆以「境」爲綱，因而極大程度地體現了當下時間的非連續性和話語的非「轉喻」性。〔註 83〕簡言之，即直面事物的審美「直接性」，而所謂「直接性」，可以「印證」之「印」擬之。

司空圖的二十四詩品（也是二十四種詩境）包含了超具象詩意美感標準的詩美形態論，其主要貢獻在於將「境」具體描述爲涵蓋象外之象、景外之景的不同詩美形態，從而揭示了詩意美的虛實兩面。〔註 84〕「象外之象、景外之景」的詩歌意象有不受事物現實屬性限制的自由想像特徵，因而可以更自由地想象景物特徵及關係，以更個性、深刻地表現情感。〔註 85〕又其基本特點爲「比物取象，目擊道存」（許印芳〈二十四詩品跋〉），乃以自然界的景物和社會生活中的境遇來具體地描述不同的品格之美。〔註 86〕此「目擊道存」，即憑直覺去感應「道」的方式，因而極類似於書法之審美，二者都是非間接性的主客二體的印證與交融。

又司空圖《二十四詩品》各品的位置安排並非舉錯無次（例如第一則「雄渾」與最後一則「流動」的呼應），它似乎寓示了作者對詩之本源在「氣」的理解，其深意蓋在詩從本體而言是氣運動的產物，具體的詩歌創作只有在氣的積蓄而至於雄渾、進而流動之際才能誕生。〔註 87〕二十四詩品之間，基本

〔註 82〕唐・司空圖：〈題柳柳州集後序〉、〈與極浦書〉、〈與李生論詩書〉、〈與王駕評詩書〉，《全唐文新編》，頁 9929～9932。

〔註 83〕蕭馳：《中國思想與抒情傳統・第二卷：佛法與詩境》（台北市：聯經出版社，2012 年 7 月），頁 300～301、308。

〔註 84〕彭亞非：〈中國古代的哲學智慧與詩學追求〉，錢中文主編：《中國中外文藝理論學會年刊・2010 年卷：文學理論前沿問題研究》（鄭州：河南大學出版社，2011 年 6 月），頁 348。

〔註 85〕徐艷：《中國中世文學思想史：以文學語言觀念的發展爲中心》（上海：上海古籍出版社，2012 年 8 月），頁 368。

〔註 86〕黃保眞等：《中國文學理論史——隋唐五代宋元時期》，頁 301。

〔註 87〕趙樹功：《氣與中國文學理論體系構建》（北京：人民出版社，2012 年 3 月），頁 89、90。

上環環相扣又取得某種平衡，例如第二則「沖淡」是由兩個彼此吸引而互相彌補的詞所形成的和諧狀態，而每個詩品的標題通過兩個字詞之間的張力達到內在的某種平衡，又相對於前後的詩品，每一個詩品也代表了某種平衡。〔註 88〕而司空圖「流動」觀或遠根於《易》和莊子之「遊」，近源於山水畫的遊觀方式和書法書寫的動態變化之啓發。

司空圖〈與李生論詩書〉：

> 文之難，而詩之難尤難。古今之喻多矣，而愚以爲辨於味而後可以言詩也。……近而不浮，遠而不盡，然後可以言韻外之致耳。〔註 89〕

由「辨於味而後可以言詩」可知《二十四詩品》的「品」字頗近於「境」、「格」的概念，乃有整體審美之特色。「味」、「格」、「境」實三位一體，關係密切。〔註 90〕又所謂「近而不浮，遠而不盡」，實就藝術形象的含藏性、生動性而言，乃「韻外之致」的前提條件和實質內容。〔註 91〕

司空圖〈與極浦書〉：

> 戴容州（叔倫）云：「詩家之景，如藍田日暖，良玉生煙，可望而不可置於眉睫之前也。」象外之象，景外之景，豈容易可談哉？然題紀之作，目擊可圖，體勢自別，不可廢也。〔註 92〕

所謂「藍田日暖，良玉生煙」似不符現實，可視爲是某種藝術通感（「意象」）。在司空圖以前，已出現與「象外之象、景外之景」相近的內容（例如皎然《詩式》卷一「取境」），但司空圖的意象理論有更爲顯著的純文學特性。〔註 93〕戴叔倫言「景」，劉禹錫談「象」，司空圖則「景」、「象」兼取。司空圖這種既重「象」、「景」又重「象外」、「景外」的詩觀，無疑是對中唐寫意詩學的深入，也是對唐代詩學思想中有關心物關係的一個總結。〔註 94〕

〔註 88〕〔法〕余蓮（Francois JULLIEN）著；卓立（Esther Lin～Rosolato）譯：《淡之頌：論中國思想與美學》（台北縣新店市：桂冠圖書股份有限公司，2006 年 2 月），頁 78～79。

〔註 89〕唐・司空圖：〈與李生論詩書〉，《全唐文新編》，頁 9929。

〔註 90〕袁曉薇：〈論「韻味說」的「味」與「格」——兼論司空圖對王維詩歌藝術的理論發展〉，徐中玉、郭豫適主編：《中國文論的方與圓——古代文學理論研究（第 31 輯）》（上海：華東師範大學出版社，2010 年 9 月），頁 119。

〔註 91〕祖保泉：〈司空圖〉，牟世金主編：《中國古代文論家評傳》（鄭州：中州古籍出版社，1988 年 8 月），頁 430。

〔註 92〕唐・司空圖：〈與極浦書〉，《全唐文新編》，頁 9931。

〔註 93〕徐艷：《中國中世文學思想史：以文學語言觀念的發展爲中心》，頁 371。

〔註 94〕陳伯海、蔣哲倫主編；倪進等著：《中國詩學史・隋唐五代卷》，頁 276～277。

又司空圖〈與王駕論詩書〉:「五言所得，長於思與境偕，乃詩家之所尚者。」〔註95〕「思與境偕」指出了意境構成的兩要素「思」和「境」，且要求二者之「偕」。在之前的唐代詩論中，權德輿曾用「意與境會」來表述意境的特點，然而「偕」字則更進一步抓住了意境融合的本質。〔註96〕因此可以說司空圖將王昌齡的境思論與皎然的取境說作了最完整的發揮，並衍生成意境風格論。〔註97〕

此外司空圖亦有形神及自然之論。其〈與李生論詩書〉云:「蓋絕句之作，本於旨極。此外千變萬狀，不知所以神而自神也。」詩之「神」乃透過「千變萬狀」的形象創造，實際上即主張形神並備，這也是值得注意的一點。〔註98〕魏晉至唐中葉的理論家們多認爲神貴於形，而《二十四詩品》(如「雄渾」、「含蓄」、「形容」等)則指出美的本質不在於形而在於神；唯有「離形得似」，才能達到眞正的美。這就把古代重神的理論從方法論轉進入了本質論。〔註99〕而他標舉王維、韋應物等盛唐詩歌，似針對賈島等中唐以來詩歌「附於蹇澀」(〈與李生論詩書〉)而不夠自然，乃欲以盛唐之自然矯之。〔註100〕

整體而言，司空圖《二十四詩品》不同於一般品評詩歌的論述，每品描繪詩人企圖說明的意境，本身即具有生動的形象性；此外他標舉「味外之旨」、「思與境偕」爲最高境界；又有對自然樸素美的提倡。司空圖詩論可謂總結並深化了唐代的詩歌意境論。

(二)僧齊己

僧齊己(864～937?)〈謝虛中寄新詩〉:「趣極同無跡，精深合自然」;〈寄酬高輦推官〉:「道自閑機長，詩從靜境生」;〈寄鄭谷郎中〉:「詩心何以傳，所證自同禪」。〔註101〕以上三詩分別點到「自然」、「靜境」以及「詩心」與「禪」的關係，呈顯了濃厚的道、釋美學意味。

〔註95〕唐・司空圖:〈與王駕論詩書〉,《全唐文新編》，頁9930。
〔註96〕喬惟德、尚永亮:《唐代詩學》(長沙:湖南人民出版社，2000年11月)，頁75。
〔註97〕蔡瑜:《唐詩學探索》，頁176。
〔註98〕祖保泉:《中國詩文理論探微》(合肥:安徽人民出版社，2006年6月)，頁121。
〔註99〕成復旺:《神與物游:中國傳統審美之路》(濟南:山東人民出版社，2007年1月)，頁38。
〔註100〕徐艷:《中國中世文學思想史:以文學語言觀念的發展爲中心》，頁373。
〔註101〕唐・齊己:〈寄鄭谷郎中〉、〈謝虛中寄新詩〉、〈寄酬高輦推官〉,《白蓮集》卷三、卷五,《白蓮集、禪月集、浣花集、廣成集》，頁22、25、33。

四、返古與整理

晚唐出現爲詩人分流別派的張爲《詩人主客圖》〔註102〕，它展示了晚唐詩歌創作的多元化面貌，而其關心的主要是對中唐的繼承而不是差別。〔註103〕張爲《詩人主客圖》之外又有孟棨《本事詩》之廣羅軼聞，由此顯示了這一階段的整理與繼承心態。此外在此期更有許多詩格類的著作，這類著作大抵學步皎然《詩式》，然其內容多講詩的初級作法和具體程式，極少理論上的建樹。其中較值得注意的是「勢」的概念受到廣泛關注，然其「勢」論都是針對兩句詩而言，而其意義指向則大致兼有體勢、形勢、氣勢等內涵。〔註104〕

又此期詩格作者多是僧人；書中的詩例多大量援引僧人之作或與景物相關的詩；且其書名多與風雅傳統相聯繫，顯出復古的意圖；這些詩格著作往往以申述六義爲開章明義，並援引近人或當代詩例而聚焦於比興美刺，未能深入物象本身，對情意與物象交融之境的審美價值缺乏興趣，反而窄化了詩歌之內蘊。《二南密旨》堪爲此種基本傾向的最早典型之作。〔註105〕

在對現實政治環境失望之餘，晚唐詩風基本上已與政治諷諫愈離愈遠而著力於藝術意境的開發，因而有韋莊以「清詞麗句」爲標準編選的《又玄集》、韓偓的〈香奩集序〉和韋穀的〈才調集序〉，更有司空圖《二十四詩品》，亦有廣羅軼聞的孟棨《本事詩》和分宗別派的張爲《詩人主客圖》等著作的出現，更有反傳統思想色彩而寄託遙深的李商隱，然仍有堅持傳統儒家詩教者，此期詩論可謂多元紛呈。

第三節　晚唐書論與詩論之比較

一、差異化的發展

晚唐面對時代環境的挑戰還處在一種摸索的階段，其最直接而簡單的反應就是延續、返古和整理。如此期選唐詩多企圖通觀初唐以來的詩歌全貌，而不再只是選唐的某一時期。〔註106〕在詩論方面，返古即回到儒家詩教的傳

〔註102〕唐・張爲：〈詩人主客圖序〉，《全唐文新編》，頁10120。
〔註103〕陳伯海、蔣哲倫主編；倪進等著：《中國詩學史・隋唐五代卷》，頁293。
〔註104〕喬惟德、尚永亮：《唐代詩學》，頁161～162。
〔註105〕蔡瑜：《唐詩學探索》，頁163、166。
〔註106〕李珍華、傅璇琮：《河嶽英靈集研究》，頁27。

統立場，然此卻很難再有出新的可能，於是先見之士分別走向各自的進路，導致多元紛呈的現象。然而書論方面則相對一元，較前人更聚焦於筆法的討論，以致有細密化的表現。又二者皆有理論總集的出現，適反映了回顧和整理的時代心態。

總體而言，晚唐對歷史和文化的反思，似乎帶有「向後看」的思維特點，這種回頭看的思維模式，與唐人長期以來自矜自重的性格與氣質頗不相應。〔註 107〕畢竟晚唐去盛唐已遠，有識之士雖欲有所作爲，無奈時代的大環境並不配合，只能在個人的天地裡努力經營，因而缺乏向外拓展的氣勢與心態。

二、釋、道審美思想的融入

釋、道審美思想於晚唐時期的影響，在書法方面反映於草書的創作及其審美之風潮；詩論方面主要反映於意境論之深化、修辭觀之轉進；而二者共有之現象是詩僧、書僧於此期之活躍。

禪重象喻，本與《易》之「盡意莫若象」有相通之處。佛禪的不可言說性與詩的含蓄象徵性，乃二者可以相互借鑑的重要因素。〔註 108〕而道家的自然理念使詩的含蓄象徵性，進一步與自然之「象」、「境」結合，加上三教對「心」的重視與理念之交融，從而深化了意境論的發展。而晚唐詩格類著述各種「勢」的提出，即可視爲象喻在詩論中的運用。〔註 109〕

由於受了玄、佛的影響，中唐以後，「象外」之說在很大程度上開拓了詩人神思的天地。皎然有「採奇於象外」之說；而劉禹錫〈董氏武陵集記〉則云：「境生於象外」；到了晚唐司空圖《詩品》更進一步提出了「味外」說，不僅揭示了詩歌的形象特點，更從審美情趣來表明和探索詩歌的意境與風格。〔註 110〕

司空圖《二十四詩品》的基本特點可謂「比物取象，目擊道存」，基本上是以自然界的景物和社會生活中的境遇來具體描述不同的品格之美。〔註 111〕

〔註 107〕霍然：《唐代美學思潮》（高雄：麗文文化事業，1993 年 10 月），頁 376。

〔註 108〕蕭麗華：《唐代詩歌與禪學》（臺北：東大圖書，1997 年 9 月），頁 10。

〔註 109〕涂光社：《因動成勢》（南昌：百花洲文藝出版社，2001 年 10 月，《中國美學範疇叢書》），頁 212。

〔註 110〕吳調公：〈司空圖的生平、思想及其文藝主張〉，氏著《古典文論與審美鑒賞》（濟南：齊魯書社，1985 年 12 月），頁 208。

〔註 111〕黃保眞等：《中國文學理論史——隋唐五代宋元時期》，頁 301。

而此「目擊道存」，即直接的、處身於境的、憑直覺的去感應「道」的方式，非常類似於書法之審美模式，二者都是非間接性的主客間的印證與交融。

若對比司空圖和皎然二者之詩論，則皎然重在「思之初發」與「取境」的關係，而司空圖乃針對整個詩歌創作過程的心物關係而發；又皎然所論是求取「體高」的一種手段，而司空圖是對心物關係作詩學之觀照，亦即皎然所論具創作方法的意義，而司空圖所論是一種創作原則；再者，司空圖對「境」的理解顯較皎然爲全面。〔註 112〕

中晚唐時期，詩僧在詩質與詩量方面已能有躋身士林而齊致風騷的成就者，特別是出現了以皎然、貫休、齊己爲代表的僧俗唱酬集團，於是正式誕生了「詩僧」一詞。從《白蓮集》的編纂可見晚唐詩僧之盛及詩集酬酢的時風，而是著更代表齊己從詩禪矛盾到詩禪統一的心路歷程，是釋子以詩爲終生目標，不必作禪修餘事的表徵，更代表了詩禪融合的成熟樣態。〔註 113〕

又晚唐詩僧多有詩格之作，而書僧却乏相應的書法理論著作，這與其本質之特質仍有一定之關聯。

三、法式強調與理論整理

晚唐以後，詩人的時代意識已從治亂興衰的糾結移焦於個人的才情呈顯，其時代使命乃本於性情，創造更多元、動人的美感形式。〔註 114〕於是此期詩論與書論均呈現了對「法式」的重視以及整理前人理論的趨勢。

書論方面，柳公權〈筆偈〉、〈謝人惠筆書〉；盧携〈臨池訣〉；林蘊〈撥鐙序〉；韋榮宗〈論書〉；或傳顏眞卿〈張長史十二意筆法〉；唐人〈敘筆法〉等，無一不聚焦於筆法，且有細密化的傾向。而《法書要錄》、《墨藪》等理論總集的出現，總體反映了此期書「法」論已邁入成熟的高峰，而開始步入沉潛期。又此期書法之審美多聚焦於草書，特別是書僧之草，且反映了由書見人、書如其人之理念，並將禪理融於其中。此期詩論對法的關注亦逐漸轉至形式（修辭），而主張復古者多強調比興美刺，惟其中有批評聲律者（如皮日休），有認同者（如陸龜蒙）。此外，晚唐出現許多爲科舉而寫、類似範本的「詩格」類著作，如《炙轂子詩格》、《緣情手鑑詩格》、《新訂詩格》、《風

〔註 112〕陳伯海、蔣哲倫主編；倪進等著：《中國詩學史・隋唐五代卷》，頁 273。
〔註 113〕孫昌武：《佛教與中國文化》（上海：上海人民出版社，1988 年），頁 175、177。
〔註 114〕蔡瑜：《唐詩學探索》，頁 232～233。

騷旨格》、《流類手鑑》等，〔註 115〕兼具了法式強調與整理之意義。晚唐后期出現《二十四詩品》、《詩人主客圖》、《本事詩》等具總結性的著作，更反映了此期詩論如同書論一樣進入了回顧與整理的階段，惟晚唐詩論深化了意境論的發展，而書論卻少有出新之作爲。

〔註 115〕張伯偉：《全唐五代詩格彙考》，頁 384～423。

第八章　唐代書論與詩論之美學範疇

第一節　唐代書論與詩論之「勢」、「骨」

一、唐代書論之「勢」、「骨」

由「埶」與「力」構成的「勢」，最初的涵義當指山川地理之形勢，它首先爲先秦兵家所借用，成爲兵法中的專門術語和概念，其義則分別從「埶」和地形地勢之「勢」逐漸引申出來，前者是訓練士兵的技能、技巧，後者則是隨機應變，因事制宜的變量。在文藝方面，首先影響了東漢以後的書論，此時書論多以「勢」名，又所論之內涵大多指字形、字體結構和筆畫間相互照應的態勢。〔註 1〕可知「書勢」乃由外在的形式著眼而及於其間之關係。

秦漢之際，漢字由圓轉的篆書逐漸變爲橫向、重視一波三折的隸書，使得審美的視角也逐漸跳脫外形的限制而及於潛藏於線條之間和之內的勢態。隸書橫向波折運筆強化了書者肢體的運動感，此當爲漢代書論之所以重「勢」的原因之一。

秦漢諸子所說的「勢」基本上有三個特點：一是「勢」多在相互比較參照中顯示出來。二是「勢」以形爲基礎，往往有力的內涵和變化靈活的特點。三是其形成受事物內在之理的制約，而其運動和發展變化亦遵循著自然的規

〔註 1〕鞏本棟：〈環繞唐五代詩格中「勢」論的諸問題〉，中國唐代文學學會、廣西師範大學文學院、廣西師範大學出版社編：《唐代文學研究年鑑・2008》，頁 173。原刊《文史哲》2007 年第 1 期。

律。〔註2〕簡言之，「勢」乃透過「形」而呈顯，這是一種「力」的蘊含，有一種動態的潛能，且受自然規律的制約。如果說，動與靜是書法的基本矛盾，靜動之間的轉化是書法的核心所在，那麼「勢」則是關於這一基本矛盾和核心秘密的一個美學概念。〔註3〕中國傳統向來傾向使用兩極對照的辯證論述，而不是以概念化的方式來表現美學現象。〔註4〕這種對「勢」的理解，內含著一種「場」的效應，作爲動態的形，它可以顯示出超越「形」外的意趣。〔註5〕因而「勢」作爲書法審美的概念，可以有多層的理解。

魯道夫・阿恩海姆《藝術與視知覺》曾經言及：

> 我們發現，造成表現性的基礎是一種力的結構，這種結構之所以會引起我們的興趣，不僅在於它對那個擁有這種結構的客觀事物本身具有意義，而且在於它對於一般的物理世界和精神世界均有意義。像上升和下降、統治和服從、軟弱與堅強、和諧與混亂、前進與退讓等的基調，實際上乃是一切存在物的基本存在形式。不論在我們心靈中，還是在人與人之間的關係中；不論是在人類社會中，還是在自然現象中；都存在著這樣一些基調。……我們必須認識到，那推動我們自己的情感活動的力，與那些作用於整個宇宙的普遍的力，實際上是同一種力。〔註6〕

簡言之，力是表現性的基礎，一切存在物的基本存在形式，它普遍存在於此間，而吾人的情感活動之力亦在其範疇之內。「力」必須以某種形式呈顯出來而爲吾人所感知，這就是「勢」。「力」具有某種潛能，且與生命息息相關，它的本質實際上就是生命力的表現。書法是「寫」出來的，因而其「勢」可謂是在靜止的點畫線條和形體結構中包蘊了一種內在的張力，且具有動態的潛能。〔註7〕

〔註2〕涂光社：《因動成勢》（南昌：百花洲文藝出版社，2001年10月），頁43。

〔註3〕薛富興：《東方神韻：意境論》（北京：人民文學出版社，2000年6月），頁162。

〔註4〕〔法〕余蓮著；卓立譯：《勢：中國的效力觀》（北京：北京大學出版社，2009年6月），頁58。

〔註5〕涂光社：《因動成勢》，頁266。

〔註6〕〔美〕魯道夫・阿恩海姆著；藤守堯、朱疆源譯：《藝術與視知覺》（成都：四川人民出版社，1998年），頁625。

〔註7〕崔樹強：《氣的思想與中國書法》（北京：人民出版社，2010年10月），頁131。

作爲審美範疇的「骨」亦「力」之所存。南朝書論即在「骨」上加以「力」、「氣」，與「媚」的概念形成對比關係。而南朝文評使用「遒」字的方法，則形成書法領域中「遒」字的基本意涵。唐代書論則融縮了「風神骨氣」、「妍美效用」而提倡「筋骨」。「遒」與「骨」、「力」有緊密的關聯，它又可與「媚」相對而言，而唐代「媚」字術語則出現了飛躍性的發展。〔註8〕「姿媚」本來是形容姿態、姿容的美麗，韓愈把王羲之的美麗書風批評爲「姿媚」，但《述書賦・語例字格》卻說：「意居形外曰媚」，則竇臮、竇蒙兄弟所謂的「媚」乃指在形外別有一番意趣，這與一般的見解有較大的出入。

初唐歐陽詢論書頗重「勢」，其〈傳書訣〉謂：「當審字勢」；〈用筆論〉云：「遂其形勢」；而〈八訣〉與〈三十六法〉則幾乎是著眼於勢而發的。整體而言，歐陽詢論勢較偏重於「字勢」。唐太宗〈論書〉則曰：「我今臨古人書，殊不學其形勢，惟在求其骨力，而形勢自生耳。」由形勢而骨力，乃是從對作品外觀的籠統觀察轉移到對書法線質的關注，進而至於對書家主體氣格的強調，書法與主體的關係被更緊密地聯繫起來。如歐陽詢謂「每秉筆必在圓正」（〈傳書訣〉），原是具體的指導筆法之語，至柳公權則有「心正則筆正」之說。

初唐後期，孫過庭《書譜》有云：「至於諸家勢評，多涉浮華，莫不外狀其形，內迷其理。今之所撰，亦無取焉。」〔註9〕顯然對前人論勢諸作的「外狀其形，內迷其理」頗有意見。他更對「風骨」範疇與「遒潤」的關係有所闡述：

> 假令眾妙攸歸，務存骨氣；骨既存矣，而遒潤加之。亦猶幹扶疏，凌霜雪而彌勁；花葉鮮茂，與雲日而相輝。如其骨氣偏多，遒麗蓋少，則若枯槎架險，巨石當路，雖妍媚云闕，而體質存焉。若遒麗居優，骨氣將劣，譬夫芳林落蕊，空照灼而無依；蘭沼漂萍，徒清翠而奚托。是知偏工易就，盡善難求。〔註10〕

孫氏以「骨氣」爲體，而以「遒潤」附之，二者兼之，乃爲盡善。他又提出「風神骨氣者居上，妍美功用者居下」的書學標準，並將此一標準貫穿在其論著之中。中唐以後，書論焦點多偏向筆法的討論，未在「風骨」上多所著墨。

〔註8〕〔日〕河内利治著；承春先譯：《漢字書法審美範疇考釋》（上海：上海社會科學院出版社，2006年5月），頁34、46、65。

〔註9〕唐・孫過庭撰；周士藝注疏：《書譜序注疏》，頁53。

〔註10〕唐・孫過庭撰；周士藝注疏：《書譜序注疏》，頁93～97。

傳顏眞卿〈張長史十二意筆法記〉有云：「（張旭問）力謂骨體，子知之乎？（顏眞卿）曰：豈不謂筆則點畫皆有筋骨，字體自然雄媚之謂乎？」強調點畫之筋骨爲字體雄媚之本，筋骨實乃在中和觀基礎上的力概念。又蔡希綜〈法書論〉謂：「每字皆須骨氣雄強，爽爽然有飛動之態。」徐浩〈書法論〉則談到書法要「骨勁而氣猛」，都是把氣、骨與力相提並論，無怪乎杜甫〈李潮八分小篆歌〉說：「苦縣光和尙骨立，書貴瘦硬方通神。」強調人與書之間的聯繫，通過「骨」體現了「書如其人」的理念。

孫過庭《書譜》未直接提及「勢」，但至盛唐的張懷瓘則極爲重「勢」，特別是對筆畫組合之「勢」和結構「字勢」的探討。〔註 11〕張懷瓘〈書斷序〉：「故其發跡多端，觸變成態，或分鋒各讓，或合勢交侵，亦猶五常之於五行，雖相尅而相生，亦相反而相成」、「或體殊而勢接，若雙樹之交葉」；〈書斷上〉：「字之體勢，一筆而成，偶有不連，而血脈不斷，及其連者，氣候通其隔行」；〈文字論〉：「氣勢生乎流便，精魄出於鋒芒」；〈書議〉：「然草與眞有異，眞則字終意亦終，草則行盡勢未盡」、「龍虎威神，飛動增勢」；〈六體書論〉：「慮以圖之，勢以生之，氣以和之，神以肅之」；〈論用筆十法〉：「偃仰向背——謂兩字併爲一字，須求點畫上下偃仰離合之勢」、「遲澀飛動——謂勒鋒磔筆，字須飛動，無凝滯之勢」；《玉堂禁經》：「夫人工書，須從師授。必先識勢，乃可加功」、「夫書之爲體，不可專執；用筆之勢，不可一概」、「夫書第一用筆，第二識勢」、「起伏識勢，豈止於散水、烈火？其要在權變」。張懷瓘論勢乃言其「體勢」、「氣勢」、「字勢」、「筆勢」，且特別重視動態之勢，強調權變之必要。張氏更謂：「文則數言乃成一意，書則一字已見其心」，將書與人緊密連結在一起。顯然其「勢」論範圍寬廣，論述深刻，書勢理論至此已經完全成熟。

李陽冰〈論篆〉云：「於蟲魚禽獸，得屈伸飛動之理；於骨角齒牙，得擺抵咀嚼之勢，隨手萬變，任心所成」。徐浩〈論書〉謂：「用筆之勢，特須藏鋒」。蔡希綜〈法書論〉：「字體形勢狀如虫蛇相鈎連，意莫令斷」、「其有誤發，不可再摹，恐失其筆勢。若字有點處，須空中遙擲下，其勢猶高峰墜石」、「然則施於草迹，亦須時時象其篆勢」。三者論勢多聚焦於筆法及書體之勢，在一定程度上反映了當時重「法」之理念與風潮。

〔註 11〕涂光社：《因動成勢》，頁 91。

傳爲衛夫人所作的《筆陣圖》，將「筆」與「陣」結合起來論述，實有類比兵陣形勢變化多端之意。後來書法的「九宮格」，即源自兵家的九宮陣。〔註12〕而唐人「永字八法」描述各筆畫之筆法所強調的正是該筆劃之「勢」，故盧肇有謂：「大凡點畫，不在拘之長短遠近，但無遏其勢。」（見林蘊《撥鐙序》）可見「勢」不只在全篇或單個字形上，亦存在於個別筆畫之中。事實上點畫由情感產生後，同時通向結體和章法，顯然「勢」存在於點畫通向結體與章法的過程中，存在於結體與章法的連接關係中。〔註13〕連張彥遠《歷代名畫記》亦謂：「骨氣、形似皆本於立意，而歸乎用筆。」〔註14〕所論乃以立意爲骨氣、形似之本，但須透過用筆以呈顯之，亦即要求用筆須能表現「骨氣」及「形勢」。雖然張氏所論係針對畫而言，但與書理相通而強調意以筆顯。

和「勢」相近的尚有「體」的概念，它對於書法的藝術形式和風格具有體制和基本傾向方面的指導意義，而「勢」在書法中則較傾向於指筆墨運行過程展示出來的藝術效果。〔註15〕相較而言，詩歌之「體」則可以指體裁；或專指詩歌之章法、結構而言；或是指風格。〔註16〕

魏晉南北朝以「勢」論書，其義則多從書論生發而來。從魏晉到隋唐書法理論的一條重要發展脈絡，乃由早期「書勢」的整體把握，轉向分解字形結構和筆畫的「筆勢」，從運用毛筆的豐富經驗中總結出書寫筆畫的基本規範。〔註17〕從梁代開始，書論中出現如「氣」、「風」、「骨」、「意」、「神」、「韻」、「味」等相對獨立的概念和範疇來表達新的藝術追求，原本兼容於「書勢」的美學意蘊，逐漸分化。〔註18〕唐代書論的「勢」概念承續前人之見而又有所發展，至盛唐張懷瓘則已完全成熟。此期之勢論對於「字勢」與「筆勢」特別重視；相對而言，則有對「字法」與「筆法」的關注。若從縱向的角度觀察，則強調骨力遒勁，甚至及於「氣」、「神」等相關的概念，有愈來愈深化主體情性之表現。

〔註12〕崔樹強：《氣的思想與中國書法》，頁163。

〔註13〕胡抗美：《中國書法藝術當代性論稿》（北京：榮寶齋出版社，2012年9月），頁3。

〔註14〕唐・張彥遠：〈論畫六法〉，《歷代名畫記》卷一，盧輔聖主編：《中國書畫全書（一）》，頁124。

〔註15〕涂光社：《因動成勢》，頁112～113。

〔註16〕林淑貞：《詩話論風格》（台北市：文津出版社，1999年7月），頁53～54。

〔註17〕涂光社：《因動成勢》，頁78～79。

〔註18〕涂光社：《因動成勢》，頁105。

二、唐代詩論之「勢」、「骨」

古代「勢」論之本義，大抵是「力」的一種表現，惟其表現蘊含於形體之中，而與「形」難分難解，它表現在語言文字的運行之際或點劃連接的行氣之間，而往往是可意會而難以言說。〔註 19〕劉勰《文心雕龍・物色》:「自近代以來，文貴形似。窺情風景之上，鑽貌草木之中。」鍾嶸《詩品》卷上：「文體華淨，少病累，又巧構形似之言。」顏之推《顏氏家訓・文章》:「何遜詩實爲清巧，多形似之言。」三者皆肯定「形」之作用。魏晉南北朝開始以「勢」論文，而劉勰《文心雕龍・定勢》既受傳統勢論之啓發，又有因以語言文字爲媒介所帶來的文學的時間延續性特質，所謂「辭已盡而勢有餘」。「勢」因「情」即「體」而成，且受作家藝術傾向之影響，劉勰乃將其視爲一種適應「情」與「體」需要的「術」來論述。〔註 20〕

最早將「勢」導入詩論的是王昌齡。唐代詩論比較集中談到「勢」的有王昌齡《詩格》、皎然《詩議》和《詩式》、僧齊己《風騷旨格》等，他們大抵沿著由形到勢的思路（即書法中的結體運筆成勢或文章的即體成勢等概念），並融以兵家因利權變之勢來立論。王昌齡《詩格》中所列「十七勢」取名同於書論，承襲了劉勰文章體勢和兵家、書家之說，論述詩歌的運思或意脈的流轉、向背和變化。皎然《詩式》有「明勢」一節，他在論述「詩有四深」時，將「勢」與「意」併舉。「意」當指詩歌中要表達的意蘊、內涵，而「勢」則是指如何表達這些意蘊、內涵。齊己的《風騷旨格》專列「詩有十勢」，則有禪宗思想的影子。〔註 21〕唐的「詩勢」之論多分解到格律詩「句」與「聯」的層次去討論意象的展開，這當是詩歌之格律化使然。〔註 22〕就唐代詩論而言，「勢」多指向詩歌的運意用思和含義的流轉變化，此外它也具有詩歌創作的方法論意義。

王昌齡〈詩中密旨〉:「詩有三格——得趣、得理、得勢」，其「得勢」之「勢」，有別於〈十七勢〉之「勢」，乃指立意布局中顯示的恢宏恣肆、縱橫捭闔之態勢；〈十七勢〉則表達了詩創作應該視爲言說佈置的訊息，而此乃因

〔註 19〕張伯偉：《禪與詩學》（北京：人民文學出版社，2008 年 4 月），頁 42。
〔註 20〕涂光社：《因動成勢》，頁 193。
〔註 21〕巩本棟：〈環繞唐五代詩格中「勢」論的諸問題〉，中國唐代文學學會、廣西師範大學文學院、廣西師範大學出版社編：《唐代文學研究年鑑・2008》，頁 174～175。
〔註 22〕涂光社：《因動成勢》，頁 194。

其時間線性的向度。〔註 23〕王昌齡《詩格》更爲「五用」劃出了等次，反映出由實而虛、由形而神、由直露而含蓄、由集約而沖淡，逐級而上的審美境界。其謂「用氣不如用勢」頗耐人尋味，蓋指「氣」不如「勢」之易於爲人所察覺。「用勢」之「勢」是一種「內義脈注」的藝術手段，它傳達了既隱微而又能體察得到的勢態。而「用神」當是指在感知以外的一種精神上的契合，那就屬更高層次也更加不易捉摸的範疇了。〔註 24〕法國學人余蓮認爲王昌齡引用了書法最重要的原則——即在同一個表意字裡的兩個構成要素之間創造相吸但相斥的張力（兼具「向背」）。〔註25〕論「勢」往往與布局、線索、脈絡、節奏等相關，若從創作、技巧上說則比「氣」具有更高的可操作性。〔註26〕

皎然《詩式》中所說的「勢」與王昌齡所謂「得勢」、「用勢」之「勢」基本相同，也如《文心雕龍・定勢》，乃是與「體」相聯繫的，一般意義上的詩文之「勢」。〔註27〕又其有「興雖別而勢同」之論，蓋「興」處創作之初，而「勢」在創作之後；「興」所重在過程，而「勢」則重其結果。

高仲武《中興間氣集》卷上：「侍御詩清雅，工於形似。」蓋讚賞其詩作能有效地呈顯對象物所給予人的印象和感受，乃以文字牽引讀者之想像的「形」似，此詩之所謂「象」；而書法之形似亦與實際物象有別，但與詩文不同的是其係指書法所蘊涵的與實際物象之間具有可類比關係的「抽象」的形式。

時至晚唐，司空圖《二十四詩品・形容》則曰：「離形得似，庶幾其人。」蓋放棄斤斤於文字細節與物象外形的描摹，而將重點轉向內涵精神的展現。與司空圖大約同時的張彥遠《歷代名畫記》（卷一）亦云：「古之畫或能移其形似而尚其骨氣，以形似之外求其畫。此難可與俗人道也。」〔註 28〕可見此期文人對於「形」的看法，已經由可見的轉移至不可見的，亦即是「象外」。而晚唐五代詩格中的「勢」，講的多是詩歌創作中的句法問題，它聚焦於句法所形成的張力，由此而出現各種名目的「勢」。又其「勢」論多針對兩句詩而言，即將「對」視爲一個基本的單位來論。〔註 29〕

〔註23〕〔法〕余蓮著；卓立譯：《勢：中國的效力觀》，頁 100。
〔註24〕涂光社：《因動成勢》，頁 205～207。
〔註25〕〔法〕余蓮著；卓立譯：《勢：中國的效力觀》，頁 103。
〔註26〕涂光社：《原創在氣》（南昌：百花洲文藝出版社，2001 年 12 月），頁 115。
〔註27〕涂光社：《因動成勢》，頁 211。
〔註28〕唐・張彥遠：《歷代名畫記》，盧輔聖主編：《中國書畫全書（一）》，頁 124。
〔註29〕張伯偉：《禪與詩學》，頁 42。

詩文本就不僅靠「秩序」與「一致性」存在，它也須以流動來發展，賴其旋律節奏而固守，而詩語的呈現本即應和著詩人的心緒（「語與興驅，勢逐情起」），節奏實際直接反映了創作主體的生氣；又詩的韻律傾向取代了句法，對文本的理解也有一定的助益。〔註 30〕而當對詩歌句法的重視超越了對其間之節奏過程的重視，則有向後退回「形勢」的疑慮。前者易生發出「活法」，而後者則易成爲「死法」。

又唐代詩論頗重「風骨」，而所謂「風骨」自與「勢」有關。「骨」與「風」相對，「氣」動爲「風」，「氣」凝入「骨」。「風」與「骨」是「氣」的動、靜與散、凝兩種形態，兩者相輔相成，構成活生生的生命形態。〔註 31〕就思想內容而言，「骨」要求觀點正確，有理有據；其次是能寓褒貶，別善惡；從文辭上來講則是要扼要、準確，具有邏輯力量。「風」則重在緣情，舉凡人們內在精神情感，都要藝術地形象地體現，它憑藉的是想像力的開展。〔註 32〕「風骨」美學範疇於魏晉南北朝開始萌生與確立，其語辭來源於傳統相術和人物品鑒。〔註 33〕基本上，歷代論「風骨」者大多偏重指由作者充沛的主觀志氣爲底裡的作品剛健高古的整體風貌。有風骨的作品固然具有勁健有力的特徵，但在傳統詩學理論中，它與體制和形式的巨大並沒有必然聯繫。〔註 34〕在書法中亦然。劉勰《文心雕龍・風骨》謂：「結言端直，則文骨成焉；意氣駿爽，則文風清焉」，則骨力的勁健指向文辭，而風力的駿爽指向文氣；又「練於骨者，析辭必精；深於風者，述情必顯」，將骨與析辭、風與述情加以聯繫，顯然劉勰對風和骨有加以區別之意。但在盛唐時期，「風骨」已被作爲表達一個整體的概念來運用了。〔註 35〕

今人汪湧豪以中唐爲界，認爲「風骨」範疇的內涵各有側重：

> 中唐以前，以劉勰、鍾嶸和殷璠等爲代表，所謂「風骨」主要指詩歌剛健雄強、眞力彌滿的特徵和風貌，它與詩情的峻爽、詩語的勁

〔註 30〕〔法〕余蓮著；卓立譯：《勢：中國的效力觀》，頁 115～116。

〔註 31〕高楠：《道教與美學》（瀋陽：遼寧人民出版社，1989 年 9 月），頁 328。

〔註 32〕王達津：〈古典詩論中有關詩的形象思維表現的一些概念〉，郭紹虞等：《古代文學理論研究叢刊》（台北：新文豐出版公司，1989 年 6 月台一版），頁 106～107。

〔註 33〕汪湧豪：《風骨的意味》（南昌：百花洲文藝出版社，2001 年 10 月），頁 145。

〔註 34〕汪湧豪：《風骨的意味》，頁 246。

〔註 35〕李珍華、傅璇琮撰：《河嶽英靈集研究》（北京：中華書局，1992 年 9 月），頁 54。

> 質有較密切的關係。中唐以後，以嚴羽、方回和胡應麟等爲代表，所謂「風骨」在保持上述基本涵義的同時，兼及詩歌的氣格老蒼和筆力雄壯，它雖仍與作者的志氣及語辭表達有密切關係，但更重在詩風的樸茂和詩格的高古。〔註 36〕

簡言之，中唐之前重與創作主體的聯繫；中唐之後則能從作品的角度著眼。汪氏以中唐爲界，亦凸顯了中唐在整個中國文藝審美史上的關鍵轉折地位。惟唐代詩學所謂「風骨」，相對地仍有一個較穩定的理論內涵，即指一種由內在志氣的激發而產生出的足以支起詩歌的力量，表現爲一種堅實雄健的美學風貌。〔註 37〕

又論骨及氣，乃因骨與精神具有相關性，骨能透顯精神。〔註 38〕以古法論人在南朝之際就已經被稱爲「氣骨」，而骨的本意就是指向神與氣。〔註 39〕以氣骨論文的先河當屬劉勰《文心雕龍・風骨》，他不僅將風骨引入文論體系，且將其推向中國美學核心的隊伍之中。〔註 40〕此篇論風，則與氣相通，風即氣之運動。氣骨就其審美內涵而言，所強調的乃是和主體體氣接通、與主體血氣相連的一種生命活力，又表現爲一種近似於氣格的力量與自立的精神。〔註 41〕在《文心雕龍・風骨》中，風骨本來是基於儒家教化的感染力量，但當劉勰以建安文學作爲風骨之實例時，則使風骨成爲普遍意義上的強烈情感之力的倡導，而對文學思想產生深遠的影響。基本上，劉勰繼承了曹丕的說法，以「氣」作爲主觀情志及創作活動的內在依據，作爲造成「風骨」的內在基礎。其「建安風骨」一辭並非針對建安文學總體特點的完整表述，而只是對其作品風貌及美學特徵的簡潔概括。〔註 42〕劉勰有謂：「沉吟鋪辭，莫先於骨。」又言：「結言端直，則文骨成焉。」爲文以骨爲先，而此骨則由結言之端直而呈顯。劉勰《文心雕龍・風骨》言及「風骨」多用「鷹」、「鳳」等善飛之鳥來比喻，則劉勰「風骨」的主要特徵當是充盈的情感配以明快的言辭，駿爽的意氣糅以剛健的力度，從而顯出一種具有力度美的飛騰之勢。

〔註 36〕汪湧豪：《風骨的意味》，頁 248。

〔註 37〕汪湧豪：《風骨的意味》，頁 163。

〔註 38〕王耘：《唐代美學範疇研究》（上海：學林出版社，2005 年 8 月），頁 132。

〔註 39〕趙樹功：《氣與中國文學理論體系構建》（北京：人民出版社，2012 年 3 月），頁 290。

〔註 40〕王耘：《唐代美學範疇研究》，頁 124。

〔註 41〕趙樹功：《氣與中國文學理論體系構建》，頁 290～292。

〔註 42〕汪湧豪：《風骨的意味》，頁 132、134。

它要求作者將充盈之氣及強旺的生命力融入作品之中，使之形成一種剛健有力的格調。

魏晉風骨所體現的氣韻骨相，實來源於個人的稟賦性情，更來源於其作品所具有的深刻社會內涵，也來源於個人與天地之間磊落豁達的交流，其在文藝中的表現與當時作家本人獨特的情感空間化存在一定的關聯。〔註 43〕由此而論，則一時代有一時代之風骨。初唐王勃、楊炯、陳子昂等人倡導風骨，強調「興寄」，同樣一方面關聯著儒家教化思想，一方面也有屬於個體範疇的情感內容。而盛唐殷璠常將風骨與盛唐詩人個性的語言追求連接在一起，其風骨描述就同時關聯儒家文學觀念與盛唐文學語言發展。〔註 44〕

初唐「風骨」論基本承襲了劉勰的內涵，但已由文論轉向詩論。盛唐「風骨」的內涵則有顯著的變化：一是在某一層面，「風骨」需要借助抑揚頓挫、節奏感強的「聲律」力量。二是「風骨」含有情趣高遠的逸懷浩氣在內。三是盛唐詩人的「風骨」主要表現壯大激昂的一面。〔註 45〕如李白將風骨與謝朓之「清發」聯繫在一起，以「俱懷逸興壯思飛，欲上青天攬明月」描述其共同特徵，明顯加入了一種飛騰飄逸的想像之力——「逸興」，而這也正是李白詩歌情感之個性展現。〔註 46〕

陳子昂在〈與東方左史虬修竹篇序〉提出「骨氣端翔」，然而風骨或骨氣在陳子昂那兒，往往是描述理想中意識形態及其文化風貌的語言，卻未能落實於實際的創作之中。〔註 47〕殷璠《河嶽英靈集》則有「開元十五年後，風骨始備矣」、評陶翰「既多興象，復備風骨」、評崔顥「晚節忽變常體，風骨凜然」等。殷璠又喜言「氣骨」，如「言氣骨則建安爲儔，論宮商則太康不逮」、評劉昚虛「頃東南高唱者數人，然聲律宛態，無出其右，唯氣骨不逮諸公」、評高適「然適詩多胸臆語，兼有氣骨，故朝野通賞其文」、評薛據「據爲人骨鯁有氣魄，其文亦爾」。其所謂「風骨」實與「氣骨」相近，而其「氣」指向「氣魄」，其「風」或「氣」則近於「骨」義，不只偏向一種較爲雄健的骨鯁

〔註 43〕李瑞卿：《中國古代文論修辭觀》（北京：中國傳媒大學出版社，2007 年 10 月），頁 25。

〔註 44〕徐艷：《中國中世文學思想史：以文學語言觀念的發展爲中心》（上海：上海古籍出版社，2012 年 8 月），頁 299。

〔註 45〕喬惟德、尚永亮：《唐代詩學》（長沙：湖南人民出版社，2000 年 11 月），頁 1、6～7。

〔註 46〕徐艷：《中國中世文學思想史：以文學語言觀念的發展爲中心》，頁 301。

〔註 47〕王耘：《唐代美學範疇研究》，頁 128。

之力，且與創作主體的人格涵養具有相當的聯繫。此外，殷璠將王維詩歌置於「河嶽英靈」之首，若聯繫其所云「開元十五年後，聲律風骨始備矣」，則王維的詩歌在殷璠看來也是有風骨的。〔註 48〕因此可以說殷璠對於風骨與氣骨的理解，尚有指超然物外的飄逸之氣。〔註 49〕這凸顯風骨與氣骨之「風」、「氣」，而其「骨」則已融入釋、道之理念了。又推崇建安風骨的鍾嶸〈詩品序〉謂：「幹之以風力，潤之以丹彩」，則與風骨相對而臻於感染力量的主要是辭彩；但殷璠以「既多興象，復備風骨」論之，與風骨相對的是「興象」。〔註 50〕此處所謂「興象」，相對而言似偏指外在的「文」，而風骨則偏指內在的「質」。然而「辭彩」與「興象」畢竟有別，後者強調的不只是外在的形式或技法，它更關注於主體與客體間的感應交流。又「風骨」與「興寄」亦有別，從劉勰《文心雕龍》到鍾嶸《詩品》，「風骨」都是用來指作品通過語言表現出的爽朗勁健的總體氣勢和風貌；而所謂「興寄」，則是指以托物起興、因物喻志的方法，表達作者深沉的情志和感慨。〔註 51〕因此，風骨是對於作品藝術風貌的要求，而興寄則是對於內容方面的要求。〔註 52〕

三、「身體」意涵之「勢」與「骨」

在中國傳統文化中，「勢」概念本來就包含有力度和動勢雙重內涵，有時甚至專指生殖的男根。所以將「勢」引入審美領域，帶有要求作品須表現出事物生命力的旺盛性（力度）和躍動性（勢態）的傾向。〔註 53〕在墨跡上表現出運動的勢能和勁健之力；在詩歌中表現出詩意的流轉和文辭、聲律的變化，乃是書法與詩歌之「勢」的首要特徵。因而運動和力的美可說是「勢」的基本美學內涵。〔註 54〕法國學人余蓮亦指：

> 中國人認為呈現文章體勢的形式，一如書法，是一種特殊的表現形式，並且會自然而然地產生作用。這意味著，我們習慣以「形式」

〔註 48〕徐艷：《中國中世文學思想史：以文學語言觀念的發展為中心》，頁 303。

〔註 49〕張少康：《中國文學理論批評史．上卷》（北京：北京大學出版社，2005 年 8 月），頁 279～280。

〔註 50〕徐艷：《中國中世文學思想史：以文學語言觀念的發展為中心》，頁 300。

〔註 51〕陳伯海、蔣哲倫主編；倪進等著：《中國詩學史．隋唐五代卷》（廈門：鷺江出版社，2002 年 9 月），頁 103。

〔註 52〕王運熙、楊明：《隋唐五代文學批評史》，頁 120。

〔註 53〕韓林德：《境生象外：華夏審美與藝術特徵考察》（北京：生活．讀書．新知三聯書店，1995 年 4 月），頁 169。

〔註 54〕涂光社：《因動成勢》，頁 127。

來翻譯中國文學評論的那個概念，事實上並不與「內容」相對，它是現實化的過程所造成的結果；勢正是象徵每一次現實化的特殊可能性。中國人認爲文章的寫作是一種正在形成的過程，處於可見之境與不可見之境之間。這個進程發自作者的情感和精神狀態，最後產生一種特殊表達方式；它也指從文章字句具體含有的力量到讀者無窮盡的種種可能的閱讀反應之間的過程。〔註 55〕

簡言之，「勢」所展現的是一種動態變化的整體意義，與生命表現的形式（生生）同構。余蓮就「文章」言勢，並不意味著詩歌就不重勢，而是時間性的、動態的勢較易於在文章中呈顯出來。又中國傳統所謂的「志」，可說是一種感性動力與理性結構相統一的精神力量，因而「志」的概念，也是中國藝術上的「力」的概念。〔註 56〕「力」的表現是生命能量的釋放，自然與「勢」息息相關，甚至可說「力」就是「勢」，畢竟「力」與「勢」都得爲人所感受到才能有其存在與效用。

一般而言，書法與繪畫等直觀的藝術，只便於作空間上的展開，在時間上則受到較大的限制。相對地，文學的表現在時空上具有充分的自由，文學之「勢」不僅可以在空間上展開，而且具有在時間中逐步延伸的過程。〔註 57〕然而，書法的特別之處正在於它將時間性的書寫融入空間性的形式視覺中，惟其時間性受到形式空間之制約；而文學中的詩，卻又恰恰降低其可以不斷延續的時間性，借此深化其空間表達的性能。書法與詩歌均向時空融合之方向修正，於是具備了比較上的類同性。

書法之「勢」是漢末魏晉乃至南北朝時期書學思想的核心，此時書法之勢論多用比喻，透過形象描述來表達難以言傳的書法之美。〔註 58〕書法中的「勢」實際上與詩論中的「意」、「象」與「境」有可相通之處。詩人之「意」通過「象」、「境」而呈顯，一如書家之意乃通過筆畫、文字及其組合之關係的「勢」而呈顯，即書法之意以「勢」顯；詩文之意以「象」、「境」顯。詩文透過文字字義之聯想而取得「形似」之效果，書法則透過文字線條之形式而取得可類比的「形似」之效果，前者間接而後者直接，此原爲其個別之本

〔註 55〕〔法〕余蓮著；卓立譯：《勢：中國的效力觀》，頁 68。

〔註 56〕高爾泰：〈中國藝術與中國哲學〉，李天道主編：《古代文論與美學研究》（北京：商務印書館，2005 年 8 月），頁 74。

〔註 57〕涂光社：《因動成勢》，頁 182。

〔註 58〕崔樹強：《氣的思想與中國書法》，頁 133。

質所規定了。「勢」與「形」可謂一體兩面，勢以形顯，形因勢存，二者實難以切割。

初唐後期孫過庭以「骨氣」為體，「遒潤」附之，雖以中和為美，但皆先立骨氣，其次遒潤妍美，此與當時詩論幾乎無別。盛唐李白〈草書歌行〉〔註 59〕則充分表現了草書內在不可遏制的勢力之美，而該詩本身也體現了風骨之美。可見初盛唐所強調的不僅是表面的形式，而是更深入到內在主體情性的確立。中唐以後，書論焦點多偏向筆法的討論，而詩論則有進一步深化的發展。

書法與詩歌分屬不同的藝術形式，書法作品中的骨鯁清貴卻類似於文學作品中的言直切直，凸顯出一種骨直瘦硬的品格。然而二者亦有差別：文學理論中的風骨較偏重於風，近於風雅，力求去除浮靡，其中意識形態的召喚與個人抱負的張揚相互糾葛；而書學中的風骨則較偏重於骨，近於骨質，要求藝術創作中有骨氣、骨象以及骨道。〔註 60〕又若落實於書法，「風骨」可以指通過具體的筆法講求所呈現出的筆力端直勁挺和體勢的剛健有力的力度美；若落實於詩歌，「風骨」則可以指通過端直的語言表達、高古的格調講求所呈現出的足以振起人心的剛健雄強。書畫美學理論中的風骨論相對來說更多地與書、畫創作的技法相聯繫，這是因為書畫均有一定程度的示象意味之故。〔註 61〕詩的示象乃透過字義，經由想像達成，因其與字形或物象之間缺乏直接的聯繫，自然不易與實際的操作結合，遂轉而將重心指向創作本體。基本上，就詩而言，「風骨」的審美意涵偏向於指創作主體所流露出來的一種具有風範與格調的內涵；然而就書法而言，則偏向於指書法作品中所呈現出來遒勁有力的審美風格。若就唐代而論，則不論是詩論的「興寄」、「興象」、「意境」或書論的「骨氣」、「書如其人」、「意前筆後」，「骨」、「力」之概念均有逐漸向內轉趨注重主體之發展。

綜合言之，唐代書論與詩論「勢」範疇的發展，實乃接續魏晉南北朝之內涵而順勢推展，雖與時代發展大勢緊密相連而有一定之新意（重視主體情性），卻難以為當代之代表性論述。

〔註 59〕瞿蛻園等：《李白集校注》，頁 587～588。

〔註 60〕王耘：《唐代美學範疇研究》，頁 120、122。

〔註 61〕汪湧豪：《風骨的意味》（南昌：百花洲文藝出版社，2001 年 10 月，《中國美學範疇叢書》之六），頁 48、66、271。

第二節　唐代書論與詩論之「氣」、「神」

一、唐代書論之「氣」、「神」

早在東漢趙壹〈非草書〉即曰：「正氣可以銷邪」、「凡人各殊氣血、異筋力，心有疏密，手有巧拙」，乃基於人物論出發的「氣」觀點。至王僧虔〈書賦〉則曰：「風搖挺氣」、「氣陵厲其若芒」，似乎已脫離人物論的觀點。袁昂《古今書評》謂：「王右軍書如謝家子弟，縱復不端正者，亦爽爽有一種風氣」、「殷鈞書如使人，抗浪甚有意氣滋韻，終乏精味」、「蔡邕書氣洞達，爽爽有神」、鍾繇書「意氣密麗，若飛鴻戲海，舞鶴遊天」，已將「氣」予以細分（風氣、意氣）。至梁武帝蕭衍〈古今書人優劣評〉：「郗愔書得意甚熟，而取妙特難，疏散風氣，一無雅素。」又其〈草書狀〉云：「體有疏密，意有倜儻。或有飛走流注之勢，驚疏峭絕之氣，滔滔閑雅之欲，卓犖調宕之志……」又〈答陶宏景論書〉中謂運筆須：「濃纖有方，肥瘦相和，骨力相稱」，才能「常有生氣」。蕭衍所論重在「意」，「氣」只是一般的用法。

初唐歐陽詢〈八法〉：「氣宇融和，精神灑落」，也是一般意義地談主體之氣；然其〈傳授訣〉：「每秉筆必在圓正，氣力縱橫重輕」，則是較早說到用筆氣力的例子，然此又偏向於「力」。虞世南《筆髓論・釋眞》：「氣如奔馬，亦如朵鈎」，乃從讀者角度謂作品之氣勢。李世民〈筆法訣〉：「夫欲書之時，當收視反聽，絕慮凝神，心正氣和，則契於玄妙。心神不正，字則欹斜；志氣不和，書必顚覆。」又其〈指意〉：「神氣沖和爲妙……夫心合於氣，氣合於心。神，心之用也；心必靜而已矣。」此是就創作著眼強調主體涵養之「氣」論。綜觀初唐前期書法之論氣，蓋承魏晉六朝之續，尙未有明顯的時代偏向。

初唐後期孫過庭《書譜》：「假令眾妙攸關，務有骨氣。骨氣存矣，而遒潤加之」，以骨氣爲先決條件，其所重似偏於「骨」。李嗣眞《書後品》評《西嶽碑》：「但覺妍冶，殊無骨氣」，將「骨氣」與「妍冶」相對而言。初唐後期書法之「氣」論明顯聚焦於「骨氣」，此風亦爲盛唐人所接續，如蔡希綜〈法書論〉謂：「每字皆須骨氣雄強，爽爽然有飛動之態」；徐浩〈論書〉則直接引用劉勰《文心雕龍・風骨》之語：「夫鷹隼乏采，而翰飛戾天，骨勁而氣猛也。翬翟備色，而翶翔百步，肉豐而力沉也。」大抵初唐後期至盛唐時期之書論皆重「骨氣」。

然而盛唐書法之氣論仍有新的發展，張懷瓘《書議》云：「風神骨氣者居上，妍美功用者居下」；〈文字論〉：「不由靈台，必乏神氣」；《書議・草書》：「逸少則格律非高，工夫又少，雖圓豐妍美，乃乏神氣」；《書斷》：「右軍開鑿通津，神模天巧……動必中庸，英氣絕倫，妙節孤峙」、又謂王獻之：「惟行草之間，逸氣過（其副）也」；又《書估》：「如小王書，所貴合作者，若稿行之間有興合者，則逸氣蓋世，千古獨立。」無論「風神骨氣」、「神氣」或者「逸氣」，其重視書家主體精神之表現，十分明顯。又張懷瓘《六體書論》：「慮以圖之，勢以生之，氣以合之，神以肅之，合而裁成，隨變所適。」乃從創作論的角度將「慮」、「勢」、「氣」、「神」分別論之，而此四者雖須「合而裁成」，然似以神爲最，而氣次之。又《書斷》：「伯英章草學崔杜之法，因而變之以爲今草……偶有不連，而血脈不斷，及其連者，氣候通其隔行。」《評書藥石論》：「其有方闊齊平，肢體肥遯，布置逼仄，有所不容，棱角且形，況復無像，神貌昏懵，氣候蔑然，以濃淡爲華者，書之困也」、「書能入流，含於合氣」，則是從作品著眼強調其氣之顯——「氣候」。此外，〈文字論〉：「筆在指端則掌虛，運動適意，騰躍頓挫，生氣在焉」、「氣勢生於流變，精魄出於鋒芒」；《書議》：「夫草木各務生氣，不自埋沒，況禽獸乎？況人倫乎？猛獸鷙鳥，神采各異，書道法此。」強調書法生命力的展現，故重流變而多有「生氣」之詞。綜觀張懷瓘書論已由初唐對骨氣的重視進一步深化至對「神氣」、「逸氣」、「生氣」的轉移，極大地強化了書法創作主體的精神意義與審美價值。

同屬盛唐時期的竇臮《述書賦》亦重主體之氣：「（叔夜）精光照人，氣格凌雲」、「道群（江灌）閑慢，氣格自充」、「（王僧虔）神高氣全，耿介鋒芒」，惟其強調「氣格」而不稱「神」、「逸」，有重「格」之傾向，略有回復先前人物品評之意味。

中唐韓愈〈送高閑上人序〉云：「苟可以寓其巧智，使機應於心，不挫於氣，則神完而守固。」仍是「神」、「氣」並提；而任華〈懷素上人草書歌〉：「一顛一狂多意氣，大叫數聲起攘臂。」強調「意氣」，然於書論皆未能出新意。至晚唐則更聚焦於筆法之討論矣。

再來談與「氣」相近的「韻味」說。書論有關「韻」「味」的論述較爲晚出，至宋時始盛。梁代袁昂《古今書評》：「殷鈞書，如高麗使人，抗浪甚有意氣，滋韻終乏精味。」〔註 62〕此處韻味並用，已是針對作品審美的美學用

〔註 62〕袁昂：《古今書評》，見《法書要錄》卷二，盧輔聖主編：《中國書畫全書（一）》，頁 46。

語。而唐時所僞王羲之〈書論〉有謂：「若直筆急牽裹，此暫視似書，久味無力。」〔註 63〕則此味乃動詞義，而非美學範疇用語。張懷瓘《書斷》則謂「王逸少與從弟洽變章草爲今草，韻媚婉轉，大行於世，章草幾將絕矣」，「韻」當指字形態勢；李嗣眞《書後品》則云：「陸平原（機）、李夫人猶帶古風，謝吏部（朓）、庾尚書（肩吾）創得今韻」，「古風」和「今韻」對舉，基本上重在古與今，而非風與韻。〔註 64〕此外與詩文之論「韻」相對，唐代書論則以「調」論之。如竇臮〈述書賦．上〉：「呂公歐鍾相雜，自是一調，雖則筋骨乾枯，終是精神嶮峭。」「有子敬倫，跡存目驗，以古窺今，調涉浮艷，尙期羽翼。」此調有「格」意，暗含了「精神」層面，固不可以形式拘限。它已無關乎聲韻，而是一種風格品味的訴求。〔註 65〕

實際上六朝以後的書法「韻味」論最重要的發展特點，是把書法的「韻味」美與「意境」美的創造聯繫在一起。〔註 66〕例如張懷瓘所謂「深識書者，惟觀神彩，不見字形，若精意玄鑒，則物無遺照」，在批評方法上追求對「神彩」的「玄鑒」；在創作上崇尙「創意物象，近於自然」，要求「以筋骨立形，以神情潤色」、「探彼意象，入此規模」，突出了他對書法整體「意境」的美感追求。而竇蒙〈述書賦‧語例字格〉有謂：「百般滋味曰妙」、「五味皆足曰濃」，視「味」爲一種整體美感的體現。

最後論「神」。「形」—「神」爲相對之概念，而中間有一個「氣」的過程，由形而神的發展乃書法審美之必然歸趨。張懷瓘首創以神爲最高標準的「神、妙、能」三品說，以此取代「上、中、下」三品說。其〈文字論〉云：「自非冥心玄照，閉目深識，則識不盡矣。」「深識書者，惟觀神彩，不見字形。若精意玄鑒，則物無遺照。」他以「神采」論爲核心而拓展出書論的「寫意說」。〔註 67〕

〔註 63〕張天弓認爲現存王羲之書論多爲唐人所僞，參見《張天弓先唐書學考辨文集》，頁 104～121、402。

〔註 64〕叢文俊：〈「晉尚韻、唐尚法、宋尚意」辨〉，《書法》1991 年第 3 期（總 78 期），頁 132。

〔註 65〕王耘：《唐代美學範疇研究》，頁 214。

〔註 66〕陶禮天：《藝味說》（南昌：百花洲文藝出版社，2005 年 12 月），頁 279。

〔註 67〕黄惇：〈書法神采論研究〉，《書法研究》1986 年第 3 期。收入上海書畫出版社編：《二十世紀書法研究叢書．審美語境篇》（上海：上海書畫出版社，2000 年 12 月），頁 138～156（151）。

二、唐代詩論之「氣」、「神」（兼論「韻」）

（一）氣

一般而言，「氣」具有生命運動的屬性，作者之氣與作品之氣緊密聯繫而有一致性。然而，「氣」可以指作者之才情、才氣者；可以指作品的辭氣；可以指風格；可以指文章的精神氣力；也可以指創作時所呈展的精神內蘊。〔註 68〕

建安時期，曹丕已提出「文以氣爲主，氣之清濁有體，不可力強而致」的看法，其所謂「氣」，既指作家的主觀精神和個性，又指這種精神、個性在作品中的表現，但顯然側重於作家主體方面。陸機最早將養氣理論引入藝術創造活動並以其爲藝術思維過程。〈文賦〉首句即謂：「佇中區以玄覽」。此後劉勰則把以自然論生命哲學的「養氣論」發展到比較成熟的階段。〔註 69〕沈約《宋書・謝靈運傳論》提出「以氣質爲體」的看法，亦同屬一脈。魏晉之際文學開始崇尚「才」與「氣」，顯示其間有一定的關聯：才因氣而顯，氣循才而行。因其易於融入藝術賞悟、審美感知等範疇，除清談之外，也普遍與詩書畫琴棋等藝術建立了關係。〔註 70〕

又漢代以大賦爲代表的文學具有以學爲文的傾向；而魏晉之際則往往才、學兼舉。曹丕以氣論文，《典論・論文》謂「文以氣爲主」，藝術爲氣之賦形、維持前後統一性的具體表現。同時它也促使文藝鑑賞脫開公共性的標準，而尋找個性化審美與創作相通的理論依據。〔註 71〕曹植以才論文，其〈與楊德祖書〉：「以孔融之才，不閑於辭賦。」然曹丕之「氣」乃「雖在父兄不能以移子弟」，仍具有「才」的意味。由「才」而「氣」的發展，初步反映了魏晉時期藝術自覺的發展。劉勰《文心雕龍・知音》謂：「夫綴文者情動而辭發，觀文者披文以入情，沿波討源，雖幽必顯。」又《文心雕龍・通變》：「文辭氣力，通變則久」，已從藝術角度著眼；梁蕭子顯《南齊書・文學傳論》：「文章者，蓋情性之風標，神明之律呂也。蘊思含毫，游心內運，放言落紙，氣韻天成，莫不稟以生靈，迁乎愛嗜，機見殊門，賞務紛雜。」則強調創作主體之情性與氣韻之關聯。

〔註 68〕林淑貞：《詩話論風格》（台北市：文津出版社，1999），頁 48～49。

〔註 69〕黃保眞：〈頤養生理、完善道德、超越生命——生命意識與古文論「氧氣」說〉，葉舒憲主編：《文學與治療》（北京：社會科學文獻出版社，1999 年 9 月），頁 192、199。

〔註 70〕趙樹功：《氣與中國文學理論體系構建》，頁 197～198。

〔註 71〕趙樹功：《氣與中國文學理論體系構建》，頁 199、391～392、412。

隋末唐初，「主氣」仍是主要的批評觀，如令狐德棻有「氣爲主」之說。〔註72〕初唐元兢〈古今詩人秀句序〉:「以情緒爲先，直置爲本，以物色留後，綺錯爲末。助之以質氣，潤之以流華，窮之以形似，開之以振躍。」也有重「氣」的審美觀。

陳子昂〈修竹篇序〉:「骨氣端詳」、殷璠〈河嶽英靈集序〉:「文有神來、情來、氣來」、皎然《詩式》:「風情耿介曰氣」、殷璠《河嶽英靈集・集論》:「言氣骨建安爲傳」、柳宗元不以「昏氣」、「矜氣」出之、以及司空圖《二十四詩品・勁健》:「行氣如虹」等，大抵皆偏重於主體情性之「氣」，且多指向「俊爽超邁」、「精神耿介」、「豪放勁健」等陽剛之氣。惟韓愈〈答李翊書〉「氣盛言宜」、李德裕〈文章論〉「以氣貫文」等說，或因論「文」之故而著眼於文學語言的結構和作品展開的形式，然亦與主體情性相聯繫而指向藝術之形式。〔註73〕

氣因爲是生命力的展現，就自然地含有「力」和「壯」的意思，因此「氣」往往與「力」、「壯」、「骨」等連在一起。提倡「氣」，實際上也是提倡雄壯、熱情、動態的陽性之美。〔註74〕事實上，唐代以道家觀點來論養氣的說法已多了起來，基於道家觀點與藝術的契合（特別是《莊子》），自然也會影響此期藝術之審美。在儒家方面，韓愈第一個以孟子的「養氣」理論爲基礎而創造性地論述了作家的思想修養和文藝創作的關係，〔註75〕但他的養氣論基本指向「文」而非詩。

在文學藝術理論中，「氣象」常指作品情態、景況的總體風貌以及藝術形象顯示出來的氣概和徵兆。〔註76〕然而中氣的渾厚可以對應著氣象，氣的生動對應著氣勢，氣的貫通對應著氣脈，氣的清濁對應著氣骨，氣的含蓄不盡對應著氣韻；辭氣對應語言，才氣對應作者素養，氣象對應審美風貌，氣韻對應審美感受。〔註77〕因此「氣象」或多或少隱約地傾向雄渾寬厚的審美品味。

〔註72〕侯文宜：《中國文氣論批評美學》（北京：中國社會科學出版社，2012年10月），頁204。

〔註73〕涂光社：《原創在氣》，頁98、99。

〔註74〕成復旺：《中國古代的人學與美學》，頁310、315。

〔註75〕黃保眞：〈頤養生理、完善道德、超越生命——生命意識與古文論「養氣」說〉，葉舒憲主編：《文學與治療》，頁194。

〔註76〕涂光社：《原創在氣》，頁129。

〔註77〕趙樹功：《氣與中國文學理論體系構建》，頁86。

皎然論氣象則多針對作品，如《詩式》謂「詩有四深」，第一即是：「氣象氤氳，由深於體勢」，可見皎然之「氣象」乃針對作品全局而言，且透露了對「氣象」常是一種整體的模糊把握。〔註 78〕皎然之「氣象」論已然不是重骨氣的陽剛觀點，顯示出氣象概念的變遷。杜甫亦常提及「氣象」，如〈秋日寄題鄭監湖上亭〉：「賦詩分氣象」；〈秋興〉：「彩筆昔游干氣象，白頭吟望葳低垂」，則其「氣象」似乎多指向作品以外的因素。

白居易〈故京兆元少尹文集序〉謂：「天地間有粹靈氣焉，萬類皆得之，而人居多；就人中，文人得之又居多。蓋是氣，凝爲性，發爲志，散爲文。粹勝靈者，其文沖以恬；靈勝粹者，其文宣以秀；粹靈均者，其文蔚溫雅淵，疏朗麗則，檢不扼，達不放，古淡而不鄙，新奇而不怪。」（《白香山集》卷五十九）此論述由氣而性而志而文，又謂「氣」有「粹」有「靈」，而以「粹靈均」爲上，顯示了「氣」的根本性及其兼具「文」與「質」的本質。又白居易〈又吟元九律詩〉：「顧我文章劣，知他氣力全」。似有以「氣」爲內蘊，以「力」爲外顯的觀點。又白居易〈與元九書〉：「詩莫先乎情」，然情可視爲氣之動。所謂「性靈」、「風骨」，甚至是「情」，都與「氣」有所關聯。

一般而言，中國傳統文氣理論大抵走了兩條譜系：一是儒家譜系，孟子的養氣——韓愈的氣盛言宜——蘇轍的外養之途，其宗旨多在於道德之氣的涵育；二是道家譜系，老子的滌除玄覽——莊子的心齋——劉勰的入興貴閑，強調心靈之安靜和適，其起點與歸結點都是主體的生命之氣。劉勰《文心雕龍》之〈養氣〉、〈神思〉、〈體性〉、〈風骨〉、〈情采〉已是一個由氣顯形的系統，它使得物、情、文由於氣而融爲一體。〔註 79〕「氣象」觀似乎有更多的儒家色彩，然而在儒釋道共存、交融的唐代，釋道思想與精神的融入乃爲必然，實際的情況只是成分的多寡以及在何處或如何融入的問題而已。可以說，儒、道、釋文藝思想的差別主要不在主體性上，而在於主體創作的心態及其表現上。

以氣格論文藝始於唐代，如〈述書賦〉卷上：「叔夜才高，心在幽憤，允文允武，令望令聞，精光照人，氣格凌雲。」張彥遠《法書要錄》卷五：「道群閑慢，氣格自充。」氣格明顯和主體緊密聯結在一起，這當與書法本質上乃人的一種「流出」有關。詩論方面如皎然《詩評》：「劉楨辭氣，偏正得其

〔註 78〕涂光社：《原創在氣》，頁 130。
〔註 79〕趙樹功：《氣與中國文學理論體系構建》，頁 171、205。

中，不拘屬對，偶或有之，語與興驅，勢逐情起，不由作意，氣格自高。」文論則有裴度〈寄李翺書〉:「文之異，在氣格之高下，思致之淺深，不在其磔裂章句，隳廢聲韻也。」可見氣格所含的自立在強調擺脫前人束縛的同時，又強調衝破藝術規限的因氣而動。〔註 80〕由皎然「語與興驅，勢逐情起，不由作意，氣格自高」之論，亦可見其創作觀乃由「興」、「情」發動，而「語」、「勢」隨之。

氣化理論大抵可以有「氣盛言宜」及「潛氣內轉」二種賦形方式。前者以古文之論爲多，後者則側重於詩詞與駢文的審美尺度。〔註 81〕顯然，詩詞的創作與審美更強調模糊、隱微的藝術表現，古文則具有直接抒發之氣勢，就此點而言，則古文更近於書法「流出」的本質。然若論其異，則書法乃是一種直接的流出；古文則是一種間接的流出。郭紹虞謂「莊子所謂聽之以氣云者，即是直覺」，〔註 82〕這種直覺，正是一種直接性的表現。

（二）神

「神」與「氣」的關係亦十分密切，而「神」的審美義基本上有二：一是指藝術形象體現出的內在精神特點，即所謂神似；一是指創作主體的精神活動而言。〔註 83〕《西京雜記》卷三引揚雄評司馬相如之賦:「長卿賦不似從人間來，其神化所致邪？」與此神似相呼應的是文藝創作的得神與傳神。東晉繪畫提倡「傳神寫照」，而文學也在此時與神開始聯繫起來。〔註 84〕陸機〈文賦〉直接引進道家「玄覽」之說（「佇中區以玄覽」）；而宗炳〈畫山水序〉有「萬趣融其神思」之語；劉勰的「神思」論則遠承老莊，近取陸機、宗炳諸人，發展爲完整的藝術想像論。〔註 85〕

然而劉勰是將神思聯繫起來講的，並未把神作爲一個單獨的文學批評的概念提出來。到了唐代，卻漸漸單獨提出「神」來作爲評判作品高下的一個標準。〔註 86〕如張說〈五君詠〉贊李嶠說:「李公實神敏，才華乃天授」；李

〔註 80〕趙樹功:《氣與中國文學理論體系構建》，頁 287。
〔註 81〕趙樹功:《氣與中國文學理論體系構建》，頁 185。
〔註 82〕郭紹虞:《郭紹虞說文論》（上海：上海古籍出版社，2000 年 5 月），頁 45。
〔註 83〕王英志:《古典美學傳統與詩論》（南京：南京出版社，1991 年 4 月），頁 77～78。
〔註 84〕趙樹功:《氣與中國文學理論體系構建》，頁 152、225～226。
〔註 85〕陳慶輝:《中國詩學》（台北市：文史哲出版社，1994 年 12 月），頁 233。
〔註 86〕李珍華、傅璇琮撰:《河嶽英靈集研究》，頁 50。

白〈王右軍〉:「掃素寫道經，筆精妙入神」;盛唐時期用得最多的是杜甫，如〈奉贈尾左丞丈二十二韻〉:「讀書破萬卷，下筆如有神」、〈蘇端薛復筵簡薛華醉歌〉:「文章有神交有道，端復得之名譽早」、〈丹青引贈曹霸將軍〉:「將軍畫善蓋有神」;〈寄薛三郎中〉:「乃知蓋代手，才老力益神」;〈寄張十二山人彪三十韻〉:「靜者心多妙，先生藝絕倫。草書何太苦，詩興無不神」……等。

對盛唐的殷璠而言，神、氣、情是統一的。神看來好像是一種超然物外的境界，有了這種神，詩似乎更有深度，而達到物我兩忘的境界;氣則大抵偏重於因現實社會之激發而產生的主體內在波動，從而使作品有一種剛健的氣勢;情則似乎較著重於作家個人的一種富於情趣的感受。殷璠把這三者結合起來，形成了「興象」說。〔註87〕殷璠之前，王昌齡《詩格》即言:「搜求於象，心入於境，神會於物，用心而得。」可見殷璠的觀點乃接續王昌齡的發展。

所謂「神」大抵可以分為二類:「下筆如有神」之神指向創作的一種狀態;而傳神之神乃針對意象某一方面之特徵的概括，〔註88〕它指向作品的內在精神或特質。故前者可並用於詩論與書論，而後者較適用於書法，蓋書法本質的直接性有利於傳神，而詩的間接性則反是。晚唐司空圖的「三外」說表明了神韻是物質之外的精神，非生理感官所能察覺;又此雖是感性的東西，卻是含蘊深刻的理性內容，而且體現了詩人的審美情趣。〔註89〕

「虛靜」說也與「神」有一定的關聯。虛靜旨在沉澱自心、練氣與養神，可謂是創作的重要功夫論。早在魏晉南北朝時期虛靜說便常出現在專門的文藝論著中，成為一種美學理論，並全面進入了創作領域。唐代的虛靜說則多著眼於美感問題，如《文鏡秘府論・論文意》說必須「凝心」;皎然《詩式・取境》:「有時意靜神王，佳句縱橫，若不可遏，宛若神助。不然，蓋由先積精思因神王而得乎」;劉禹錫〈秋日過鴻舉法師寺院便送歸江陵引〉:「能離欲，則方寸地虛，虛而萬景入」。晚唐司空圖堪為唐代虛靜說的代表，其貢獻主要在從美學意義上全面論述了虛靜在審美和藝術鑑賞中的作用和意義。〔註90〕

〔註87〕李珍華、傅璇琮撰:《河嶽英靈集研究》，頁6～3。

〔註88〕陳慶輝:《中國詩學》，頁89。

〔註89〕陳慶輝:《中國詩學》，頁114。

〔註90〕楊成寅主編:《美學範疇概論》(杭州:浙江美術學院出版社，1991年3月)，頁1152、1154。

郭紹虞曾指要達到神化之妙境不外三端：其一是天才和環境的關係，非盡人之所能爲；其二是工夫的關係；其三更是感興的關係，不是有了天才，加以學力，就可期之而必得。〔註 91〕此說提示了「神」與才情、工夫、感興之關係，三者完美結合而表現於當下的情境，才可能達到「神」的境界。魏晉時期已重視「天才」之問題，「工夫」與「感興」在六朝時也開始受到重視，至唐代初期仍強調感興，隨後才逐漸整合而有意境之論。

（三）韻

「韻」原從音樂來，本即與「氣」有相當之關聯。「不盡」乃韻所具有的核心內涵，其審美理論的本源實爲聲韻之美。而氣與韻一起進入美學領域，首先出現在繪畫批評，南朝謝赫《古畫品錄》中論畫有六法，第一即爲「氣韻生動」；南齊蕭子顯《南齊書・文學傳論》則有「文章者情性之風標，神明之律呂也。蘊思含毫，遊心內運，放言落紙，氣韻天成」之論。趙樹功認爲「氣韻之所以能夠演化入文學批評和文學理論建構，並在六朝發端而於唐代逐步繁多起來，與六朝詩文講究「寫送之致」以及隋唐之際音樂體制和欣賞習慣的變化有關」。實際上，「送聲」在樂章中所起的漫衍成韻的特徵，強調的就是一種韻外之致、畫外之音、言外之意的效果。《文心雕龍・詮賦》：「序以建言，首引情本，辭以理篇，寫送文勢。」即含有文學「寫送」說是對樂府「亂」、「趨」及「送聲」之繼承的思想。六朝時期開始注意通過聲韻營造整體的韻致，其中最關鍵的就是作品之中流動的生命之氣。〔註 92〕這除了玄學的影響之外，應還有來自文學本身審美規律的探索，此即「寫送之致」。

從建安時期之強調「才氣」，南北朝時「氣」「韻」並用（但「韻」的重要性仍不及「氣」），到了唐代，「韻」則更少被提及。其眞正興起，已是晚唐以後。〔註93〕「韻」的屬性爲「和」，若與「氣」相較，顯然較乏雄強的成分而有更多溫雅深婉的意味。晚唐之後對「韻」的重視，似乎也反映了整個時代的背景以及當時士人的心態。

〔註 91〕郭紹虞：《郭紹虞說文論》（上海：上海古籍出版社，2000 年 5 月），頁 42～44。

〔註 92〕趙樹功：《氣與中國文學理論體系構建》，頁 314～315、323～324、329。

〔註 93〕成復旺：《中國古代的人學與美學》，頁 318。

三、活躍生命之「氣」與「神」（兼論「如其人」）

古典詩文理論中的「氣」基本上指向作品的一種生命力的活躍，〔註 94〕書法之論「氣」亦如是，而多與「骨」、「脈」聯結。總之，二者之論氣，多與創作主體有關，即作品之氣亦來自於創作主體之賦予，於是就牽涉氣如何被賦予或如何存在作品之中而能被感知的問題。

書法講求抽象、純形式的節奏，但詩歌的節奏則受文字意義的支配，不如書法之直接。書法節奏所喚起的情緒是一種「形式化」的情緒，具有更大的包蘊性和更多理解空間的節奏。〔註 95〕就藝術形式而言，文學總是難以擺脫教化、文化，乃至語言的不可完全互譯的限制；而書法則具有純粹性的懸浮，且會隨著書寫者的不同而顯示出一定程度的差異。〔註 96〕由此，氣在書法中乃一直接（無中介）之自然流露；在詩歌中卻須借助文字語言之排列組合而方得呈顯，因而更具有方法上的操作意義（間接性所導致的結果）。

魏晉時期「氣」已受到極大的重視，往後的發展不只是深化與主體情性的連繫而能轉化爲「意」，更從作品的角度著眼而轉化爲「味」或「神」的論述。而無論是「氣」、「韻味」或者是「神」，唐以前均已論及，只是唐人承續發展而略具新貌。大抵而言，唐初重視創作的主體，後來則逐漸轉至作品的立場發言，此種現象顯示文藝品格的成熟與獨立。然而中晚唐時又逐漸回復至主體之氣的強調，似乎只有在擁有強盛的時代之氣時，主體之氣的強調才顯得多餘。

初唐前期書論如歐陽詢〈八訣〉：「氣宇融和，精神灑落」、虞世南〈筆髓論・釋眞〉：「氣如奔馬，亦如朵雲，輕重出於心，而妙用應於手」、李世民〈筆法訣〉：「夫欲書之時，當收視反聽，絕慮凝神，心正氣和，則契於玄妙」、〈指意〉：「神氣冲和爲妙」、「心合於氣，氣合於心」；而此期詩論如魏徵《隋書・文學傳序》：「氣質則理勝其詞，清綺則文過其意」、令狐德棻《周書・王褒庾信傳論》：「雖詩賦與奏議異軫，銘誄與書論殊途，而撮其指要，舉其大抵，莫若以氣爲主，以文傳意。」所強調的都是主體之氣。

〔註 94〕童慶炳：《文學審美論的自覺——文學特徵問題新探索》（北京：北京師範大學出版社 2011 年 1 月），頁 66。

〔註 95〕崔樹強：《氣的思想與中國書法》（北京：人民出版社，2010 年 10 月），頁 246。

〔註 96〕馬欽忠：《中國書法的當代詮釋》（北京：人民美術出版社，2013 年 6 月），頁 39。

初唐後期如孫過庭《書譜》:「假令眾妙攸歸，務存骨氣；骨氣存矣，而遒潤加之」、元兢〈古今詩人秀句序〉:「助之以質氣，潤之以流華，窮之以形似，開之以振躍」、楊炯〈王勃集序〉:「骨氣都盡，剛健不聞」、陳子昂〈與東方左史虬修竹篇序〉:「骨氣端詳，音情頓挫」等，開始出現「骨氣」、「質氣」等針對作品的發言。

到了盛唐，雖仍有張懷瓘〈書斷序〉:「幽思入於毫間，逸氣彌於宇內」、〈六體書論〉:「慮以圖之，勢以生之，氣以和之，神以肅之」等主體之氣之論述，但其〈書斷上〉:「(草書) 字之體勢，一筆而成，偶有不連，而血脈不斷，及其連者，氣候通其隔行」、〈文字論〉:「氣勢生乎流便，精魄出於鋒芒」、〈書議〉:「且以風神骨氣者居上，妍美功用者居下」〈評書藥石論〉:「書能入流，含於和氣」等，則更多論的是作品之氣。而蔡希綜〈法書論〉:「每字皆須骨氣雄強，爽爽然有飛動之態。」皎然〈張伯英草書歌〉:「有時取勢氣更高」，亦是論作品之氣。

至於詩論方面，張說〈唐昭容上官氏文集序〉:「是知氣有壹郁，非巧詞莫之通」、王昌齡〈論文意〉:「夫文章興作，先動氣，氣生乎心」、殷璠〈河嶽英靈集序〉:「夫文有神來、氣來、情來」、獨孤及〈唐故殿中侍御史贈考功郎中蕭府君文章集錄序〉:「神靜氣和，才與道并」、皎然《詩式》卷一:「氣高而不怒，怒則失於風流」等，所論還是主體之氣；而王昌齡《詩格》:「用形不如用氣」「用氣不如用勢」、殷璠〈河嶽英靈集集論〉:「是以氣因律而生，節假律而明」、尙衡〈文道元龜〉:「及物勝則詞麗，攄情逸則氣高」、以及《詩式》「詩有四深」其一之「氣象氤氳」等，則是論作品之氣。

中晚唐時又開始強調主體之氣，如韓愈〈送高閑上人序〉:「苟可以寓其巧智，使機應於心，不挫於氣，則神完而守固」、孟郊〈送任齊二秀才自洞庭游宣城詩序〉云:「文章者，賢人之心氣也。心氣樂，則文章正，心氣非，則文章不正」、裴度〈寄李翺書〉:「故文人之異，在氣格之高下」、李商隱〈獻相國京兆公啓〉:「人稟五行之秀氣，備七情之動」、吳融〈禪月集序〉:「國朝爲能歌者不少，獨李太白爲稱首，蓋骨氣高舉，不失頌詠風刺之道」、司空圖〈送草書僧歸楚越〉:「以導江湖沉郁之氣」等均屬此類；而韓方明有〈授筆要說〉:「力不足而無神氣」、盧攜〈臨池訣〉:「然必須氣脈均匀」、吳融〈贈廣利大師歌〉:「近來兼解作詩歌，言語明快有氣骨」等，則仍就作品發言。

唐代「氣」範疇的論述，在書論方面是宋代重「意」書風的過渡；在詩論方面則是深化爲「意境」的論述，二者的共通點均強調「如其人」的藝術現象。

《周易・系辭下》:「將叛者其辭慚，中心疑者其辭枝，吉人之辭寡，躁人之詞多，誣善之人其辭游，失其守者其辭屈。」漢代揚雄《法言・問神》:「言，心聲也；書，心畫也。聲畫形，君子小人見矣。」皆以作品能有效地反映人品。魏晉南北朝之後，因於才性之學的流行，人品與作品的關係逐漸成爲文學理論的熱門話題，從而孕育了唐宋詩學探討作家品性與創作之關係的風氣。〔註 97〕白居易〈讀張籍古樂府〉即云:「言者志之苗，行者文之根。所以讀君詩，亦知君爲人。」

立場偏向儒家之論述者，多喜將其與品德聯繫起來，此雖有越界之嫌，但大體而言，仍有一定的一致性。錢鍾書《談藝錄》即曾提及:「其言之格調，則往往流露本相；狷急人之作風，不能盡變爲澄澹，豪邁人之筆性，不能盡變爲嚴謹。文如其人，在此不再彼也。」〔註 98〕如果將「文如其人」限制在如人的氣質而非品德，將比較沒有爭議。然而在傳統文學的語境下，文如其人的內涵仍以人格之眞誠爲主導，這反映了儒家相對濃烈的倫理觀照。其實人與作品的統一是「氣」的統一，因爲「氣」的本質較具直接性，而倫理卻不具有絕對的規定性。應該說，文如其人講的是「人」與「文」的關係，而不是人與歷史或人與自我言談的關係，亦不是人與其行事的關係。但人與文之間的關係，仍能實現基本的對應。〔註 99〕相對於詩而言，書法的直接性本質更能有效地實現這種作者與作品的對應關係，因而在歷代書論中少有相左的見解。

然而並非所有人都認同「文如其人」的理念，如梁簡文帝蕭綱〈誡當陽公大心書〉即云:「立身之道與文章異；立身先須謹重，文章且須放蕩。」〔註 100〕將立身之道與文章截然分開，顯然含有二者並不統一的觀點。〔註 101〕又「高情千古閒居賦，爭信安仁拜路塵？」也說明詩家與詩品未必相合。惟古人立

〔註 97〕蔣寅：《古典詩學的現代闡釋》（北京：中華書局，2009 年 4 月），頁 232。

〔註 98〕錢鍾書：《談藝錄》（北京：中華書局，1993 年訂補本），頁 163。

〔註 99〕趙樹功：《氣與中國文學理論體系構建》，頁 384、402。

〔註 100〕梁・簡文帝蕭綱：〈誡當陽公大心書〉，清・嚴可均輯；馮瑞生審定：《全梁文》（北京：商務印書館，1999 年），卷十一，頁 113。

〔註 101〕趙樹功：《氣與中國文學理論體系構建》，頁 396。

論之基礎常在於人格之整全，因而作家與作品無法有一致的表現也只能是非常態了。〔註102〕畢竟「文章」不如書法之直接，文字字義乃被動的爲人所賦予，無法保證作者主體情性的直接反映，因而就無法確保能有效地反映出作者的情性。由此，則「文如其人」亦有程度上的差異與分別。再者，「書（詩）如其人」的問題實應從三個不同的面向觀察：一是媒介本質，愈是具有直接性本質者其「如」的程度欲高；二是創作主體，愈是發自眞誠自然的創作其「如」的程度愈高；三是讀者本身審美解讀能力的高低，將影響其是否能有效看出其「如」的層次。

論書兼及人品本是儒家思想支配下的必然結果，但作爲一項評書的衡量，初唐卻是第一次集中地出現。〔註103〕這顯示了此期對創作主體情性的高度重視。如孫過庭《書譜》云：「雖學宗一家，而變成多體，莫不隨其性欲，便以爲姿。質直者則徑侹而不遒，剛狠者又倔強無潤，矜斂者弊於拘束，脫易者失於規矩，溫柔者傷於軟緩，躁勇者過於剽迫，狐疑者溺於滯澀，遲重者終於蹇鈍，輕瑣者染於俗吏。斯皆獨行之士，偏玩所乖。」明確表達了書法風貌與書家主體性情的關聯性。然而人的情緒難免有所變動，故《書譜》亦云：「寫〈樂毅〉則情多怫郁，書〈畫贊〉則意涉瑰奇，〈黃庭經〉則怡懌虛無，〈太師箴〉又縱橫爭折。暨乎蘭亭興集，思逸神超；私門誡誓，情拘志慘。」這種情緒上的變動影響了作品的風格呈現，基本上屬於相對表層的作品風貌，而較難以撼動相對深層的作家情性之呈顯。或者可以說前者指向作品形式風格，變動性較大；而「書（文）如其人」則指向作家主體風格，它有相對的穩定性，不易於短時間內受到影響而有所變動。

盛唐張懷瓘《書議》：「四海尺牘，千里相聞，跡乃含情，言惟敘事，披風不覺欣然獨笑，雖則不面，其若面焉。」也是從觀書如觀人的角度說的。其《文字論》更謂：「文則數言乃見其意，書則一字已見其心。」並且以「從心者爲上，從眼者爲下」，與禪宗提倡「頓悟」的思想頗有異曲同工之妙。而《新唐書・柳公權傳》記載穆宗問用筆法，柳公權答：「心正則筆正，筆正乃可法矣。」心與書法用筆直接對應，顯示了「書如其人」理論在有唐一代之成熟。〔註104〕

〔註102〕林淑貞：《詩話論風格》（台北市：文津出版社，1999年7月），頁95。

〔註103〕陳欽忠：《唐代書風衍嬗之研究》（政治大學中國文學研究所博士論文，1990年6月），頁55。

〔註104〕叢文俊〈「字如其人」與傳統書法批評「倫理推闡法」的應用〉，《書法》1996年第5期（總110期），頁254。

第三節　唐代書論與詩論之「法」、「非法」

一、唐代書論之「法」、「非法」

現存書論中，梁武帝蕭衍〈觀鍾繇書法十二意〉最早把書寫活動視爲一藝術行爲而稱書法或法書。〔註 105〕原先書法僅作「書」或「筆」，後來則有書道或墨道之稱，中晚唐以後才廣泛使用「書法」或「法書」一辭。如徐浩〈書法論〉、蔡希綜〈法書論〉、又〈徐氏法書記〉、張彥遠《法書要錄》等。

有唐確是重「法」的朝代。初唐前期歐陽詢〈傳授訣〉、〈八訣〉、〈用筆論〉、〈三十六法〉以及李世民〈筆法訣〉等，皆具「法」的意涵。初唐後期孫過庭《書譜》:「今撰執、使、轉、用之由，以袪未悟。執，謂深淺長短之類是也；使，謂縱橫牽掣之類是也；轉，謂鈎鐶盤紆之類是也；用，謂點畫向背之類是也。」李嗣眞〈書後品〉:「古之學者，皆有規法；今之學者，但任胸懷，無自然之逸態，有師心之獨任。」所論核心雖不在於「法」，但仍是不棄「法」的。至盛唐張懷瓘〈論用筆十法〉及《玉堂禁經》等又出現了論法的專著。中晚唐如張敬玄〈書則〉、韓方明〈授筆要說〉、盧攜〈臨池訣〉、林蘊〈撥鐙序〉、傳顏眞卿〈張長史十二意筆法〉，以及唐人〈敘筆法〉、〈筆陣圖〉等，全都是關於「法」的論述。即便如張彥遠《法書要錄》和傳韋續《墨藪》等總集性著作，亦均有濃濃的法意。

總體而言，書法之「法」大抵可以有三方面的理解：一是本體意義上的「法」，二是創作意義上的「法」，三是解讀意義上的「法」。〔註 106〕唐人書學論著中，用「法」字則有「體制」「方法」「書寫藝術與書寫道理的泛稱」「仿效」「模式」等多層釋義，且此等釋義相互涵攝而不易分割。〔註 107〕

就書法而言，唐人尚法的原因大抵是社會變革的影響，如當時經濟的發展、社會制度與秩序的建立，以及「以書取士」的實施等，當然也有書法自身藝術規律的發展因素，也可能受到其他藝術門類（特別是詩歌）的影響。〔註 108〕

〔註 105〕龔鵬程：《文化、文學與美學》（台北市：時報文化出版企業有限公司，1988 年 2 月），頁 38。

〔註 106〕王強：〈論「法」〉，《全國第四屆書學討論會論文集》（重慶：重慶出版社，1993 年），頁 246～255；又收錄於中國書法家協會主編：《當代中國書法論文選—理論卷》（北京：榮寶齋出版社，2010 年 6 月），頁 352～359。

〔註 107〕黃敬雅：《李陽冰的研究》（新竹：國興出版社，1985 年 9 月），頁 146。

〔註 108〕葉鵬飛：〈唐人尚法淺論〉，《書法研究》1997 年第 5 期，收入《二十世紀書法研究叢書・品鑒評論篇》（上海：上海書畫出版社，2000 年 12 月），頁 635～645（644～645）。

初唐時期，王羲之地位之確立，乃唐書尚「法」的關鍵過程，也是從南北書風相異到重歸統一的發展需要。〔註 109〕然而王羲之書法地位在盛唐時已開始動搖，書論方面有張懷瓘爲代表，創作方面則有顏眞卿爲代表，二者皆體現了盛唐的宏壯氣勢，而有別於二王之溫雅媚麗。其實，張旭狂草書風的出現已預告盛唐時代的來臨，而顏眞卿書法本出家學，乃殷仲容之再傳，而與張旭同軌。〔註 110〕顏氏向張旭請教筆法，則傳承了張旭的書法理念。竇臮《述書賦》和蔡希綜〈法書論〉皆論及張旭之書法，如〈法書論〉謂：「爾來率府長史張旭，卓然孤立，聲被寰中，意象之奇，不能不全其古制，就王之內彌更減省……，議者以爲張公亦小王之再出也。」小王改大王書風爲流媚，則稱張氏爲其再出，乃有變化書風之意也。

「破體」一詞也與「法」有所關連。張懷瓘《書斷》云：「王獻之變右軍行書，號曰破體書。」戴叔倫〈懷素上人草書歌〉：「始從破體變風姿」。李商隱〈韓碑〉：「文成破體書在紙」，以此借指韓愈〈平淮西碑〉的創格，與「本色」構成既對立又互補的概念。徐浩〈論書〉亦云：「鍾善眞書，張稱草聖，右軍行法，小令破體，皆一時之妙。」「破體」的出現乃「體」意識趨於明確的結果，它意味著各體互參的合法性，同時有肯定突破既有規範的創新意義。〔註 111〕

再者，書法由隸書轉向楷書的發展主要是由平運的用筆逐漸轉向提按，因爲筆畫技法的複雜化，某種程度也帶動了對筆法的進一步需求，因而唐書之特重「法」，當又與楷書之普遍流行有關。楷書點畫「直白外露」，使得筆畫之間的對比和相互作用的變異關係更加複雜，導致楷書字形結構和筆畫安排更爲統一，書寫規範也更爲嚴格，不利於書寫者主體情性的流出，因而更需要功力和造詣的加持。〔註 112〕有唐一代書論既重「法」又不廢功力之說，蓋有此一因。

楷（正）書的流行和對「法」的需求，自然使得書論出現分解漢字的趨勢，「永字八法」乃順勢而出。然而八法不以形而著眼於「勢」命名，意在突

〔註 109〕葉鵬飛：〈唐人尚法淺論〉，《二十世紀書法研究叢書・品鑒評論篇》，頁 642。

〔註 110〕張公者：〈唐代書法史與書家研究的幾個問題——張公者對話朱關田〉，張公者編著：《書學塵談》（杭州：西泠印社出版社，2012 年 8 月），頁 149～150。

〔註 111〕蔣寅：《古典詩學的現代闡釋》，頁 167～168。

〔註 112〕褚哲輪：《變異美學・中國書法繪畫藝術哲學》（長春：吉林大學出版社，2011 年 12 月），頁 18；以及涂光社：《因動成勢》，頁 80。

出運筆的走向、用力方式以及筆畫的造型特點。〔註 113〕「永字八法」實際是從勢、力的角度言法，凸顯了個別筆畫內蘊的潛能，因而是一種「活法」。

相對於「永字八法」的規範，「狂」與「醉」之受到關注似乎與狂草之流行同步，而狂草恰立於法的對立面。「醉」的效用只是鬆弛了有目的性的控制，而非完全失去意識。借醉而書，實際是一種「忘」的方法，亦即消除中介，達到完全地融入，近乎天人合一的狀態。相對地，「狂」則偏向主體的刻意作爲，展現爲一種無羈的態度與風格。然而二者都可視爲對「法」的背叛，不是無視於「法」就是企圖從「法」的侷限中逃脫出來，印證了「物極必反」與「反者道之動」的《易》學思維與道家（自然）理念。總之，「狂」與「醉」之受到重視，隱含了突破「法」的限制而達到「非法」境地之企圖，同時也促使藝術從現實的社會價值中更進一步地獨立出來。

狂草的出現無疑是對唐代書法注重法度的一種反叛，而狂草的創作常與醉酒相連，飲酒的作用不是直面無可解決的困境，而是鼓舞或者安慰清醒狀態下不安的靈魂，其借助飲酒產生的非理性多沉湎於對立性價值判斷的消解。唐代對於濫用酒精的寬容，自有莊子「醉者神全」的理論支撐和魏晉名士濫飲的先例，同時亦不無來自於西域及北方異族文化的薰染。而在唐代眾多藝術形態中，與酒精關聯最爲密切的是詩歌、舞蹈和書法。初唐時期裴旻劍舞、李白詩歌與張旭草書稱爲三絕，而公孫大娘的劍器舞也與裴旻有所關聯（其擅長的劍器舞中有〈裴將軍滿堂勢〉）。張旭酒後善書，但他在書法藝術上的啓發卻來自一場舞蹈，便不難理解。〔註 114〕

又狂草運筆相對疾速，通過這種快速的運筆而擺脫既有的規範與限制，適與「意在筆先」相衝突。書寫不但成爲一種即興式的演出，同時也帶來意外的造型驚喜。其過程重在當下的時間性直抒而非空間性的布局，顯示了筆法與結字的主從關係，應該說狂草書法形式的魅力來源於運筆的節奏和意象。此所以中晚唐書論所重在筆法與草書之審美。唐代筆法傳授之說有點像禪宗的精神傳承，有脈絡而無形質，具有某種神秘感，而其中張旭即是承前啓後的關鍵性人物。〔註 115〕

〔註 113〕涂光社：《因動成勢》，頁 81、84。

〔註 114〕聶清：《道教與書法》（北京：中央編譯出版社，2012 年 10 月），頁 183～184、190～192。

〔註 115〕聶清：《道教與書法》，頁 190～191、202～204。

二、唐代詩論之「法」、「非法」

魏晉時代講求文法或詩法概念時，主要的術語是「術」。《文心雕龍》有〈總術〉篇，也有「法」術語的出現，但絕大多數係指法家和法律。即使它被運用爲「文法」，也是指特別具體的規範或是古已有之的法則，而不是詩學意義上的詩法概念。〔註 116〕到了唐代，法度本義仍指稱一種秩序，但當法度作爲美學術語時，則多關涉創作中的形式技法層面。〔註 117〕隋末唐初王通《中說・天地》：「伯莂退，謂薛收曰：吾上陳應、劉，下述沈、謝，分四聲八病，剛柔清濁，各有端序，音若塤矣，而夫子不應，我其未達歟？」沈約時代已有「八病」之說了。〔註 118〕

至唐太宗貞觀後期到武后長安末年，湧現出大批探討詩歌聲律、病犯、屬對、技巧的論著。〔註 119〕此期對於詩歌聲律屬對等技巧層面的探討達到了高峰，之後又有所發展。《文鏡秘府論》多引上官儀《筆札華梁》，如〈八階〉、〈七種言句例〉、〈論對屬〉等；而元兢《詩髓腦》乃與上官儀《筆札華梁》相因而作，其新增八病則以「語病」爲主，不若上官儀之以「聲病」爲主，可見由「音」而及「義」的發展軌跡。此期尚有崔融《唐朝新定詩格》、佚名《文筆式》等，亦皆是偏重「法」的著作。又上官儀、元兢等人參與編纂類書《芳林要覽》，凡此等等均反映了實用取向的重「法」時代的來臨。

王昌齡《詩格》和皎然《詩式》當然都是論詩法的專著，而殷璠《河嶽英靈集》之編纂自亦有立法的用意。晚唐齊己《風騷旨格》承續皎然《詩式》，從「六詩」「六義」到「十體」「二十式」「四十門」等可見仍是就「法」而論。〔註 120〕而張爲《詩人主客圖》特意分門別派，自有「法」的色彩。

又「狂」作爲詩歌語言的定型乃在盛唐以後。與前代相比，唐代詩文理論中所出現的「狂」字，大多已超出了社會道德意義，越來越多地進入到藝術審美層面。〔註 121〕例如裴度〈寄李翺書〉：「騷人之文，發憤之文也，雅多

〔註 116〕李瑞卿：《中國古代文論修辭觀》，頁 153。

〔註 117〕王耘：《唐代美學範疇研究》，頁 141。

〔註 118〕張伯偉：《全唐五代詩格校考》，頁 6～7。

〔註 119〕喬惟德、尚永亮：《唐代詩學》，頁 93。

〔註 120〕蕭麗華：《從王維到蘇軾：詩歌與禪學交會的黃金時代》（天津：天津教育出版社，2013 年 1 月），頁 204。

〔註 121〕陳麗麗：〈論「狂」作爲審美範疇在中國古代文論中的確立與發展〉，徐中玉、郭豫適主編：《中國文論的情與體：古代文學理論研究（第二十五輯）》（上海：華東師範大學出版社，2008 年 1 月），頁 79。

自賢，頗有狂態。」司空圖《二十四詩品・豪放》:「觀花匪禁，吞吐大荒。由道返氣，處得以狂。」盛唐時期張旭已以狂草名，則詩論之「狂」或係受到狂草書風之影響。它反映了藝術審美的獨立價值，不再過多地強調其社會價値，而是更看重精神實質與作家作品的藝術風貌、審美特徵以及內在氣韻等方面的本質聯繫。在唐代以前，「狂」則多用於作家批評，帶有較強的社會道德評判功能。〔註 122〕

三、典型樹立及其反撥之「法」與「非法」

「法」並不總是以「法」一詞出之，「格」、「式」、「體」、「品」……等都提出藝術之「典型」作爲一種審美的標準，因而具有「法」的意義。

「格」具有格式、規範之意；或指種類、類別而言；或指風格之藝術表現；或指精神氣力之藝術表現。〔註 123〕而「風格」一詞在唐以前原用以品評人物，後轉用於品評詩文，至唐才用於品評書法。初唐時仍多以「風格」稱人（如房玄齡等所修《晉書》），盛唐以後「風格」已逐漸由品人向文藝轉化。〔註 124〕書論典籍中，唐代張懷瓘《書斷・妙品》最早出現「風格」一詞:「薄紹之……憲章小王，風格秀異，若干將出匣，光芒射人，魏武臨戎，縱橫制敵。」其後竇蒙〈述書賦〉下注:「高祖師王褒，得其妙，故有梁朝風格焉。」「開元天寶皇帝……開元中八分書北京義堂《西嶽華山碑》《東嶽封禪碑》，雖有當時院中學士共相摹勒，然其風格大體皆出自聖心。」似皆有風與格義。在詩論方面，王昌齡《詩格》:「詩有五趣向：一曰高格，二曰古雅，三曰閑逸，四曰幽深，五曰神仙。」皎然《詩式・詩有七德》:「一識理，二高古，三典麗，四風流，五精神，六質干，七體裁。」在《詩式・辨體有一十九字》中有十九種體。初唐崔融《唐朝新定詩體》〔註 125〕也列有形似、質氣、情理、直置、雕藻、映帶、飛動、婉轉、清切、菁華等十體。而舊題李嶠《評詩格》〔註 126〕中亦分十體，與崔融「十體」大體相似。這種「體」顯然與「格」無

〔註 122〕陳麗麗：〈論「狂」作爲審美範疇在中國古代文論中的確立與發展〉，徐中玉、郭豫適主編：《中國文論的情與體：古代文學理論研究（第二十五輯）》，頁 80、87。

〔註 123〕林淑貞：《詩話論風格》，頁 55～56。

〔註 124〕汪湧豪：《風骨的意味》，頁 230。

〔註 125〕唐・崔融：《唐朝新定詩格》，張伯偉：《全唐五代詩格彙考》，頁 127～138。

〔註 126〕舊題唐・李嶠：《唐朝新定詩格》，張伯偉：《全唐五代詩格彙考》，頁 139～144。

異。高仲武《中興間氣集》則常運用新奇、清贍、婉媚、綺錯、清雅、清逸、剪刻、婉密、閑雅、清炯、英奇、秀異等詞品評詩人作品。而杜牧〈李賀集序〉云：「秋水明潔，不足爲其格也。」司空圖〈與李生論詩書〉更曰：「直致所得，以格自奇。」「王右丞、韋蘇州澄淡精微，格在其中，豈妨於遒舉哉！」又《二十四詩品》將詩品分爲二十四類，誠可視爲唐代最具代表性和總結性的詩歌風格論述。

書法之「品」與「法」有所關聯。作爲動詞，它首先是「觀」（直觀）；其次是「味」（感受）；再次，又意味著「悟」；〔註127〕作爲名詞，「品」則提供了一種書法審美品評的標準。

張懷瓘提出「神、妙、能」的三品說，乃此期推陳出新的品評標準，而「逸品」的提出更具有時代風格之特質。「逸品」用於審美鑑賞，最早似見於六朝棋藝，如《梁書‧武帝紀》云：「六藝備閑，棋登逸品。」〔註128〕至唐代，李嗣眞〈書品後〉定李斯、張芝、鍾繇、王羲之和王獻之五人之書爲逸品，置於上品之上。而此時「逸品」也進入了詩歌領域，〔註129〕如劉禹錫〈酬樂天醉後狂吟十韻〉：「詩家登逸品，釋氏悟眞筌。」〔註130〕二者皆將其推爲最高的標準。

又書、詩理論的方圓概念，一如陰陽，多出之以辯證之論述。詩論方面，孔穎達《周易正義‧繫辭上》：「神以知來，是來無方也；知以藏往，是往有常也。物既有常，猶方之有止；數無恆體，猶圓之不窮。」即以辯證的方式強調方之有止與圓之無窮。而白居易：「若止水之在器，任器方圓」（〈君子不器賦〉）；柳宗元：「方其中，圓其外。」（〈與楊晦之再說車敦勉用和書〉）李泌：「方如行義，圓如用智，動如逞才，靜如遂意。」（〈詠方圓動靜〉）柳宗元：「鑿臣方心，規以大圓。」（〈乞巧文〉）孟郊：「萬俗皆走圓，一身獨學方。」（〈上達奚舍人〉）元結〈自箴〉則以「須曲須圓」爲奴才行徑；又在〈汸泉銘〉中，有「方以全道」、「學方惡圓」的主張。〔註131〕司空圖《詩品‧委曲》：

〔註127〕吳興明：《中國傳統文論的知識譜系》（成都：巴蜀書社，2001年10月），頁144。
〔註128〕唐‧姚思廉撰：《梁書》（台北：洪氏出版社，1980年再版），卷3，頁96。
〔註129〕韓林德：《境生象外：華夏審美與藝術特徵考察》（北京：生活‧讀書‧新知三聯書店，1995年4月），頁78。
〔註130〕劉禹錫：〈酬樂天醉後狂吟十韻〉，《全唐詩》卷362，頁4093。
〔註131〕王明居：《唐代美學》（合肥：安徽大學出版社，2005年4月），頁56～57。

「道不自器，與之圓方。」又〈華帥許國公德政碑〉:「每於均節之中，須用方圓之術。」〔註 132〕唐詩中提及方圓自有多義，然與書法就形式而言的方圓略有分別。如歐陽詢〈用筆論〉:「方圓上下而相副，繹絡盤桓而圍繞。」虞世南《筆髓論・契妙》:「如水在方圓，豈由水乎？且筆妙喻水，方圓喻字，所視則同，遠近則異。」李世民〈指法論〉:「圓者中規，字者中矩。」孫過庭《書譜》:「泯規矩於方圓，遁鉤繩之曲直。」張懷瓘《評書藥石論》:「方而有規，圓不失矩。」書法之方圓很明顯的指向形式，而詩歌方圓之所指則較爲寬泛、深刻，且多在陰陽辯證的層次上論，故二者之指向不同，所論之層次亦不同，唯仍在法的範疇。

晚唐齊己詩論之表現恰如晚唐書論之重筆法，都是在理論上走向「法」的技巧與形式之細節，其中雖不無新意，但畢竟操作之意義大於理論之意義，顯示唐「法」的發展已難再有超越高峰的表現了。

今人龔鵬程曾指「唐人重法，不僅是書法史上的問題，也是文學批評史上的現象，這即意味著一種文化史綜合考察的必要」。〔註 133〕從唐代書論與詩論的比較中，可以發現其間具有一定的類同性。重「法」是有唐的特色之一，但在重法的過程中與其並行的，更有「非法」的反撥，或者說是一種互補。整體而言，唐代是一個重法的時代，但也在某種程度上反映了「非法」的必要與訴求。

第四節　唐代書論與詩論之「意」、「象」

一、唐代書論之「意」、「象」

漢字從「象形」、「指事」出發和《周易》「觀物以取象」、「立象以盡意」都對中國傳統美學有深刻影響。書法要取法物象、字象和易象，而主要是以自然造化精神爲本，以簡易抽象的線條爲用。〔註 134〕從崔瑗〈草書勢〉大量的意象描繪、蔡邕〈筆論〉的「縱橫有可象者」，至魏晉書論的無數意象比況，

〔註 132〕唐・司空圖：〈華帥許國公德政碑〉，《司空表聖文集》（上海：上海古籍出版社，1994 年），頁 86～96。

〔註 133〕龔鵬程：《文化、文學與美學》（台北市：時報文化出版企業有限公司，1988 年 2 月），頁 45～46。

〔註 134〕崔樹強：《氣的思想與中國書法》，頁 109。

東晉王羲之書論已聚焦於「意」，初唐孫過庭《書譜》的「同自然之妙有」、皎然〈張伯高草書歌〉的「須臾變態皆自我，象形類物無不可」，皆以意象的營構作爲書法創作的追求與鑒賞的標準。至盛唐張懷瓘則引進「意象」一詞，並從理論上進行了全面的闡發。〔註 135〕如其：「探彼意象，入此規模……」「意象之奇，不能不全」、〈書議〉：「夫翰墨及文章至妙者，皆有深意以見其志，覽之即了然」、〈文字論〉：「文則數言乃成其意，書則一字已見其心」，此外他更拈出「無聲之音，無形之相」，爲書法的意象特質做了精闢的概括。此期蔡希綜〈法書論〉亦言：「邇來率府長史張旭，卓然孤立，聲被寰中，意象之奇，不能不全其古制」，可見盛唐書論之「意象」理念已見成熟。又此期書論對「意象」的強調，當與草書所帶來衝擊有關，特別是狂草走的是「非法」之路，雖欲跳脫法的限制，但仍須要更多的想像力，「意象」於此乘勢而起亦順理成章。

又孫過庭《書譜》：「詳其旨趣，殊非右軍」，首次於書論中出現「趣」，惟此「趣」乃詩、畫理論之轉用。「趣」與「韻味」、「意」相近，宗炳〈畫山水序〉有：「山水質有而趣靈」、鍾嶸《詩品》則云：「厥旨淵放，歸趣難求」。至盛唐張懷瓘《書斷》曰：「小篆飛白，意趣飄然」，「意趣」連用，重點則偏於「意」；又《六體書論》云：「其趣之深幽，情之比興，可以默識，不可言宣」，「趣」與「情」並舉，此「趣」意近於「意」。若從理論之深度與重疊性言，「趣」和「韻」、「味」多重疊，美學意涵上又不若「意」之深刻與廣闊，發展空間明顯受到擠壓而較難有所表現。

有唐書論亦論「興」。如張懷瓘《書斷・神品》評王獻之：「偶有興會，則觸遇造筆，皆發於衷，不從於外。」而蔡希綜〈法書論〉則云：「乘興之後，方肆其筆。」〔註 136〕其所謂「興會」、「乘興」皆強調興的「起意」。

又傳統擬象酷愛「以人爲喻」和對自然景觀的擬譬，〔註 137〕書論更常見之。先唐時期已以人體喻書，梁武帝蕭衍〈答陶隱居論書〉謂：「純骨無媚，純肉無力」，「肥瘦相和，骨力相稱」；而傳衛夫人《筆陣圖》云：「善筆力者多骨，不善筆力者多肉。多骨微肉者謂之筋書；多肉微骨者謂之墨

〔註 135〕王世徵：《歷代書論名篇解析》，頁 90～91。

〔註 136〕袁濟喜：《興：藝術生命的激活》（南昌：百花洲文藝出版社，2001 年 9 月，《中國美學範疇叢書》之七），頁 232。

〔註 137〕林淑貞：《詩話論風格》，頁 149。

豬」；張懷瓘《文字論》則曰：「以筋骨立形，以神情潤色。」又《書斷》：「字之體勢，一筆而成，偶有不連，而血脈不斷，及其連者，氣候通其隔行」。以人體喻書之目的，很明顯地在強調筆致的氣脈灌注和字裡行間的生命神采。〔註 138〕

二、唐代詩論之「意」、「象」（兼論「興」）

漢末以來對於人之自覺的社會氛圍醞釀的結果，終有陸機〈文賦〉「詩緣情」說的出現，至鍾嶸《詩品》則強調「搖蕩性情」，感物詩學的興起實爲文藝本質發展之必然，唯其有待於文藝之自覺；而受到魏晉言意論的影響，范曄謂「意」乃「情志所托」（〈獄中與諸甥侄書以自序〉）。「意」可視爲心之趨向的反映，其內容大抵融攝了理性之「志」與感性之「情」，從文藝理論發展的角度觀察，可謂是繼「言志」、「緣情」說之後的進一步發展。

陸機〈文賦〉以提出「詩緣情而綺靡」爲世人所重，但他亦言及「恒患意不稱物，文不逮意」，實際是將「意」作爲文的核心要素。其後劉勰也談到「孚甲新意」、「複意爲工」、「夫立意之士，務欲造奇」等。南朝宋范曄〈獄中與諸甥侄書〉則提出：「常謂情志所托，故當以意爲主，以文傳意。」惟魏晉時期仍以「文以氣爲主」爲主導思想，初盛唐時期則在提倡漢魏「風骨」、「興寄」的同時，主「意」思潮已經隨行，但氣仍保有核心之地位；至晚唐杜牧〈答充莊書〉才明確了「以意爲主，氣爲輔」的命題。〔註 139〕

然而當「味」或「韻味」出現時，就表明其焦點已經由「氣」轉至「意」了。鍾嶸在《詩品》中以「味」論詩，其《詩品・序》：「永嘉時，貴黃老，稍尚虛淡。於時篇什，理過其辭，淡乎寡味。」又「五言居文詞之要，是眾作之有滋味者也。」此處之「味」都是指意味，乃詩的審美特質。「韻味說」的提出，帶來了與傳統儒家詩學特別是孟子的「以意逆志」和「知人論世」不同的詩歌解讀方式。然而韻味的溫和深婉美學傾向與初盛唐雄強的時代環境有一定的距離，因而它沉潛了一段時期，等待大環境氛圍的轉移，於是而有晚唐司空圖「味外之味」說的興起和意境論之趨於成熟。若將鍾嶸與司空圖兩相比較，鍾嶸的「滋味」說大抵重在有限的物象，而司空圖則要求突破

〔註 138〕崔樹強：《氣的思想與中國書法》，頁 67～68。

〔註 139〕侯文宜：《中國文氣論批評美學》（北京：中國社會科學出版社，2012 年 10 月），頁 197、206。

有限的物象（第一個象）的限制。〔註 140〕因此可以說，晚唐韻味論實爲鍾嶸滋味說的進一步發展。

雖然王昌齡、劉禹錫及皎然等人對詩的「意境」頗有其見解與貢獻，但在理論深度上仍與劉勰的「餘味」說較接近，而與「味外之旨」說有一定的差距。在司空圖之前，皎然《詩式》論「辨體一十九字」時已提出「風韻切暢曰高」的概念。「風韻」是詩歌的整體境界品格所表現出來的神姿風致，而「高」是這種「風韻」的特點。皎然在論「取境」時也提過「風韻」的概念（《詩式》卷一），〔註 141〕可略見風韻與意境論的關聯。

「興寄」可說是唐朝對儒家思想的回歸，一種對「風雅」寄託功能的審美追求，同時也是新的重「意」詩學理念。除了王昌齡強調一種自覺體察的「意」之外，皎然的「多重意」乃其詩論的重要觀點之一：「兩重意以上，皆文外之旨」，他追求一種通過主體實踐工夫而達到的審美之境。而韓愈的「氣盛言宜」說已從曹丕、劉勰才性氣質論轉向了道德修養論，所謂「氣盛」或即是「意盛」。〔註 142〕

如果說魏晉六朝時期的「意之所重」主要於「象內」進行，到了唐代的「意之所重」則逐漸擴張與深化，主要朝向象外求意。儘管發生了上述轉向，「氣」卻未被忽視，在唐代詩論中，意與氣（風骨、氣骨）始終緊密相連。〔註 143〕

王昌齡《詩格》論詩有三境：物境、情境、意境；又「詩有三宗旨」中以「立意」爲首；皎然〈評論〉「詩有三偷」條有偷語、偷意、偷勢；賈島《二南密旨》「論總顯大意」以立意爲主；齊己《風騷旨格》「詩有三格」謂上格用意、中格用氣、下格用事。可知唐人詩論頗爲重視「意」。〔註 144〕

以下論興。古人所謂「興」蓋有三義：一是興寄；二是起興、興會；三是興趣。〔註 145〕（或言：觸物起情、乘興而爲、意餘言外。〔註 146〕）《詩經》中「興」本在於聲音的感發與唱吟，後來卻逐漸往概念意義上的發引發

〔註 140〕喬惟德、尚永亮：《唐代詩學》，頁 72、74。

〔註 141〕陶禮天：《藝味說》，頁 177、186。

〔註 142〕侯文宜：《中國文氣論批評美學》，頁 210、215、228～229。

〔註 143〕侯文宜：《中國文氣論批評美學》，頁 218。

〔註 144〕林淑貞：《詩話論風格》，頁 420。

〔註 145〕吳興明等著：《比較研究：詩意論與詩言意義論》，頁 83～85。

〔註 146〕彭鋒：《詩可以興：古代宗教、倫理、哲學與藝術的美學闡釋》（合肥：安徽教育出版社，2002 年 12 月），頁 125。

展。無論從創作或欣賞角度提出的興，都是指將人還原到其本然的存在狀態。〔註 147〕因而，「興」最能體現直觀感悟的認識論範疇。〔註 148〕自先秦以來，詩家論「興」大致有兩派：一將「興」置於「比興」、「美刺」的範疇，強調「比」與「興」的喻類功能；另一則將「興」作爲情感的表現，強調其相對獨立的情感與審美意蘊。〔註 149〕魏晉南北朝時期，興的含義大致也有三點：一是從漢儒到劉勰的「托喻」；二是摯虞提出的「有感」；三是鍾嶸的「文已盡而意有餘」。〔註 150〕孔穎達：「興者，起也，取譬連類，起發己心」，乃摯虞「興」論之繼承；而皎然：「取象曰比，取義曰興，義即象下之意」，則爲劉勰「比顯而興隱」和鍾嶸「興」論之繼承。

孔穎達論「詩言志」，一方面強調詩歌的抒情特性，另方面則強調外物對人心的感動。〔註 151〕他在《春秋左傳正義》卷五十一提出了「情、志一也」的命題。然而作爲語言藝術的「興」總易受到語言的觀念性限制，借助聯想很容易與某種外界的道理聯繫起來，從而很難擺脫經學傳統的影響，〔註 152〕但已脫離從屬於政教的約束，而重在表達關乎個體窮通的襟抱。

王昌齡《詩格》對比興的理解則頗有新義，特別是他把賦和比也納入了興的範疇，更擺脫了前人句摘對應的方式，把興放在整體中去分析，認爲興是詩歌藝術構思的基本方式。〔註 153〕陳子昂所謂「興寄」，簡言之就是因物起興，托物言志。〔註 154〕

至李白所謂的「興」或「寄興」，則已逐漸離開以美刺爲目的「興寄」說，而轉向以抒情寫物爲中心的「興象」、「意象」說了。〔註 155〕如果說陳子昂的「興寄」指向游心內運，李白之「興」則指向外在的感受與吟詠，它不再追

〔註 147〕彭鋒：《詩可以興：古代宗教、倫理、哲學與藝術的美學闡釋》，頁 301～302。

〔註 148〕陳慶輝：《中國詩學》，頁 175。

〔註 149〕袁濟喜：《興：藝術生命的激活》（南昌：百花洲文藝出版社，2001 年 9 月，《中國美學範疇叢書》之七），頁 80。

〔註 150〕成復旺：《神與物游：中國傳統審美之路》（濟南：山東人民出版社，2007 年 1 月），頁 158。

〔註 151〕葉朗：《中國美學史大綱》（上海：上海人民出版社，1985 年 11 月），頁 256～257。

〔註 152〕彭鋒：《詩可以興：古代宗教、倫理、哲學與藝術的美學闡釋》，頁 125。

〔註 153〕陳慶輝：《中國詩學》，頁 215～216。

〔註 154〕胡家祥：《志情理：藝術的基元》（南昌：百花洲文藝出版社，2005 年 12 月），頁 60。

〔註 155〕黃保真等：《中國文學理論史——隋唐五代宋元時期》（台北市：洪葉文化事業有限公司，1993 年台初版，1998 年 8 月二刷，原北京出版社出版），頁 81。

求意內言外的解讀，而是以開放自然的意象和豪放狂肆的情感，展現自己的風采意趣。將《詩》、《騷》精神轉向至感興與意象，乃李白不同於陳子昂之處。應該說，陳子昂的復古還未能走出「比興」的模式，而李白的「興」則眞正繼承發揚了風騷傳統與漢魏文學精神。〔註 156〕「興寄」既可強調作品要有充實的社會內容，也可強調詩歌整體審美形象的表現。〔註 157〕相對於「興寄」而言，「風骨」則標舉了一種富有力感的美學風格；〔註 158〕「興寄」與「風骨」都強調主體性，而「興象」則將焦點轉至客體（作品）的呈顯。

皎然「比興等六義本乎情思」，明確地將「興」作爲情感的表現，乃承襲六朝的「比興」觀而來。〔註 159〕其「興取象下之意」已將「興」和「象」的理論深刻地聯繫起來，可視爲從「意象」說過渡到「意境」說的關鍵環節。〔註 160〕元結的興寄說基本上是陳子昂興寄理念的重申，杜甫的詩歌美學思想亦屬同脈。〔註 161〕賈島《二南秘旨》:「興者，情也。謂外感於物，內動於情，情不可遏，故曰興。」則是承續劉勰「起情曰興」的感物詩學之發展，略乏新意。

詩意論發展到了唐代（皎然、司空圖），其入思取向的三個角度已大致確定下來：一是從言意關係論的角度分析詩言意義的特殊性，《文心雕龍‧隱秀》開此路之先河；二是從讀詩主體的感受性特徵來把握，其思考的重心在「味」，鍾嶸《詩品》開此先河；三是從意義的整體性特徵入手，其重心乃意義境界，以皎然《詩式》爲首發。〔註 162〕劉勰追求「文外之重旨」、「意主文外」；唐皎然則說「兩重意以上皆文外之旨。若遇高手如康樂公，覽而察之，但見性情，不睹文字，蓋詩道之極也。」如果說劉勰還沒有與莊子的「得意忘言」的思想接通的話，那麼皎然「但見性情，不睹文字」的說法，就把莊子的哲學語言「得意忘言」轉化爲詩論語言，且強調其「忘言」的旨意。〔註 163〕

〔註 156〕袁濟喜：《興：藝術生命的激活》，頁 70～71。

〔註 157〕張少康：《中國文學理論批評史‧上卷》，頁 271～272。

〔註 158〕劉紹瑾：《復古與復元古：中國復古文學理論的美學探源》（北京：中國社會科學出版社，2001 年 1 月），頁 262。

〔註 159〕袁濟喜：《興：藝術生命的激活》，頁 80。

〔註 160〕楊成寅主編：《美學範疇概論》（杭州：浙江美術學院出版社，1991 年 3 月），頁 1134。

〔註 161〕王耘：《唐代美學範疇研究》，頁 118～119。

〔註 162〕吳興明等著：《比較研究：詩意論與詩言意義論》（北京：北京大學出版社，2013 年 8 月），頁 78～79。

〔註 163〕童慶炳：《中華古代文論的現代闡釋》（北京：中國人民大學出版社，2010 年 3 月），頁 157。

三、主客相兼之「意」與「象」（兼論「興」）

初唐駱賓王〈上吏部裴侍郎啓〉：「情蓄於衷，事符則感；形潛於內，跡應斯通。」元兢〈古今詩秀句序〉：「結意惟人，而緣情寄鳥。」已關注「情」、「意」與外在形跡的關係；至盛唐王昌齡〈論文意〉則云：「凡詩，物色兼意下爲好。」其所謂「兼」，當即「事須景與意相兼始好」。這種「景意相兼」的主張，乃對南朝以來「情興」、「物色」說的突破性進展；〔註 164〕又盛唐時殷璠《河嶽英靈集》提出「興象」一詞，它不同於比興，也不是興寄，而係指形象與思維的結合，乃情與景的相融。〔註 165〕較之王昌齡「景意相兼」說可謂又更進了一步。殷璠亦以「趣」論詩，《河嶽英靈集》（卷中）評儲光羲「格高調逸，趣遠情深」，又評劉眘虛「情幽興遠」，則其所謂「趣」，義實近於「興」。〔註 166〕唐人重興，乃是在重內容的基礎上又要求通過一定的藝術形象來表現其內容的意義。〔註 167〕因而可以說唐人論詩最重要的一個觀念是重視物象之表現，往往透過物象（象）來傳達言外之重旨（意）。〔註 168〕

到了晚唐徐夤《雅道機要》謂：「凡爲詩須搜覓，未得句，先須令意在象前，象生意後，斯爲上手矣！」〔註 169〕強調的則是意前象後，與書法「意前筆後」說無別。書論中所謂「意前筆後」，「意」與「筆」的關係並非平行的百分百的對應關係，而是前後的模糊的關聯。其中「意」與詩論中的「興」，或多或少皆有「起」的作用，它使得作者之「意」能順利地呈顯於作品之中。

虞世南〈指意〉：「夫未解書意者，一點一畫皆求象本，乃轉自取拙，豈成書邪！」尙指書作之意，此與王羲之論意沒有太大的差別。而其〈契妙〉謂：「又同鼓瑟輪音，妙想隨意而生」，並未強調意在筆前。至李世民〈論書〉則謂：「吾之所爲，皆先作意」，才出現意在筆前的概念。至孫過庭《書譜》：「意前筆後，瀟灑流落，翰逸神飛」，才正是使用「意前筆後」一詞。對意前筆後的強調凸顯此期論者對創作主體性的重視。

〔註 164〕胡雪岡：《意象範疇的流變》（南昌：百花洲文藝出版社，2002 年 1 月），頁 72。

〔註 165〕李珍華、傅璇琮撰：《河嶽英靈集研究》（北京：中華書局，1992 年 9 月），頁 65～66。

〔註 166〕成復旺：《神與物游：中國傳統審美之路》，頁 170。

〔註 167〕牟世金：〈詩學之正源，法度之準則——從賦比興傳統看藝術構思的民族特色〉，郭紹虞等：《古代文學理論研究叢刊》（台北：新文豐出版公司，1989 年 6 月台一版），頁 57。

〔註 168〕林淑貞：《詩話論風格》，頁 426。

〔註 169〕唐・徐夤：《雅道機要》，見張伯偉：《全唐五代詩格彙考》，頁 445。

以下論象。《周易‧繫辭》已言：「立象以盡意」。王弼《周易略例‧明象》：「言者所以明象，得象而忘言，象者所以存意，得意而忘象。」荀粲質疑言足以盡意的說法：「蓋理之微者，非物象之所舉也。今稱立象以盡意，此非通於意外者也，繫辭焉以盡言，此非言乎繫表者也；斯則象外之意，繫表之言，故蘊而不出矣。」（陳壽《三國志‧魏書‧荀彧傳》引《晉陽秋》所載）劉宋時宗炳〈畫山水序〉（載張彥遠《歷代名畫記》卷六）：「夫理絕中古之上者，可意求於千載之下；旨微於言象之外者，可心取於書策之內。」之後南齊謝赫《古畫品錄》：「但取精靈，遺其骨法。若拘以體物，則未見精粹；若取之象外，方厭膏腴，可謂微妙。」

《周易‧繫辭》又云：「見乃謂之象，形乃謂之器，制而用之謂之法。」象與形乃對照而言，「象」隱「形」顯，「象」概括，「形」具體。〔註 170〕中國傳統文藝理論在基本質態上爲喻示性的，它不是純粹邏輯的抽象概括，而是不離棄經驗狀態的直觀直感，這是《易》所謂的「觀」，必須從「象」中去親自領會。〔註 171〕既以象喻意，就已經超越了語言直陳的第一涵義系統，其意義呈現本身就具備了詩性的氣質。

「象」由哲學而進入藝術理論領域，當在唐代。〔註 172〕殷璠首次使用了「興象」一詞。兩漢以前的詩歌理論多只談文與質、言與情、情與志的關係，比興之說本來主要是一個寄象的問題，但詩論家解釋比興卻只重辭和意而恰恰忽略了象，可以說這是對詩歌藝術特性的缺乏自覺。魏晉以後，才開始自覺地注意到象的問題，雖說此乃詩歌發展的必然結果，但顯然受到了玄學立言盡象、立象盡意觀念的直接啓發。從齊梁至唐代前期，文學注重聲律詞采，講求形式之美，意象說未能得到足夠的重視；然而在此期的書畫理論中，「意象」的發展似乎更爲重大而深刻。〔註 173〕如初唐孫過庭《書譜》：「觀夫懸針垂露之異，奔雷墜石之奇，鴻飛獸駭之資，鸞舞蛇驚之態，絕岸頹峰之勢，臨危據槁之形。或重若崩雲，或輕如蟬翼，導之則泉注，頓之則山安；纖纖乎似初月之出天崖，落落乎猶眾星之列河漢」。至盛唐張懷瓘〈六體書論〉則直指：「臣聞形見曰象，書者法象也」，而〈文字論〉則曰：「探彼意象，入此

〔註 170〕楊成寅主編：《美學範疇概論》，頁 1126。
〔註 171〕吳興明等著：《比較研究：詩意論與詩言意義論》，頁 329。
〔註 172〕高楠：《道教與美學》（瀋陽：遼寧人民出版社，1989 年 9 月），頁 269。
〔註 173〕陳慶輝：《中國詩學》，頁 56、60。

規模」。而中晚唐時期之重草書，與此期詩論之重「意象」，則反映了在象徵的感興形式與對直覺體悟認識之深化。

孫過庭《書譜》有謂：「情動形言，取會風騷之意；陽舒陰慘，本乎天地之心。」「情動形言」見於〈詩大序〉，而「風騷之意」則涉及《國風》、《離騷》，蓋言其抒情寫意。〔註 174〕然而書法之象不同於詩歌的間接性的、聯想的象，而是一種直接性的象，但它又不是具象性的，因而具有其特殊的象屬性。這種象屬性恰介於詩文聯想的間接性與具象的直接性之間，亦即書法既具有直接之本質，同時也須要聯想之輔助，由此構築其豐富的藝術天地。但書法之象又不同於「易」之象，惟最初漢字、書法、易象均來自同一本源，即如《易傳‧繫辭》所謂：「仰則觀象於天，俯則觀法於地，觀鳥獸之文與地之宜，近取諸身，遠取諸物」、「聖人有以見天下之賾，而擬諸其形容，象其物宜，是故謂之象。」

今人趙樹功曾比較氣象與意象的差異，或有助於吾人對意象的理解：

> 氣象的展示需要意象，但氣象與意象又有著本然的區別：氣象是主體之氣於詩文中所呈現的形態，具有高度的集約性與概括性；意象是主體情思所攝取的審美對象，形之於作品後所成就的集約而概括的藝術符號。氣象源自主體長期的涵養，見於作品，呈示於藝術鑑賞者的審美視線；意象源自主客交融，具有獨立的審美性，同時彼此之間的關係又能組構成意境。〔註 175〕

顯然，以「氣象」論與主體有較多的聯繫，然而其既納入文學審美領域，則指向在讀者觀照之下所呈現的總體性審美特徵；以「意象」論則多從作品著眼，較偏於作品論。

第五節　唐代書論與詩論之「境」、「外」

一、唐代書論之「境」、「外」

初唐書家論寫作狀態時，多重視精神之集中與心理之平靜，如歐陽詢〈傳授訣〉：「每秉筆必在圓正，氣力縱橫重輕，凝神境緣。」李世民〈指法論〉：「思與神會，同乎自然」，前者和王昌齡主張在作詩時應「凝心」有共同之處，

〔註 174〕胡雪岡：《意象範疇的流變》，頁 180。
〔註 175〕趙樹功：《氣與中國文學理論體系構建》，頁 268。

而後者與權德輿「意與境會」若有相通。至盛唐張懷瓘〈文字論〉云：「深識書者，惟觀神采，不見字形。」與皎然「兩重意以上，皆文外之旨。若遇高手如康樂公，覽而察之，但見情性，不睹文字」之觀點極為相似。〔註 176〕「意」、「境」、「境界」早見於書法品評，惟不以「意境」論。

又初唐後期孫過庭《書譜》謂：「達其情性，形其哀樂」；而盛唐張懷瓘《書議》亦云：「或以騁縱橫之志，或托以散鬱結之懷」。而韓愈〈送高閑上人序〉更強調草書寄寓了「喜怒窘窮、憂悲愉佚、怨恨思慕」等複雜的情感，主張「有動於心，一寓於書」，已把草書的抒情表現看作是最根本的藝術功能。〔註 177〕這種對情與神的重視實乃強調創作主體之抒發，而「情」、「神」落實於作品的結果便是「境」，但書法形式本身並非具象，因而其所謂「境」乃是一種虛境、抽象之境，這就要求讀者必須透過表象的形式而深入其中去探知隱而未顯的意涵，就此而言，它又與詩歌「意境」理論頗為近似。基本上，「境」是靜態的，而情與神則是動態的，二者乃陰陽辯證的互補關係。

綜合言之，初唐書論重在靜態的「凝心」、「凝神」，至狂草風起時，則相對而有強調動態的抒情觀照；又其以理論的形態出現，書論似又先於詩論。但唐代書論的高峰僅止於此而未能有大跨步的進展，詩論則持續發展而逐漸完善了「意境」之論述。當然，詩歌意境理論的發展亦受山水詩與繪畫之影響，〔註 178〕不純然是書法的影響，甚至主要不是書法的影響。

二、唐代詩論之「境」、「外」

劉知幾《史通‧敘事》：「斯皆言近而旨遠，辭淺而意深，雖發語已殫，而含意未盡。」此與劉勰「義主文外」一脈相承。而王勃〈秋晚入洛於畢公宅別道王宴序〉有「神馳象外」一語。

王昌齡對於「意境」理論的貢獻主要有四點：一是第一次鑄造了「意境」範疇。二是第一次明確地論述了「意境」的形態問題（「物境」、「情境」和「物境」分別是對山水詩、抒情詩和哲理詩創作經驗的總結）。三是第一次明確地論述了「意境」的創造問題（取境、構境、創境）。四是第一次論述了「意境」

〔註 176〕黃景進：《意境論的形成——唐代意境論研究》（台北：台灣學生書局，2004 年 9 月），頁 253～254。

〔註 177〕葉鵬飛：〈唐人尚法淺論〉，《書法研究》1997 年第 5 期，收入《二十世紀書法研究叢書‧品鑒評論篇》（上海：上海書畫出版社，2000 年 12 月），頁 641。

〔註 178〕黃景進：《意境論的形成——唐代意境論研究》，頁 248。

的審美特徵（三個層面：「意象」層、「象外」層和「語境」層）。〔註179〕雖然王昌齡《詩格》中的「境」，多指物境，故往往與「物」、「象」相聯，然而《詩格》有謂：「詩貴銷題目中盡意，然看當所見景物與意愜者相兼道。若一向言意，詩中不妙及無味，景語若多，與意相兼不緊，雖理道亦無味。昏旦景色，四時氣象，皆以意排之，令有次序，令兼意說之，爲妙。」此處強調的是景意相兼，其以心照物、心物相兼的理念實已接近美學概念的「境」。〔註180〕又王昌齡三境說中之「意境」原是「境」的一種，與唐釋道世《法苑珠林・攝會篇》的「意境界」一詞的內涵相近，其「境」指「六根所攀緣游履者」；「意境」指「心」（意根）所攀緣游履之處（法塵）。〔註181〕有學者認爲詩有三境絕不是一種題材分類，而是三種趨向於眞境旨歸的程度分類。〔註182〕筆者以爲三境說固然相對於山水詩、抒情詩和哲理詩而言，乃在並列意義上的詩歌創作中最爲常見的三種形態，但參酌《詩格》之其他文本，則王昌齡不只在字面上，更在內容上開啓了「意境」之論述。王昌齡《詩格》之後，在詩論中涉及「境」者，還有皎然、武元衡、權德與、劉禹錫、呂溫、以及司空圖等人。

釋皎然主張詩「境」須「神會而得」，強調「取境之時，須至難至險，始見奇句」。〔註183〕其所謂「取境」正是一個尋找和熔裁意象的過程。〔註184〕因而這裡的「境」指向一般所謂的體格、體勢，故爲「辨體」之首務；而取境的過程則重工夫與神會。〔註185〕而《詩式》：「夫境象不一，虛實難明」，「境」似爲虛；「象」乃是實，則此處所論近於「意象」。〔註186〕因視「象」爲實，故而須「採奇於象外」。《詩式》又言：「兩重意以上，皆文外之旨。若遇高手，如康樂公，覽而察之，但見性情，不睹文字，蓋詣道之極也。」（〈重意詩例〉）「康樂爲文，直於情性，尙於作用，不顧詞采而風流自然。」（〈文章宗旨〉）〔註187〕雖未言境卻與意境說頗有關係。整

〔註179〕古風：《意境探微》（南昌：百花洲文藝出版社，2001年12月），頁54～57。

〔註180〕成復旺：《神與物游：中國傳統審美之路》，頁177。

〔註181〕韓林德：《境生象外：華夏審美與藝術特徵考察》，頁63。

〔註182〕王耘：《唐代美學範疇研究》，頁270。

〔註183〕高楠：《道教與美學》，頁270。

〔註184〕蔣寅：《古典詩學的現代闡釋》，頁47。

〔註185〕成復旺：《神與物游：中國傳統審美之路》，頁178。

〔註186〕蔣寅：《古典詩學的現代闡釋》，頁45。

〔註187〕成復旺：《神與物游：中國傳統審美之路》，頁179。

體而言，王昌齡詩論強調意與境的圓滿協調，而皎然則似乎更重視以意爲主的取境。〔註 188〕

至晚唐劉禹錫有「境生於象外」之說，若從其前後文觀察，則可見其仍側重於「象外」之「意」，但與鍾嶸「文已盡而意有餘」的觀點已經不同，他強調詩的「境」須由「象」和「意」統一構成，這種「象」包孕了豐富的「意」，乃謂之「境」。〔註 189〕又劉禹錫：「片言可以明百意，坐馳可以役萬景」，與呂溫評詩：「研情比象，造境皆會」（〈聯句詩序〉），都著眼於心識的創造與交流功能。〔註 190〕賈島：「神遊象外」（《詩話總龜》引）亦幾乎等同於「神遊於境」。

司空圖論詩意之內外與皎然、劉勰二人論的是「文外」有別，也與莊子論的「言外」有別。司空圖所謂「內」，當爲語言的「第一涵義系統」，即直接的邏輯意義，而所謂「外」則可理解爲「第二涵義系統」，即文本的深層意義、隱喻象徵性意義。〔註 191〕司空圖論「韻外之致」、「味外之旨」以及「不著一字，盡得風流」，直接涉及了詩歌的美質問題；而「象外之象」又較「言外之意」更進了一步；此外他還有「全美爲工」的觀點。〔註 192〕司空圖詩論將唐代意境理論推到了一個相對成熟的高峰。

相對於意象，意境的內涵具有無限性。對意境的審美，旨在「味眞實者」（劉禹錫語），偏重於悟解和品味，並且往往「義得而言喪」、「可意會而不可言傳」。〔註 193〕意象的本質可以說是被詩意觀照的事物，亦即詩歌語境中處於被陳述狀態的事物；〔註 194〕但意境則賦予詩人或讀者置身其間的臨場體驗性，因而提供了「不盡之意」的條件背景。「不盡之意」既指在意義結構層次上的豐富難言，又指時間流程上的經久不息，從而保證了詩意體驗的持續性發生，使得審美交流更爲持恒。〔註 195〕或許也可以說意象是由一個或多個語

〔註 188〕〔日〕赤井益久著；范建明譯：〈關於皎然的詩論——圍繞中國詩學「情景交融」的主提〉，《中唐文人之文藝及其世界》（北京：中華書局，2014 年 1 月），頁 255。

〔註 189〕陶禮天：《藝味說》（南昌：百花洲文藝出版社，2005 年 12 月），頁 375。

〔註 190〕孫昌武：《佛教與中國文學》（上海：上海人民出版社，2007 年 6 月第 2 版），頁 278。

〔註 191〕吳興明等著：《比較研究：詩意論與詩言意義論》，頁 104。

〔註 192〕童慶炳：《中華古代文論的現代闡釋》，頁 152～153。

〔註 193〕韓林德：《境生象外：華夏審美與藝術特徵考察》，頁 177。

〔註 194〕蔣寅：《古典詩學的現代闡釋》，頁 19。

〔註 195〕吳興明等著：《比較研究：詩意論與詩言意義論》，頁 88。

象組成、具有某種詩意自足性的語象結構，而意境是一個完整自足的呼喚性的本文。〔註 196〕

如果說「興」是美感的產生或產生出來的美感；那麼「象」、「境」就是美的呈現或呈現出來的美。〔註 197〕與殷璠的「興象」相比，「意境」更重視主客體的交融，因而更具有一種含蓄蘊藉、言有盡而意無窮的效果。〔註 198〕

中唐詩學的造境說，源本於佛教的「造境」觀，又關乎道家和玄學的「忘象」及「神遇」，更涉及六朝以來的言意、形神之辨等問題。〔註 199〕可以說佛教的境界說和傳統的情性論爲意境論奠定了思想的基礎。它是一個有系統、有承續的發展，只是到了晚唐才走到比較成熟的階段。境界不是別的，它就是自性朗現之「心」境，這時的境界就成了「意境」。〔註 200〕

「境」出現在佛教各宗之中，但應當最近於唯識宗的「性境」。《成唯識論》（《大正藏》第 31 卷第 1 頁）開卷即言：「實無外境，唯有內識似外境生，實我實法不可得故。」林諤（唐開元時人）〈太原府交城縣石壁寺鐵彌勒像頌〉則有：「維佛曰覺，是法曰空，鎔範所謂敬田，勳崇可兼意境。」〔註 201〕顯然王昌齡、皎然、司空圖提及意境皆在林諤之後。〔註 202〕又慧遠〈唸佛三昧詩集序〉已談及詩與禪的關係，但中唐以後才眞正將詩與禪相比附。如戴叔倫〈送道虔上人游方〉：「律儀通外學，詩思入禪關。煙景隨緣到，風姿與道閑。」〔註 203〕

晚唐意境論的完成，反映了唐詩由比興、興寄、興象、意境的層層推衍發展。王維、孟浩然詩作在興象處理上的成就到了晚唐司空圖才被具體彰顯出來，自非空穴來風。〔註 204〕

〔註 196〕蔣寅：《古典詩學的現代闡釋》，頁 25。

〔註 197〕成復旺：《神與物游：中國傳統審美之路》，頁 208。

〔註 198〕喬惟德、尚永亮：《唐代詩學》，頁 9。

〔註 199〕劉衛林：〈中唐詩學造境說與佛道思想〉，見傅璇琮主編：《唐代文學研究・第九輯》（桂林：廣西師範大學，2002 年 4 月），頁 352～369（369）。

〔註 200〕吳興明等著：《比較研究：詩意論與詩言意義論》，頁 100～102。

〔註 201〕唐・林諤：〈太原府交城縣石壁寺鐵彌勒像頌〉，周紹良總主編：《全唐文新編》卷 363，頁 4172。

〔註 202〕王耘：《唐代美學範疇研究》，頁 264。

〔註 203〕孫昌武：《佛教與中國文學》，頁 281～282。

〔註 204〕蔡瑜：《唐詩學探索》，頁 177～178。

三、主客相融之「境」與「外」

一般而言，「境」的概念主要用於文學、戲曲、繪畫等領域，而書論中則較爲少見。〔註 205〕再者，「意境」實爲「情景交融、意溢象外和人與自然審美統一的意象結構和美感形態」，而「自然意象」（即景）是衡量有無「意境」的主要標尺。〔註 206〕

然則書法之所以少以意境論，蓋在書家之情感意志並非與自然意象的審美統一，而是與書家之「身體」相融合，亦即書法直接抒發書家心之所感，在創作或審美之當下，並不須與外在的物象有所聯繫或融合，基本上書法的創作或審美具有某種純粹性，與身體直接相關。相對地，對詩文來說，「言」是其本質的規定，但透過「言」而使讀者聯繫到「象」，甚至是「象外」，則是一種文學的手段。文學創作在語言的運用上具有很大的可操作性，而以語言創造形象，又包含著超過作者主觀意圖的客觀意義。因而文學之「言」遠大於其本來的意義。〔註 207〕文學之所以重「象」、「境」的原因，正在其牽連了「眞」（直接性）的本質以及「外」的效果，而這二者亦爲書法所本有。

就作品而言，「境」是以有意味的形式所展開的意蘊「空間」，它使得創作與詮釋的意義空間獲得一種移動與延展的可能。〔註 208〕宇文所安曾在《傳統中國詩歌與詩學：世界的徵兆》中指出，在中國文學傳統中，詩歌通常被假設爲非虛構的文體，所以「詩歌的偉大不在於它的創新，而在於它是詩人與此時此景的眞實相遇。」〔註 209〕「眞實相遇」等同「身歷其境」，其重點有二：一是身體的在場，二是直接性，而這都是書法所本有的。

中國傳統文藝思想向來重視不可言說的層面，對這一層面的把握大體上有兩種模式，即「形上直覺」與「觀象會意」，而這兩種模式卻也經常融合爲一，從而超越有限物感與審美的邊際而達到本體融入的精神滿足。〔註 210〕詩

〔註 205〕成復旺：《神與物游：中國傳統審美之路》，頁 181。

〔註 206〕古風：《意境探微》，頁 159。

〔註 207〕孫昌武：《佛教與中國文學》，頁 273。

〔註 208〕蔡瑜：〈王昌齡的「身境」論——《詩格》析義〉，《漢學研究》第 28 卷第 2 期（2010 年 6 月），頁 316。

〔註 209〕陳小亮：《論宇文所安的唐代詩歌史研究》（北京：中國社會科學出版社，2010 年 8 月），頁 13。

〔註 210〕彭亞非：〈中國古代的哲學智慧與詩學追求〉，錢中文主編：《中國中外文藝理論學會年刊·2010 年卷：文學理論前沿問題研究》（鄭州：河南大學出版社，2011 年 6 月），頁 350。又「形上直覺」與「觀象會意」的合一，完全吻合於成中英「本體闡釋學」所謂的「方法與本體的合一」。

歌如是，書法亦如是。總之，意與境合，正表示「心」在一定的界限內（境）遊履之意。〔註 211〕

劉宋時宗炳〈畫山水序〉（載張彥遠《歷代名畫記》卷六）:「夫理絕中古之上者，可意求於千載之下；旨微於言象之外者，可心取於書策之內。」南齊謝赫《古畫品錄》:「但取精靈，遺其骨法。若拘以體物，則未見精粹；若取之象外，方厭膏腴，可謂微妙。」皎然〈奉應顏尚書眞卿觀玄眞子置酒張樂舞破陣畫洞庭三山歌〉說明張志和畫藝時云:「盼睞方知造境難，象忘神遇非筆端。」〔註 212〕意在強調通過「造境」才能達到「象忘神遇」的結果。吾人或許可以說「造境」一詞乃針對繪畫而發。又皎然《詩議》:「采奇於象外。」司空圖《二十四詩品》:「超以象外，得其環中。」又有「象外之象」說。劉禹錫「境生於象外」的說法，可謂亦秉承這種「取之象外」的觀念。竇蒙《述書賦・語例字格》云:「體外有餘曰麗」、「意居形外曰媚」、「深而意遠曰沉」、「孤雲生遠曰閑」，特別著墨於「外」、「深」、「遠」，涉及了書法的「意境」美。〔註 213〕詩論的「象外」概念與竇氏書論的論點相當接近，可見二者不無關連。這種對「外」的強調，實出於辯證的論述概念，乃與「內」相對而言。作爲理論系統，唐代的意境理論多半還是一些片段的、印象式的感受，或者是對某一側面的描述。〔註 214〕

又晉宋時期的書畫理論對身體的空間感已相當關注，但六朝詩論卻無相關的理論，一直到王昌齡《詩格》才正式揭示了詩歌的「身境」論。〔註 215〕這種現象固然有詩論本身發展的因素，但不能排除書畫理論所帶來的影響，因無論書法或繪畫，都與身體有更本質上的聯繫。

王昌齡《詩格》主張「身」與「境」具有不可分割的關係，一方面凸顯創作時「身體在場」、「處身於一境」的根源性，另一方面則揭示身體主體經由「境照」而產生了「境象」、「境思」是創作主體進入審美觀照的歷程。「身」

〔註 211〕黄河濤:《禪與中國藝術精神的嬗變》（台北:正中書局，1997 年 8 月台初版），頁 109。

〔註 212〕唐・皎然:〈奉應顏尚書眞卿觀玄眞子置酒張樂舞破陣畫洞庭三山歌〉,《全唐詩》卷 821，頁 9255～9256。

〔註 213〕陶禮天:《藝味說》，頁 286。

〔註 214〕張文勛:〈我國意境理論的形成及其美學內涵〉，氏著:《儒道佛美學思想探索》（北京:中國社會科學出版社，1988 年 9 月），頁 163。

〔註 215〕蔡瑜:〈王昌齡的「身境」論——《詩格》析義〉,《漢學研究》第 28 卷第 2 期（2010 年 6 月），頁 307。

與「境」在詩歌創作過程中具有先於「意」的地位，因此「身境」是先於「意境」的理論基礎。此外，「身境」同時也呈顯出對於「聲境」的反思。以「身」作爲詮釋「比」、「興」的關鍵詞，乃《詩格》釋「比」、「興」最具突破性的創見。它說明了「境照」、「境思」先於意識、出於自然的特質。〔註 216〕這種「身境」特質，正與書法的直接性完全對接。

李世民〈指意〉:「思與神會，同乎自然，不知其所以然而然。」而孫過庭《書譜》:「同自然之妙有，非力運之能成。」都強調「自然」，將書法提升至「道」的境界，顯有受到道家重自然思想的影響。書論之「思與神會」更可與詩論之「思與境偕」相對應，「神」重主體，「境」偏客體，此蓋因書法重當下直觀，而詩歌則強調想像，並企圖透過「象」、「境」將這種想象與現實連結；又（書）「道」本是「路」，以線性（時間性）呈顯，具有「生」（特徵屬動）的效應，而（詩）「境」的空間特徵明顯，具有「場」（特徵屬靜）的效應，某種程度也與書法之「勢」有相通之處。

〔註 216〕蔡瑜：〈王昌齡的「身境」論——《詩格》析義〉，《漢學研究》第 28 卷第 2 期（2010 年 6 月），頁 297～298、303～304、315。

第九章　唐代書論與詩論之發展

第一節　儒、道、釋思想之影響

就思想發展的宏觀角度著眼，如果說魏晉玄學的根本特徵乃走出先秦兩漢哲學的經驗直觀，達到了純粹的思辨；〔註1〕那麼，唐代三教共存的現象則反映了經驗直觀與純粹思辯的交融，而且這一種交融反映在藝文創作及其理論上。

一、儒家思想的復歸

雖然東漢以後儒學漸趨衰微，玄學與佛學繼之而興，但玄學與佛學，遠不如儒學與政治的關係來得密切；而儒家政治理論的完整，更非佛老所能及，因而儒學仍能保有其一定的領地。唐代宗大曆以後，經學者多不守舊說，佛學日益浸潤於儒學之中。此時儒學的內容已滲入禪學思想，在本質上有別於以往。〔註2〕

宏觀地看，若說漢魏古詩處於「質勝文」的階段，而晉宋齊梁的詩歌漸有「文勝質」的傾向，則至唐人之「復古」而進入「文質彬彬」的局面。唐詩不僅能批判齊梁、上承漢魏，同時也在批判中吸收前人之精髓而承續地發展。〔註3〕書法之復古則是復王羲之之古而未及於漢魏，蓋二者發展之進境不

〔註1〕章啓群：《論魏晉自然觀：「中國藝術自覺」的哲學考察》（合肥：安徽教育出版社，2013年10月），頁168。

〔註2〕傅樂成：《漢唐史論集》（台北：聯經出版社，1977年9月），頁368、370。

〔註3〕陳伯海：《中國文學史之宏觀》（北京：中國社會科學出版社，1995年12月），頁218～219。

同有以致之，然皆標舉古人卻也是不爭的事實。文藝上的復古主張，實爲儒家思潮之反映。

唐人多講「復古」而少論「通變」，強調復古正顯示了他們對文學變革的自覺，以此與六朝的新變有所區別。然而唐人在復興漢魏優良傳統的基礎上，自然也吸收齊梁前後詩歌的寫作技巧，再依自己的需求進行提煉加工。〔註 4〕

唐代宗經辨騷、崇經抑騷也是一種復古的舉動。孔穎達認爲詩人應該通過比、興手法來表達美刺時政的內容，而白居易則在「興比」和「美刺」之間畫了等號——「六義」。他繼承了漢唐經學家論《詩》的傳統，又受到陳子昂等人「興寄」說的啓示。〔註 5〕從南朝到唐初，雖然獨立的文學觀開始活躍，但未對文學的發展造成明顯的影響，直至七世紀後半，詩文應否爲儒家的政教理想服務的議題，才開始進入討論的核心，而越來越浮顯於文人們的意識。〔註 6〕

陳子昂首先把比興解釋爲興寄諷諭，並在詩壇上發生較大的影響。陳氏〈與東方左史虬修竹篇序〉所批評的齊梁詩歌「興寄都絕」，非謂其未以比興手法進行藝術構思，而係指責丟失了美刺諷諭的傳統。〔註 7〕

韓愈是唐代「復古」思想的代表人物，他將儒道與文章容納在一個「古」的圖景之中；而主張「文以明道」的柳宗元則對儒道和文章的性質作了嚴格區分。可以說除了「道」，「古」是中唐儒家思潮的另一個核心理想。〔註 8〕一般而言，在儒家看來，美依附於善，美的本質附麗於善的本質，這是「文以載道」的美學傳統淵源。〔註 9〕

又唐代儒家面對道、釋思想之挑戰，對於「性」的探討多集中於性情之關係，且主要以性靜情動的關係來看待。〔註 10〕孔穎達〈毛詩正義序〉即云：「人生而靜，天之性也；感物而動，性之欲也。喜怒哀樂之志，於是乎生；

〔註 4〕陳伯海：《中國文學史之宏觀》，頁 159、209～210。

〔註 5〕梅運生：〈試論白居易的「美刺興比」說〉，郭紹虞等：《古代文學理論研究叢刊》（台北：新文豐出版公司，1989 年 6 月台一版），頁 338、340。

〔註 6〕陳弱水：《唐代文士與中國思想的轉型》（桂林：廣西師範大學出版社，2009 年 10 月），頁 27。

〔註 7〕梅運生：〈試論白居易的「美刺興比」說〉，郭紹虞等：《古代文學理論研究叢刊》，頁 369。

〔註 8〕陳弱水：《唐代文士與中國思想的轉型》，頁 58～59。

〔註 9〕楊成寅主編：《美學範疇概論》，頁 1008。

〔註 10〕王耘：《唐代美學範疇研究》，頁 51。

動靜愛惡之心，於是乎在。精粹者雖復凝然不動，浮躁者實亦無所不爲。」白居易〈動靜交相養賦〉則持動靜交相養的論點：「天地有常道，萬物有常性。道不可以終境，濟之以動；性不可以終動，濟之以靜。養之則兩全而交利，不養則兩傷而交病。」而李翱〈復性書〉：「無性則情無生矣，是情由性而生。情不自情，因性而情；性不自性，由情以明。性者天之命也，聖人得之而不惑者也；情者性之動也，百姓溺之而不能知其本者也。」以「情爲性之動」，性與情被視爲體用之關係。〔註 11〕李翱等人只是使佛學儒化，而非儒學佛化。〔註 12〕

應該說唐代儒家的詩文理論仍然未把「情動於中而形於言」的主張貫徹到底。他們一方面肯定「情動於中而形於言」的自然表現程序，另一方面卻不容許任何情感都能自然地表現。〔註 13〕這方面的不足，卻是道家的特質。

二、道家思想的融入

唐朝皇室的祖先沒有純粹的漢族血統，在漢族社會中地位相對低下，通過對道教的支持，聲稱自己乃老子後代，不失爲一有效提高皇室聲望的必要之路。〔註 14〕

六朝至隋唐，重玄思想雖然沒有明確的宗派傳法系統，卻有精神宗旨傳承的一致性。〔註 15〕「道性」說於此期道教文獻中盛行，一方面乃受佛教佛性說的影響，另一方面則根源於《老子想爾注》「道性不爲惡事」的說法，卻也是重玄思想興起的產物。道性說把道體理解爲「理」、「性」，將道性與人性聯繫起來，與道教內丹學說關係密切。六朝到隋唐，正是道教外丹學轉向內丹學的時期，隋開皇年間，蘇元朗著《旨道篇》，始有內丹之說。〔註 16〕內丹學說的重要內容是心體與道體的關係問題，雖然隋唐道教基本上謹守道性非色非心的立場，〔註 17〕但當道性說將宇宙本體的道性與人性聯繫起來時，實

〔註 11〕王耘：《唐代美學範疇研究》，頁 66。
〔註 12〕傅樂成：《漢唐史論集》（台北：聯經出版社，1977 年 9 月），頁 371。
〔註 13〕劉紹瑾：《復古與復元古：中國復古文學理論的美學探源》，頁 247。
〔註 14〕〔英〕巴瑞特著；曾維加譯：《唐代道教：中國歷史上黃金時期的宗教與帝國》（濟南：齊魯書社，2012 年 9 月），頁 9。
〔註 15〕李大華、李剛、何建明著：《隋唐道家與道教》（北京：人民出版社，2011 年 9 月），頁 606。
〔註 16〕李大華、李剛、何建明著：《隋唐道家與道教》，頁 617。
〔註 17〕陳弱水：《唐代文士與中國思想的轉型》，頁 160。

際上是聚焦於人與道所同之「心」、「性」。〔註 18〕道性觀發展出了新型的人性觀念，它相信人的本性來自於宇宙終極實體的分化，但不等同於現實生命中的任何成分或狀態。〔註 19〕

初唐成玄英一派的重玄美學偏於重視邏輯思辯的內容，而較少關注對肉體長生的追求；盛唐之後則經歷了由純哲學思辨向神仙道教復歸的過程。道教「貴生」、以「生」爲美，導致除了追求成仙之外，莊子「養生」、「全身」的觀點更影響後來對個體生命意義的思考。其「生—美」觀念賦予了中國文人面對現實的勇氣和充滿審美情趣的人生態度。〔註 20〕如李白、杜甫、顏眞卿等人，均與道教有相當程度的接觸，並受其影響。〔註 21〕

到了唐代後期，內丹學說逐漸取代了外丹學說，重玄學漸與內丹學合流，於是「道炁」論逐漸佔據支配地位；「性命」說取代了「道性」說。在內丹家看來，「性」即是「神」（實質上指的是「心」），即是「道」；「命」即是身，即是「炁」。重玄學於此有了轉化。〔註 22〕因此唐代道士以性命雙修和得道成仙爲其主要的精神修練。〔註 23〕「性命雙修」反映的是一種融合的時代趨向；「得道成仙」則企圖以人之肉身而證得仙體，頗富「技進於道」的生命哲學和藝術意味。

初唐陳子昂、盛唐李白論詩主張中，道家思想的痕跡已很明顯，至王昌齡《詩格》、皎然《詩式》，道釋思想便成了理論的支柱。〔註 24〕書論方面，初唐虞世南〈筆髓論．契妙〉：「字雖有質，迹本無爲，稟陰陽而動靜，體萬物以成形，達性通變，其常不主。故知書道玄妙，必資神遇，不可以力求也。機巧必須心悟，不可以目取也。」〔註 25〕此處強調「書道玄妙」，蓋「達性通

〔註 18〕李大華、李剛、何建明著：《隋唐道家與道教》，頁 614。

〔註 19〕陳弱水：《唐代文士與中國思想的轉型》，頁 162。

〔註 20〕李裴：《隋唐五代道教審美文化研究》（成都：巴蜀書社，2012 年 11 月），頁 7～9。

〔註 21〕〔日〕深澤一幸著；王蘭、蔣寅譯：〈杜甫與道教〉，《詩海撈月——唐代宗教文學論集》（北京：中華書局，2014 年 1 月），頁 77～78。

〔註 22〕李大華、李剛、何建明著：《隋唐道家與道教》，頁 614～615。

〔註 23〕〔英〕巴瑞特著；曾維加譯：《唐代道教：中國歷史上黃金時期的宗教與帝國》，頁 151。

〔註 24〕黃保眞等：《中國文學理論史——隋唐五代宋元時期》，頁 14。

〔註 25〕他本或在本節開頭多「欲書之時，當收視反聽，絕慮凝神，心正氣和，則契於妙。……中則正，正者冲和之謂也。然則……」一段文字，然此部分與李世民〈筆法訣〉同，本文依《四庫全書》所收《佩文齋書畫譜》版。

變，其常不主」，因而「必資神遇，不可以力求也」，提示以「心」、「意」爲主，澄心運思，勿涉浮華，明顯將《老子》虛靜無爲的玄妙之道思想引入了書法美學。六朝書論雖強調心靈開悟與筆意，但未將道之內容界定爲無爲自然，亦不曾下推到文字的構成也是無爲的。《筆髓論》這種氣化宇宙論的無爲道心，正是唐初普遍的認識。〔註 26〕今人童慶炳甚至認爲「氣」、「神」、「韻」、「境」、「味」，甚至「眞」、「靈」、「逸」、「興」、「趣」等概念所具有的同一性表現都可溯源至老莊的「道」，其內涵則指向一種終極的、本原的生命體驗。〔註 27〕

盛唐時期，賀知章、張旭等皆屬崇道之人〔註 28〕，而茅山上清派本即與當時書法社會頗有交集。〔註 29〕此外，道教利用漢字的改造變形，創出了「天書雲篆」的宗教藝術形式，於唐以後逐漸流行，實現了宗教內容與藝術形式的完美結合。〔註 30〕

基於經驗的物我相融可謂是道教思維方式的一個重要特徵。〔註 31〕道家美學的精彩之處是將美的本質與自然的生命本質聯繫起來，揭示了「大美」與「眾美」以及美與醜的辯證關係，有效闡明了審美的超功利特徵，因而對中國美學的發展影響深遠。〔註 32〕

三、佛釋思想的影響

佛教自東漢末傳入東土，兩晉以後逐漸士大夫化，隋唐以後在創造了中國宗派的同時，中國詩歌也逐漸由涵詠持久的情思轉向抒寫瞬間的感受，由強調過程轉向凸顯「內在文字」的空間世界，最終借由與心識相關的「境」呈顯了這一轉變。這種轉變實際是中土文學和思想在匯入了新因素後的發展，乃是經過中土改造的成果。在詩與思想之間，不僅以因果，也可以「感應」（induction）或「共鳴」相聯繫，二者則指向背後更大的文化脈絡。〔註 33〕

〔註 26〕龔鵬程：〈唐初書法史初探〉，氏著《書藝叢談》，頁 22。
〔註 27〕童慶炳：《中國古代心理詩學與美學》，頁 14。
〔註 28〕黃緯中：《唐代書法社會研究》，頁 124。
〔註 29〕黃緯中：《唐代書法社會研究》，頁 125。
〔註 30〕李裴：《隋唐五代道教審美文化研究》，頁 19～20。
〔註 31〕高楠：《道教與美學》，頁 246～247。
〔註 32〕楊成寅主編：《美學範疇概論》，頁 1007～1008。
〔註 33〕蕭馳：《玄智與詩興》，〈緒論〉頁 vii、xi～xii。

佛家心性理論與中國傳統心性理論不同，一是佛家論心，不只肯定其緣慮功能，而且強調其創造功能；二是佛家講心、佛、眾生的統一，特別是竺道生的涅槃佛性學說主張一切有情都有佛性，強調自性自度。相對地，中國傳統素樸的反映論文藝觀雖主張「感物而動」，但忽視主觀的創造作用；而「言志」重在表達群體意識的聖人之志，較忽視內心的反省和體驗。〔註 34〕

禪宗理論的核心是「見性」說，只須「自性自度」，不要向外馳求，這是「悉有佛性」及「如來藏」思想的進一步發展，也是佛家心性學說與儒家人性論相調合的產物。〔註 35〕雖然對於「神」的解釋，魏晉時期已融進了更多對於個體生命的審美人格的內涵，但是從根本上說，禪宗藝術精神的形成，才把「神」的位置落實到人的「內心」。〔註 36〕僧肇將「有」與「無」統一於「空」，雖解決了「有」、「無」對立的問題，但其「空」並未與人的心性聯繫起來。慧能（638～713）受到僧肇「般若之空」和竺道生「佛性論」的影響，從而使「空」落實於一己之「心」，可謂融「眞空」於「妙有」，於是形成意境的各種條件均已具足。慧能對禪宗乃至佛教的改造，簡言之即「移眞從俗」，這是從出世到入世的轉向，對於士人的心理和生活方式產生了深刻影響，並從根本上滌除了隱顯之間的界線。〔註 37〕

佛教界通常以「性」是諸佛與眾生所共同具備的清淨本體；而「心」則屬於妄識。〔註 38〕慧能《六祖大師法寶壇經．般若第二》即言：「故知萬法盡在自心，何不從自心中頓見眞如本性？」〔註 39〕然而慧能頓悟說具有原創性的是他把本心、本性與眞理等同起來。〔註 40〕慧能構建的「心宗」，創立了「心本體」的禪學本體論，其「萬法盡在自心」更爲書論家所襲用，而成爲禪意書論中「法於心源」的經典名言。〔註 41〕就長期發展而言，佛性觀念實有心識化的趨勢。〔註 42〕

〔註 34〕孫昌武：《佛教與中國文學》，頁 257。
〔註 35〕孫昌武：《詩與禪》，頁 2。
〔註 36〕黃河濤：《禪與中國藝術精神的嬗變》（台北：正中書局，1997 年 8 月台初版），頁 97。
〔註 37〕李昌舒：《意境的哲學基礎：從王弼到慧能的美學考察》，頁 254～226。
〔註 38〕參見李光華：《禪與書法》，頁 186。
〔註 39〕丁福保註譯：《六祖壇經箋註》（台北：天華出版事業股份有限公司，1992 年二版），般若品第二，頁 32。
〔註 40〕王耘：《唐代美學範疇研究》，頁 197。
〔註 41〕李光華：《禪與書法》，頁 195。
〔註 42〕陳弱水：《唐代文士與中國思想的轉型》，頁 159。

禪宗與本土藝術的關聯，主要在其所提出的「本性」、「無念」與「頓悟」三個觀念。〔註 43〕然而禪宗在唐代依然是依託山林寺院爲主的佛教派別；其次禪宗的「本性」與現實心識關聯複雜；又其「無念」和「頓悟」觀點，也與狂草的精神狀態有別。由此，唐代僧人熱中草書，但沒有證據表明他們接受了禪宗的觀念。〔註 44〕二者在本質上的相通（重視當下的直接性），當係唐代僧人熱中草書的主要關鍵所在。

唐書尙法基本上是針對唐楷而言，草書則具有尙意的特點。於是草書的法便轉向「非法」，轉向於「心」。禪家講究破除法執，而楷書特重一個「法」字，每一筆都要合乎既成的法則；但草書則臨場應變、隨機而化的成分居多，這種看似漫不經心的隨心任運，正好可以體現禪家的無念。〔註 45〕而書法的意象是書家所創造的沒有自然參照物的意象，它有極大的自由度可以任「心」遊履。晚唐高僧陳尊宿有言：「秀才訪師，稱會二十四家書。師以柱杖空中點一點，曰：『會麼？』秀才罔措。師曰：『又道會二十四家書，永字八法也不識。』」〔註 46〕以書喻禪，拉近了二者的距離，同時也體現了禪家強調「悟」的理念。

當然，唐代佛教界並非只有書僧，同時也出現了許多詩僧、畫僧、琴僧之類的人物，他們熱衷於和詩人、士人們相往來，而其目的或許不在於說教傳法，而是談文論藝。〔註 47〕文藝成爲他們跨越佛釋與世俗的媒介，此間誠難完全排除其有意於功名的現實因素。

唐代書論中，虞世南〈契妙〉「心悟非心」之說最能體現佛教思維特點，關鍵是「心悟」所達到的境界「非心」，才是大乘般若禪學的特色。〔註 48〕而其《筆髓論・辨應》又云：「心爲君，妙用無窮，故爲君也；手爲輔，承命竭股肱之用，故爲臣也；力爲任使，纖毫不撓。」張懷瓘〈書斷序〉則有：「心不能授之於手，手不能授之於心，雖自己而可求，終杳茫而無獲。」而高仲武《大唐中興間氣集序》謂：「詩人之所作本諸心，心有所感而形於言。」此處所謂「心」，無非是「在心爲志，發言爲詩」之心，眞正在思想

〔註 43〕聶清：《道教與書法》，頁 180。
〔註 44〕聶清：《道教與書法》，頁 183。
〔註 45〕李光華：《禪與書法》，頁 47。
〔註 46〕〈睦州陳尊宿〉，見《五燈會元》卷四；或見《景德傳燈錄》卷十二。
〔註 47〕黃緯中：《唐代書法社會研究》，頁 117。
〔註 48〕李光華：《禪與書法》，頁 128。

史上將心推向心性高峰的，應該是佛學。〔註49〕然而孫過庭《書譜》謂：「初學分布，但求平正；既知平正，務追險絕；既知險絕，復歸平正。」這種三段論法，則恰如禪學所言「見山是山，見山不是山，見山又是山」的修證過程。

事實上，禪宗使佛教從繁文縟節、煩瑣的思辨和天竺的形式中解放出來，待禪宗昌盛，佛徒們繼譯經和留學的狂熱之後而起的是對生活的體驗和心性的講求。〔註50〕在中唐以後，「意」已取得與「心」等同的意義。〔註51〕正是在中唐時期中國思想由探討天人之際爲中心轉向以人的心性爲中心。〔註52〕

六朝時期，慧遠〈念佛三昧詩集序〉已談及詩與禪的關係，但中唐以後才眞正把詩與禪相比附。〔註53〕如戴叔倫〈送道虔上人游方〉說：「律儀通外學，詩思入禪關。煙景隨緣到，風姿與道閑。」明確表述以禪喻詩者則是齊己〈寄鄭谷郎中〉：「詩心何以傳？所證自同禪。」就詩論言，詩禪交涉在中唐方爲萌芽期。遍照金剛《文鏡秘府論》已有用禪宗南北宗來品評詩文流派的例子（見南卷〈論文意〉）。而約在中晚唐時期出現以皎然、貫休、齊己三人爲代表的僧俗酬唱集團，同時也誕生「詩僧」一詞，實際反映了僧徒在詩歌藝術上的自覺。〔註54〕實際上，大歷時期的江南有一種傾向，即通過禪進行交流或享有共同的文學好尚。〔註55〕晚唐詩人李商隱即深受佛學之影響而傾倒於《法華經》。〔註56〕宋計有功《唐詩紀事》曾編輯了53位唐代詩僧的傳記資料，而今人艾若、林凡、郁賢皓等人主編的《中國歷代詩僧全集》，初步統計了現存僧詩有六萬餘首，僧眾詩人數千人，總字數超過一千五百萬字，可見此期僧詩之盛況。〔註57〕其實此期不只是詩與禪交會，書與禪也有同樣

〔註49〕王耘：《唐代美學範疇研究》，頁47。

〔註50〕傅樂成：《漢唐史論集》，頁355。

〔註51〕黃河濤：《禪與中國藝術精神的嬗變》，頁108。

〔註52〕孫昌武：《詩與禪》，頁35。

〔註53〕孫昌武：《佛教與中國文學》，頁282。

〔註54〕蕭麗華：《從王維到蘇軾：詩歌與禪學交會的黃金時代》（天津：天津教育出版社，2013年1月），頁23、183～184。

〔註55〕〔日〕赤井益久著；范建明譯：〈論「中唐」在文學史上的位置〉，《中唐文人之文藝及其世界》（北京：中華書局，2014年1月），頁16。

〔註56〕〔日〕深澤一幸著；王蘭、蔣寅譯：〈李商隱與佛教〉，《詩海撈月——唐代宗教文學論集》，頁230～264。

〔註57〕彭雅玲：《唐代詩僧的創作論研究——詩歌與佛教的綜合分析》（台北縣永和市：花木蘭文化出版社，2009年9月），頁22。

的情形，這是因爲禪的不可言說洽與書法（特別是草書）並不以言說的方式溝通之本質合拍；詩與禪之所以交會，其關鍵因素當亦在詩的表出方式是所有文學體裁中最具彈性而模糊者，然而若就此方面與書法相較，詩則不得不要略遜一籌了。

《文鏡秘府論・南卷・論文意》引皎然《詩議》云：「抵而論，屬於至解，其猶空門證性有中道乎！何者？或雖有態而語嫩，雖有力而意薄，雖正而質，雖質而鄙，可以神會，不可言得，此所謂詩家之中道也。」〔註 58〕皎然乃持佛家的「中道」論詩。「中道」或「無分別」實際上是一種佛教主張的體道方式，類似於佛經中的「說……，即非……，是名……」，蘊含了一種否定性思維，目的在通過否定的方法達到對「實相」的認識。〔註 59〕當然《莊子》亦有類似的講法，因而這種「非法」的觀念，實際上主要受到道、釋二家的影響。皎然「境」論的形成雖與劉勰、鍾嶸、殷璠、王昌齡等先賢的啓發息息相關，但更重要的是和法相唯識宗的唯識理論有密切關係。又皎然稱頌謝靈運詩，其中一因當係謝詩傳達了來自頓悟的物與我的關聯以及觀照自然的消息。〔註 60〕

原始佛教所談到的「境」與「識」雖有聯繫，但「境」仍與心是相對的，與「識」是分離的；直到世親、無著、陳那、法稱等大乘唯識學者出來，才發展出「萬法唯識」的認識論，提出「唯識無境」學說，說明「識」並不受「境」的制約，而是「境」依「識」而變化，「境」才與詩歌美學中「意境」含義相接近。〔註 61〕換言之，六朝時期隨著唯識學以及《楞伽經》的譯介，才產生了與梵文 visaya 或 artha 對應的和心識相關的義涵。《全唐詩》中共有六百二十餘首詩出現「境」字，但卻是到了中唐以後，才開始出現與心識相關的「境」，這與托名王昌齡《詩格》和皎然《詩式》、《詩議》中提出「境」，在時間上相當接近。〔註 62〕

詩與禪的共同之點或許就在「悟」或「妙悟」上。「悟」是悟到了「無我」、「空」。「無我」的思想一旦滲入詩歌創作，便產生了禪與詩密不可分的關係。

〔註 58〕〔日〕遍照金剛撰；盧盛江校考：《文鏡秘府論彙校彙考》，頁 1442。
〔註 59〕甘生統：《皎然詩學淵源考論》，頁 48。
〔註 60〕〔日〕赤井益久著；范建明譯：〈關於皎然的詩論——圍繞中國詩學「情景交融」的主題〉，《中唐文人之文藝及其世界》，頁 248。
〔註 61〕甘生統：《皎然詩學淵源考論》，頁 172～173。
〔註 62〕蕭馳：《中國思想與抒情傳統・第二卷：佛法與詩境》，頁 136。

〔註 63〕這種不可言說的言說，正是溝通禪的宗教經驗與詩的藝術經驗的最基本的一致性。〔註 64〕於是當唯識的「內識轉似外境」的理論被借鑑、發揮，就形成了詩論的境界說。〔註 65〕佛學的「境」能成爲重要的詩學範疇，當然是歷史機緣的湊合，但從根本上說，這是佛學東漸與一個以抒情詩爲主要文類的文學傳統相遇的結果。〔註 66〕對此，今人蕭馳有一段簡潔而精準的概括之語：

> 自詩論而言，「詩境」觀念之在中唐出現，不僅是一般地受佛禪觀念沾溉所致，而且是在中國佛教史的一個最重要的發展——從如來禪到祖師禪的過渡中，以及天台、牛頭法門於中唐大興後，「境」在禪法中意義之轉變的結果。而此一轉變的背景，則是中國文化對活生生人世生活的關懷借由中觀學而進入禪門。〔註 67〕

蕭氏更梳理了此期詩人與佛學的相關：

> 謝靈運的個案揭示了：彌陀淨土觀念與中土道教神仙思想的結合……。王維的晚期山水小品則透顯了如來清淨禪傳統……。白居易的「閒適詩」提供了一個洪州禪「無事」禪法發展出的日常閒適情調的標本……。賈島這位半世爲僧的寒士以佛僧的苦行精神重新界定了詩學中的「清」，並從傳統中一切陰暗負面的現象裡創造出即寒即清的境界。江左詩僧皎然的《詩式》體現了中唐禪門風氣中「境」義的轉變，並最早提出了中國抒情傳統中「境」與「勢」兩個藝術觀念之間的張力與取衡的問題。而它以詩呈現的「禪中境」，則顯示以境論詩的某些期待。最後，《二十四詩品》是中國詩學中以「境」論詩最重要、最典型的標本，然同時，卻不啻爲道家（包括玄學和重玄派道教）和禪宗思想交接的文化氣氛中開出的詩學奇葩。〔註 68〕

即便佛學在此期有如是之影響，但會昌法難却促進了固有文化傳統的回歸思潮，儒學和玄學思想得以重放異彩，由此而融合出「內在式超越」的詩學，

〔註 63〕季羨林：〈代序〉，黃河濤：《禪與中國藝術精神的嬗變》，頁 7、9～14。
〔註 64〕蔣寅：《古典詩學的現代闡釋》（北京：中華書局，2009 年 4 月），頁 93。
〔註 65〕孫昌武：《佛教與中國文學》，頁 276。
〔註 66〕蕭馳：《中國思想與抒情傳統・第二卷：佛法與詩境》，頁 8。
〔註 67〕蕭馳：《中國思想與抒情傳統・第二卷：佛法與詩境》，頁 10。
〔註 68〕蕭馳：《中國思想與抒情傳統・第二卷：佛法與詩境》，頁 12。

它絕不是印度佛教的超然神秘境界，而是比較偏向莊子「觸物而一」、「不即不離」的從容超邁。〔註 69〕

此外，詩禪互涉也導致了偈的文學化和詩的通俗化。〔註 70〕如拾得詩云：「我詩也是詩，有人喚作偈。詩偈總一般，讀者須仔細。緩緩細披尋，不得生容易。依此學修行，大有可笑事。」〔註 71〕佛教偈頌本即適於吟誦。在慧能時期，偈詩只有理語而少詩趣；至臨濟與風林之問答，才全部借詩示法；而僧人開悟，也要到晚唐才充滿了詩情。〔註 72〕在某種程度上，唐代詩偈也影響了後來宋詩之重說理。

又晚唐五代詩格中「門」的運用乃仿效佛教典籍而來；〔註 73〕而詩文評論著作名爲「品」，也與佛家經論的篇章稱「品」大有關聯；「句」、「圖」之著，當出於佛經的注疏。〔註 74〕可見佛釋的影響於晚唐五代時期逐漸達到一個高峰。

四、三教競合的發展

唐代統治者在血緣和文化上源於北方的突厥，當他們取得中國的政權後，依其普遍的民族精神特質，所有民族所信奉的宗教都得到了寬容。特別是社會各階層對統治者的忠誠具有不確定性，而統治者對宗教的支持則可換來對社會的有力控制。〔註 75〕於是隋唐儒學承受了來自兩方面的壓力：來自道佛等異派文化的脅迫和來自儒學泛化導致的內容貧乏。〔註 76〕

佛教在隋代有僧二十三萬餘人，到唐太宗時則不滿七萬，這與李唐的崇道抑佛有關。〔註 77〕隋唐時期儒家反佛，幾乎沒有發生像南北朝時期那樣有

〔註 69〕蕭馳：《中國思想與抒情傳統・第二卷：佛法與詩境》，頁 298。

〔註 70〕彭雅玲：《唐代詩僧的創作論研究——詩歌與佛教的綜合分析》，頁 225。

〔註 71〕《全唐詩》卷 807，頁 9104。

〔註 72〕龔鵬程：《中國文學史（下）》（北京：世界圖書出版公司北京公司，2011 年 10 月），頁 11。

〔註 73〕張伯偉：《禪與詩學》，頁 33。

〔註 74〕徐中玉：〈中國文藝批評所受佛教傳播的影響〉，中國人民大學古代文論選編組編：《中國古代文論研究論文選》（上海：上海古籍出版社，1989 年 2 月），頁 87、89、93。（原載《中山文化季刊》第 2 卷第 1 期（1945 年 6 月）。

〔註 75〕〔英〕巴瑞特著；曾維加譯：《唐代道教：中國歷史上黃金時期的宗教與帝國》，頁 6、119。

〔註 76〕李大華、李剛、何建明著：《隋唐道家與道教》，頁 681。又所謂「泛化」，意謂儒學在外延愈膨脹時，其內涵就愈縮小。參見該書頁 679。

〔註 77〕李大華、李剛、何建明著：《隋唐道家與道教》，頁 47。

影響的以哲學理論爲出發點的爭論。此期的排佛思想除了從佛家之論述（內）來反佛之外，主要是從社會生活層面（外）批評佛教的荒謬性。南北朝時期寇謙之、陸修靜整頓道教主要是吸收和學習佛教，到了唐代，道教與皇室之間的緊密關係，促成了道教的蓬勃發展和地位的提升，唐中期以後，佛道論爭趨於淡化，而以三教講論的形式再度煥發光采。〔註 78〕

雖然儒家與道家都有同樣的辯證興趣，但是儒家沒有像道家那樣強調事物和視角的相對性。儒家主要通過綜合統一多樣性而又在不否認事物的個性的情況下達到和諧；而道家主要通過指出個體存在的侷限性和相對性而達到事物的統一性。或許可以說道家是相對性辯證法，而儒家是互補式辯證法。〔註 79〕（佛家則爲矛盾辯證法）雖然儒學不大講世界的本原、本體，但《周易》提出的意象論卻包含有與道家的道象論、佛學的境界說近似的哲學思想，因而與後來的美學意境論有密切的聯繫。〔註 80〕又儒家的超功利觀念被禮教所束縛，因而只能是哲理或道德意義上的超越；而道家物化寓生命於自由形式的感性事物自身的超越，才是審美超越的本質特徵，它從根本上有別於儒家的倫理超越和佛家的宗教超越。應該說，中國傳統美學範疇體系是以《周易》、《老子》和《莊子》的美學思想爲核心，又汲取儒、佛兩家美學而形成的範疇體系，〔註 81〕而此架構正是在唐代成形的。

自唐中期起，儒學內部已經發生變革。〔註 82〕賈島以寒士的文化心量詮釋了佛禪精神，標舉了有悖南宗「平常心」的苦寒中的卓立不群；而同期的白居易却把一切給日常化和平民化了。〔註 83〕白居易的現象反應了由慧能、神會時期對「清淨自性」的追求轉變爲對「平常心」的肯定的禪思發展。〔註 84〕而這主要是三教交融下的產物。

嵇康、阮籍等人爲了維護「心」的獨立性而拒斥「物」；道家之「心」則爲了維護精神之自由而必須超越於現實景物之上；慧能之「心」要求直接在

〔註 78〕張國剛：《佛學與隋唐社會》（石家莊：河北人民出版社，2002 年 8 月），頁 306～310、317～322。

〔註 79〕成中英：〈構建和諧化的辯證法：中國哲學中的和諧與衝突〉，成中英、馮俊主編；中國人民大學國際中國哲學與比較哲學研究中心譯：《本體詮釋學、民主精神與全球和諧・第 2 輯》（北京：中國人民大學出版社），頁 52～53。

〔註 80〕成復旺：《神與物游：中國傳統審美之路》，頁 205。

〔註 81〕楊成寅主編：《美學範疇概論》，頁 1004、1163。

〔註 82〕孫昌武：《詩與禪》，頁 283。

〔註 83〕蕭馳：《中國思想與抒情傳統・第二卷：佛法與詩境》，頁 259。

〔註 84〕孫昌武：《詩與禪》，頁 214。

當下之景物中體悟超越境界，屬心物一元、融物於心的觀點。然而佛教之「境」並不僅是內心之境，也指客觀之境；而中國傳統的審美之境主要還是內心之境，它依托於人之「心」。〔註85〕「心」的突出對於唐代「境」的理論的形成具有重要的意義。

對於「心」，各家都有「眞」的要求。「眞」固然與道家思想相關，但儒家之強調「誠」乃「眞」在人之表現，只是道家面向自然，而儒家則主要以人爲主（誠）。在審美方面，「眞」往往不是指客觀的眞實，而更多的是情感和生命意義上的眞實感，一種與自己的內在生命「不隔」的親切感。〔註86〕而道、釋都講虛而觀物，境界創造的靜觀方式亦相當接近。道家觀物是要與萬物冥合；而佛家觀物是要映照萬物，意在悟道。在境界創造中受到釋、道之影響，精思冥想自然也以妙悟爲旨歸。〔註87〕

又「意象」本是儒家傳統詩學與道家哲學嫁接的成果。它的哲學淵源首先應該是老子的道象觀（「道之爲物，惟恍惟惚，惚兮恍兮，其中有象」）。〔註88〕早在《莊子》就已提及「外」：「吾猶守而告之，三日而後能外天下；已外天下矣，吾又守之，七日而後能外物；已外物矣，吾又守之，九日而後能外生；已外生矣，而後能朝徹」，莊子之「外」可謂拆解、擺脫、排除，爲一種頓悟式的跳脫。基本上，老莊的「象外」蓋在把握形而上之道；王弼的「象外」則是追求形而上的「無」；僧肇的「象外」在體悟「實相」；而慧能的「象外」是徹見「自性」。這種從「象」到「象外」的超越並非由當下之「象」聯想到其他的「象」，而是由感性之「象」悟見了形上本體。〔註89〕王昌齡《詩格》：「神之於心，處身於境，視境於心，瑩然掌中。」已強調心與境的關係。後來劉禹錫提出「境生於象外」之說，雖然他對意境的討論兼及「象」、「意」（「片言可以名百意」「意得而言喪」），表現爲命題時卻只提到「象」一個方面。〔註90〕但他畢竟將「象外」指向「境」，從而打開了意境論的大門。

〔註85〕李昌舒：《意境的哲學基礎：從王弼到慧能的美學考察》，頁271、280（注釋②）。

〔註86〕劉紹瑾：《復古與復元古：中國復古文學理論的美學探源》，頁132。

〔註87〕余才林：《唐詩本事中的詩學觀念》（香港：香港大學饒宗頤學術館，2009年3月），頁93。

〔註88〕薛富興：《東方神韻：意境論》（北京：人民文學出版社，2000年6月），頁29～30。

〔註89〕李昌舒：《意境的哲學基礎：從王弼到慧能的美學考察》，頁284。

〔註90〕薛富興：《東方神韻：意境論》（北京：人民文學出版社，2000年6月），頁9。

殷璠的「興象」說乃從「比興」說來，而以藝術經驗爲依據；皎然則是立足禪學，融會儒、道，合意興與境象，而歸結爲自然天眞；〔註91〕司空圖《二十四詩品》論「道」、「素」、「意象」、「韻味」等與玄學之關係匪淺，卻又表現了禪學對詩境觀念的開拓，可謂體現了某種眞正的交融。〔註92〕

在皎然《詩式》中，「勢」與「境」爲兩個不同的著力點：「勢」指向作爲時間藝術的詩的整體，而「境」則指向對句間相對靜止的心靈空間。〔註93〕惟在「境」與「勢」之間，可以「區分出一種在空間裡並列的局部的秩序和在時間中前後相繼的局部的秩序」。〔註94〕《詩式》的「勢」「境」並陳，誠可視爲唐代書論與詩論的某種相遇與融合。

一般說來，盛唐時期的文學創作受佛老思想的影響比較突出，而中唐時期則在部分作家中比較明顯地反映了儒家思想的重大影響，而且具有排斥佛老的傾向。〔註95〕這種現象自亦反映在詩歌理論上。又唐代道教與書法社會的關係遠不若佛教和書法社會之密切。〔註96〕然而釋、道二家對唐代詩學均有一定的影響，蓋書法與詩歌的本質使然。事實上，老莊思想、佛教和胡人習俗對唐代文化有直接的影響，其中又以佛教與胡俗最具影響力。〔註97〕

第二節　美學內涵之轉進

一、法的樹立

有唐一代重法，代表了對樹立形式典型的重視，反映出對秩序和普遍化的要求。

在隋與唐代前期，狹義的「文」乃與「筆」對舉。〔註98〕如《文鏡秘府論》西卷「文筆十病得失」中引《文筆式》云：「製作之道，惟筆與文。文者，詩、賦、銘、頌、箴、贊、吊、誄等是也；筆者，詔、策、移、檄、章、

〔註91〕黃保眞等：《中國文學理論史——隋唐五代宋元時期》，頁130。
〔註92〕蕭馳：《中國思想與抒情傳統・第二卷：佛法與詩境》，頁298～299。
〔註93〕蕭馳：《中國思想與抒情傳統・第二卷：佛法與詩境》，頁160。
〔註94〕狄爾泰（Wilhelm Dilthey）著，胡其鼎譯：《體驗與詩》（北京：三聯書店，2003年），頁44。
〔註95〕陳良運：《中國詩學體系論》，頁352。
〔註96〕黃緯中：《唐代書法社會研究》，頁124。
〔註97〕傅樂成：《漢唐史論集》，頁339、353。
〔註98〕黃保眞等：《中國文學理論史——隋唐五代宋元時期》，頁5。

奏、書、啓等也，即而言之，韻者爲文，非韻者爲筆。」〔註 99〕而劉知幾《史通》嚴格區分文、史，更將章表奏議之類都劃在文學之外，已見詩文之分。應該說自陳子昂喊出「文章道敝五百年矣」之後，詩文之分代替了文筆之分。〔註 100〕這實是文藝進一步獨立的表徵。又約略同時，出現了以張說爲代表的以「筆」爲「文」，混同「文」、「筆」的觀點。張說所說的「文」乃一種思想醇正，甚至偏於實用，卻依然講究聲律對偶的駢文。〔註 101〕唐代詩文分論之現象，呈顯於詩評專著之蔚然和古文運動之成風。〔註 102〕而唐代詩論對於中國詩歌藝術的最大貢獻，正在使詩與散文在審美取向、表現方法等方面分道揚鑣，與議論性散文劃清了界限。〔註 103〕

從建安到盛唐，詩歌一直是文學發展的核心，是推動文學語言本體意識走向成熟的主導力量；但中唐以後發生了改變，「古文」的崛起和詞、小說等新興文類逐漸走向成熟，大大地拓寬了文學語言的發展。〔註 104〕書法方面則是從中唐以後不再依附文字的發展和書體的變換，而開始走向書風的變化。在唐代，這種分流的現象十分明顯，詩歌方面是詩與古文的分流，書法方面則是楷體與草體的分流；亦可說詩與草體乃往藝術方面發展，而古文與楷體則與實用密不可分。這種分流現象既是立法的基礎，又伴隨著「法」的逐步成熟，同時也醞釀了「非法」的藝術化發展。

事實上，當樂府衰亡以後，詩便轉入有詞而無調的時期，於是詩的音樂要由文字本身來呈顯，詩的音律正是文字本身的音樂。〔註 105〕這是詩樂分流之後，詩的自力救濟，也是歷史發展的必然走向。當齊梁「永明體」產生以後，詩歌創作便進入格律化的推衍進程。及至初唐，爲適應新興詩體的創作需要，遂有諸多可資借鑑學習的《詩格》類著作。而中晚唐及五代《詩格》類著作之所以繁盛，部分原因當與其變亂不安的社會因素有關。〔註 106〕

〔註 99〕〔日〕遍照金剛撰；盧盛江校考：《文鏡秘府論彙校彙考》，頁 1238。

〔註 100〕郭紹虞：〈試論古文運動——兼談從文、筆之分到詩、文之分的關鍵〉，《照隅室古典文學論集》（上海：上海古籍出版社，1983 年），下編頁 88。

〔註 101〕黃保眞等：《中國文學理論史——隋唐五代宋元時期》，頁 6～8。

〔註 102〕蔡芳定：《唐代文學批評研究》（台灣師範大學國文研究所博士論文，1990 年），頁 258。

〔註 103〕陳良運：《中國詩學體系論》，頁 389。

〔註 104〕徐艷：《中國中世文學思想史——以文學語言觀念的發展爲中心》，頁 314。

〔註 105〕朱光潛：《朱光潛美學文集》（上海：上海文藝出版社，1982 年），第二卷，頁 200。

〔註 106〕畢士奎：《王昌齡詩歌與詩學研究》，頁 262～263。

大體而言，初唐詩以典麗精工爲主要訴求，屬對法則以物類物性爲主；自盛唐以後，審美轉向興象氣骨，王昌齡《詩格》至皎然《詩議》都致力於開發對偶不同對應關係與結構方式對詩意的可能影響，開創了內容與形式互動的新關係。〔註 107〕王夢鷗認爲齊梁至中唐文病之發明進程，乃由字音之講究進而至字意字形之講究。自沈約至上官儀多注意字音之組織，自元兢以下則漸及於語意之組織；且自此以後，日增之文病皆在語意方面。〔註 108〕整體而言，這是由重詩歌外部規律到重內部規律的轉變。〔註 109〕即便對於六義的討論，亦多非著重在意義的本身，而是藉由定義衍發出來的藝術法則來表達。〔註 110〕在調聲方面，初盛唐從講究病犯的上官儀八病之說，逐步進展到元兢的調聲三術，再收束在王昌齡以意爲主的調聲之法。中唐以後，調聲理論則幾乎消聲匿跡，代之而起的是古、律體的分體觀，顯示了調聲理論的成熟和分體觀念的趨於定型。〔註 111〕

元兢「六對」說和皎然「八對」說皆沿襲上官儀而來，但又有新的內容，反應出唐代詩學旨趣的發展變化。元兢「六對」說不似上官儀側重於詩歌的詞采聲韻、句式結構等外在形式，而是轉移到相對字詞本身的意義所指上。其詩學旨趣已由上官儀追求整飭精工轉爲變化求新、多姿尚奇。〔註 112〕

在皎然之前，初盛唐時期，一方面承續齊梁時期的文學思想作爲其理論基礎，如陳子昂的風骨論、殷璠的興象論；另一方面卻常不遺餘力地對其加以否定。而對齊梁文學的撻伐，多從維護儒家正統文學觀的立場出發。與此情況相反的是唐代編修的類書對齊梁文學表現出極大的興趣，編選了大量的齊梁詩文。〔註 113〕

齊梁到唐中葉是詩文立法的時代，王昌齡、皎然以後，格法之學仍盛，但已逐漸由「法」轉移至對「意」的關注。晚唐五代格法之學又再度興盛，這是因爲立法活動還未眞正完成。〔註 114〕重「法」的意識貫穿了整個唐代。

〔註 107〕蔡瑜：《唐詩學探索》，頁 23。
〔註 108〕王夢鷗：《初唐詩學著述考》）（台北：1977 年 1 月），頁 9。
〔註 109〕陳允鋒：《中唐文論研究》，頁 10。
〔註 110〕林淑貞：《詩話論風格》，頁 417。
〔註 111〕蔡瑜：《唐詩學探索》，頁 24。
〔註 112〕陳伯海、蔣哲倫主編；倪進等著：《中國詩學史・隋唐五代卷》，頁 77、80、81。
〔註 113〕甘生統：《皎然詩學淵源考論》，頁 118～119、122、152。
〔註 114〕龔鵬程：《中國文學史（下）》，頁 2。

唐人最初的詩格，主要是談專門性技巧，如聲律、對偶、體式等問題。到王昌齡、皎然，雖然有「格」字的使用，但仍是「法」，如王昌齡的「詩有三格」、皎然的「詩有五格」。王氏「詩有三境」和皎然「辨體十九字」，則已從部門的美學技巧，提升到一般美學原理，前進至風格論。至司空圖《詩品》就是典型的「格」了。在書論方面，如歐陽詢的《三十六法》等，主要論述的是書法的專門問題，到竇蒙《語例字格》，亦完全是可以直接運用到其他審美領域的美學原理了。〔註 115〕

初盛唐詩格以討論詩的聲韻、病犯、對偶和體勢爲中心，這似乎是近體詩在初盛唐逐步定型所需的。王昌齡《詩格》則強調即景會心、情動興發。〔註 116〕當元稹依詩與音樂的關係將詩體區分爲二十四名，而皎然《詩式》別詩爲十九體，已表明詩人對詩體特性之認識不斷深入，至晚唐詩格則更重體勢。除此之外，中晚唐《詩格》側重格律精細，對物象與詩歌字句的磨煉等作了進一步的探討。晚唐五代詩格類著作雖多以死法示人，但已有突破定「體」以求動「勢」的心態，且亦開始簡略地涉及如何於作品中融入己意的問題。〔註 117〕

整體而言，晚唐五代詩歌批評日益發達起來，批評形態明顯較此前豐富，如多種「詩格」類著作的出現；張爲《詩人主客圖》對唐詩流派進行分析，初具建構詩派的思想；又孟棨《本事詩》不僅在詩學史料的收集整理上具有開創意義，更是對詩學批評形式的拓展。〔註 118〕

此外詩歌選本的流行亦是有唐一大特色。單是唐人選唐詩，總數已超過一百四十種。選本自魏晉以降開始出現，如摯虞《文章流別集》、蕭統《古今詩苑英華》和《文選》、徐陵《玉台新咏》等。魏晉南北朝選本的編選目的主要在辨析文體，摘取精華，指導創作；體例上，則多以類相從，並以歷代選本居多。唐代初期出現《翰林學士集》和《高氏三宴詩集》等唱和詩集，不僅是唱和詩集編選之肇端，其內容更以唐詩爲對象，打破了古今通選的慣例，凸顯出對當代詩歌的重視。〔註 119〕

〔註 115〕張法：〈論唐代美學中的「格」〉，朱志榮主編：《中國美學研究（第一輯）》（上海：上海三聯書店，2006 年 5 月），頁 134。

〔註 116〕畢士奎：《王昌齡詩歌與詩學研究》，頁 263。

〔註 117〕陳伯海、蔣哲倫主編；倪進等著：《中國詩學史‧隋唐五代卷》，頁 282、285、288。

〔註 118〕陳伯海、蔣哲倫主編；倪進等著：《中國詩學史‧隋唐五代卷》，頁 284。

〔註 119〕陳伯海、蔣哲倫主編；倪進等著：《中國詩學史‧隋唐五代卷》，頁 297、298～299、301。

雖然魏晉南北朝時期人們已重視「佳句」，在文學批評上有所謂「摘句法」（如鍾嶸《詩品》序中所舉的「古今勝語」）。元兢受劉勰和鍾嶸詩學思想的影響頗深，當楊炯（《王勃集・序》）對龍朔初載的詩壇風氣進行了鞭撻，恰好是元兢開始編選《古今詩人秀句》之時。雖然楊炯提倡「風骨」和「剛健」與元兢提倡「情緒」和「直置」不同，但二者仍有其內在共性。元兢以秀句爲素材編選了《古今詩人秀句》，並強調「以情緒爲先」，凸現了情緒在詩歌中的興發作用。秀句選本出現，改變了唐以前選本重文輕詩、詩附於文的格局；也導致此後仿效之作的不斷出現；更進一步內化爲唐人評詩選詩的標準。〔註 120〕

《中興間氣集》在體例上大抵沿襲《河嶽英靈集》，選評結合；至《極玄集》則體例大變，主要通過入選詩作來表達選家的詩歌觀念而不再有評論，在某種程度上反映了詩歌不可言說的理念（強調其直接體證）。唐代早期選詩重興寄風骨，至此則特重清新幽遠的韻調，且所選近體詩的比重大爲增加。晚唐選家們的目光則幾乎全聚集於本朝詩歌，選本的規模變大，類型多樣化，並開始自覺地總結本朝詩歌創作和選詩的得失。具體而言，唐人選詩多有明確的宗旨，目的主要在影響詩歌創作，倡揚某種創作風氣。〔註 121〕

晚唐詩人提倡句法的和典範的詩歌法則實際限制了詩人的選擇，它要求減少「語言」的可能性以進行平衡，這是對盛中唐時期詩歌語言的擴充，逐漸破壞了限制法則的一種反撥。〔註 122〕

有唐是一個既追求浪漫又重視規範的時代，二種傾向彼此拉扯，形成矛盾辯證的發展。唐律之完備，書法之尙法，均表明了規範在唐代的重要意義。〔註 123〕但相對地，詩歌意境論和唐草審美的發展，則反映了此期非法的必要和需求。

唐代運用於碑刻場合的書體以楷書爲大宗，次分隸，再次行書；簡札則以草書、行書、行草書爲大宗，次楷書，次分隸。〔註 124〕楷書與草書成爲唐

〔註 120〕陳伯海、蔣哲倫主編；倪進等著：《中國詩學史・隋唐五代卷》，頁 305～307。

〔註 121〕陳伯海、蔣哲倫主編；倪進等著：《中國詩學史・隋唐五代卷》，頁 327、338、360。

〔註 122〕〔美〕宇文所安：《初唐詩》，頁 326。

〔註 123〕張伯偉：〈論唐代的規範詩學〉，黃霖、鄔國平主編：《追求科學與創新：復旦大學第二屆中國文論國際學術會議論文集》（北京：中國文聯出版社，2006 年 12 月），頁 213～214。

〔註 124〕黃敬雅：《李陽冰的研究》（新竹：國興出版社，1985 年 9 月），頁 169。

代書法藝術的表徵，正好是「法」與「非法」的並陳。就書論之重法而言，從隋釋智果起，初唐歐陽詢繼之，至中晚唐更變本加厲，一味論法，但已從字法轉向筆法。草書在唐代雖受到極大的關注，但因於「非法」的本質，其發展自然多傾向於創作上表現而少理論之論述。

又在唐以前，書法對墨色的要求以濃黑爲主，到了唐代才開始關注墨色之變化。〔註 125〕歐陽詢〈八訣〉即言：「墨淡則傷神采，絕濃必滯鋒毫。」孫過庭《書譜》亦云：「帶燥方潤，將濃遂枯。」唐人之所以重視墨色之變化，或係對紙張之使用已累積了一定的經驗使然。

重視筆法及其傳授是唐代書論之一大焦點，從唐代書法教育重家傳與師授亦可見此間之消息。〔註 126〕張彥遠《法書要錄》卷一載有〈傳授筆法人名〉〔註 127〕，這個傳授譜系反映了書法非口傳手授不可的訊息，且是一種集體認同而非偶然性的觀念。〔註 128〕這種現象與重視家族的傳統以及經學上所謂的「師法與家法」相應。〔註 129〕筆法傳授譜系基本框架於中晚唐逐步成形，時人僞造的很多托名先唐書家的書論，常選取譜系中主要的傳承者，反映該譜系觀念已深入人心以及中晚唐人對筆法傳授的重視。〔註 130〕

然而有唐一代書論對法的重視乃由隋釋智果起始，歐陽詢書論承之，到了張懷瓘，原以形勢論爲重心的書學，則已爲筆法論所取代，只是在執筆法之探究，還不及中晚唐時期來得完備。這種筆法論的重點，乃在運筆法之外討論結體構字的問題，並從中抽繹出組成文字的書法基本線條。〔註 131〕

〔註 125〕崔樹強：《氣的思想與中國書法》，頁 309。

〔註 126〕白鴻：〈唐代的書法教育〉，中國書法家協會主編：《當代書法論文選・技法、創作、教育卷》（北京：榮寶齋出版社，2010 年 6 月），頁 459～481。

〔註 127〕明・汪砢玉《珊瑚網》卷二十四列爲唐人作品。參見陳振濂：〈「草賢」崔瑗考述〉，《書譜》總 59 期（1984 年第 4 期），頁 76。

〔註 128〕賀文榮：〈論中國古代書法的筆法傳授譜系與觀念〉，中國書法家協會主編：《當代書法論文選・技法、創作、教育卷》（北京：榮寶齋出版社，2010 年 6 月），頁 246～255（引文見頁 251）。原刊於《美術觀察》，2008 年第 8 期。

〔註 129〕特別是今文經學傳授的主要特點之一。參見賀文榮：〈論中國古代書法的筆法傳授譜系與觀念〉，中國書法家協會主編：《當代書法論文選・技法、創作、教育卷》，頁 252。

〔註 130〕賀文榮：〈論中國古代書法的筆法傳授譜系與觀念〉，中國書法家協會主編：《當代書法論文選・技法、創作、教育卷》，頁 253。另參見張天弓：〈略論先唐書學文獻〉，原刊於《中國書法》，2000 年第 12 期。收錄於張天弓：《張天弓先唐書學考辨文集》，頁 394～400。

〔註 131〕龔鵬程：〈張懷瓘書論研究〉，氏著《書藝叢談》，頁 33、35。

自陸機〈文賦〉言爲文之用心；劉勰《文心雕龍》討論詩文軌則、修辭方法；至沈約提出四聲八病，而詩格詩例大盛。這種對「法」的討論，至唐代初盛期，達到一個相對的高峰。就詩文而言，總結爲《文境秘府論》；而書論則可以張懷瓘〈論用筆十法〉和《玉堂禁經》爲代表。〔註 132〕詩論與書論在此期同步表現了對法的重視，顯然主要來自時代環境需求的影響，其次才是個別文藝發展規律的問題。

又以象評書是書論倚重的評述方式，在某種程度上，它使喻象復原了被書法線條所凝固的生命世界，有利於讀者深入書法之審美。〔註 133〕唐代書論自然仍多此種論述語言，但它已將創作與批評逐漸二分；詩論方面則無明顯的二分跡象，而是出現了論詩詩的新形態，這種新的批評方式實際兼具雙重的視角，徘徊在作者與讀者之間，故其主要的意義在其形式本身。以詩論詩，因拘於聲律，又限於篇幅，往往只能取其大端，要言不繁，先天具有一種抵抗解釋的傾向。〔註 134〕這種傾向却拉近了它與書論的距離，二者都具有一種整體直接而模糊概括的印象式批評特質。

二、意的強調

對意的強調，表明重視創作主體之抒發。以阮籍爲代表的正始詩歌，已開始強調「意」，但較側重於「命意」、「作意」。到了陶淵明時，達到內容與形式的交接點，往後則轉向形式發展。〔註 135〕就此而言，王羲之書法與陶淵明詩歌的角色十分相當，而從王獻之開始，書法更傾向形式發展。

「意象」一詞，首見於王充《論衡・亂龍》篇，之後陸機用過「情貌」表達「意」與「象」的關係（「信情貌之不差，故每變而在顏」），至劉勰《文心雕龍・神思》，「意象」才正式進入詩文理論。〔註 136〕盛唐張懷瓘書論直接運用了「意象」一詞（「探彼意象，入此規模」），大約與其同時，王昌齡《詩格》亦引進了「意象」（「詩有三格：一曰生思。久用精思，未契意象。」）。

〔註 132〕龔鵬程：〈張懷瓘書論研究〉，氏著《書藝叢談》，頁 32～33。

〔註 133〕朱良志：〈論中國書法的生命精神〉，原刊於《文藝研究》1995 年第 2 期，頁 133～149：收入中國書法家協會主編：《當代中國書法論文選・理論卷》（北京：榮寶齋出版社，2010 年 6 月），頁 376～404。（參見該書頁 402）

〔註 134〕楊玉成：〈後設詩歌：唐代論詩詩與文學閱讀〉，左冬嶺主編：《中國古代文藝思想國際學術研討論文集》（北京：學苑出版社，2005 年 12 月），頁 274。

〔註 135〕陳伯海：《中國文學史之宏觀》，頁 229。

〔註 136〕陳良運：《中國詩學體系論》，頁 204。

而唐代詩人與詩論家直接論及「意象」，並且在理論上有更多闡述的是晚唐司空圖（《詩品・形容》:「離形得似，庶幾斯人」）。

唐前期的詩學強調「風骨」與「興寄」。「風骨」，指向一種昂揚奮發的主體精神；而「興寄」則指向比興寄託。由此奠基，再帶動聲律和辭章的改造，以「清新」、「俊逸」爲風格取向，最終落腳到「興象」，追求一種「興在象外」的詩境，構成較爲完整的詩學體系。〔註 137〕此期書論，孫過庭高揚「表情」論；張懷瓘則推崇「意象」觀。〔註 138〕盛中唐詩人杜甫亦特別重視「意」（「凌雲健筆意縱橫」），但他在創作上又重物象。〔註 139〕這種既重內在之意又重外在之象的現象，促成唐代文藝內外並進又辯證發展的關係，最終導致意境論之成熟。

陳子昂針對六朝文學內容不夠充實，亦不注意整體審美形象兩個弊病，提出了「興寄」與「風骨」的主張，成爲唐代前朝文藝發展的核心思想。〔註 140〕陳氏所稱頌的「漢魏風骨」，與鍾嶸提倡的「建安風力」比較接近，但又不如鍾嶸之強調「怨憤」，而是更注重「梗概多氣」的情調，却又無劉勰之必須合乎經意的含義。如果說「興寄」是一種藝術表現方法，那麼「風骨」即是與此種方法相聯繫的詩歌審美理想。〔註 141〕

殷璠提倡「興象」，深入論述了詩歌的風骨、聲律及神、氣、情等，亦涉及了詩歌的境界問題。殷氏對「風骨」的理解還包含了超然物外的飄逸之氣。而王昌齡關於十七勢的論述，則是對詩歌具體表現技巧的總結。〔註 142〕

皎然《詩式》曾指陳子昂「復多而變少」，明顯更強調出新的重要性，然其詩論基本上較側重於研究詩歌的藝術形式。皎然論詩首重「勢」，對於詩歌意境的美學特徵，則強調須具象外之奇，言外之意；又要氣騰勢飛，具有動態之美；更須眞率自然，無人爲造作痕跡。他以十九字區分詩體，其標準不一，乃因其認爲某一首詩同時可以包括許多類所致。皎然又給予齊梁詩以明確的理論概括，並從詩歌的歷史發展上肯定其意義與價值。〔註 143〕

〔註 137〕陳伯海、蔣哲倫主編；倪進等著：《中國詩學史・隋唐五代卷》，頁 15。
〔註 138〕王世徵：《歷代書論名篇解析》，頁 94。
〔註 139〕陳伯海、蔣哲倫主編；倪進等著：《中國詩學史・隋唐五代卷》，頁 212。
〔註 140〕陳良運：《中國詩學體系論》，頁 309。
〔註 141〕陳良運：《中國詩學體系論》，頁 311。
〔註 142〕陳良運：《中國詩學體系論》，頁 317、320、324、340。
〔註 143〕陳良運：《中國詩學體系論》，頁 340、343～346、349。

杜甫詩歌創作思想的核心當是傳神。六朝時期雖已提出傳神的問題，但多偏重在形式方面。杜氏則認爲必須有風骨，方能傳神；又須進入靈感萌發狀態，才能有傳神之作；而眞實、自然是作品傳神之關鍵；最後傳神與否，和作者本人之整體涵養具有密不可分的關聯。〔註 144〕

劉禹錫〈董氏武陵集紀〉:「詩者，其文章之蘊耶！義得而言喪，故微而難能；境生於象外，故精而寡和。」在詩論的發展史上，正式提出「境生於象外」的議題，這也是他最主要的詩歌理念表達，大大地促進了意境論的發展。「興象」的含義，若以劉禹錫「興在象外」作註腳，則包含了可以直接感知的「象」(形象) 和隱藏在「象」背後的「興」(情味)。這表明詩歌形象已不限於一般的情景相生，而是進入了情景交融的境界 (所謂「思與境偕」)。〔註 145〕

中唐白居易「救濟人病，裨補時闕」的詩歌創作主張，堅持儒家思想的繼承和發揚。白居易「直筆」、「實錄」的創作原則有嚴格的眞實性要求，而且具有很強的政治性義涵，並結合了明白曉暢、通俗易懂的藝術形式。其直接的思想來源應係劉知幾的《史通》。〔註 146〕

此外,《文鏡秘府論・地卷・十七勢》:「感興勢者，人心至感，必有應說，物色萬象，爽然有如感會。」最早提出「感興」概念，並將之作爲詩歌創作的「勢」(創作方法)。而托名於賈島的《二南密旨》謂:「興者情也，謂之外感於物，內動於情，情不可遏，故曰興。」則直接將「興」與「情」劃上了等號。〔註 147〕

在書論方面，李世民沿襲宗炳「應會感神，神超理得」與劉勰「神與物游」的話題，提出「思與神會」(〈指意〉)，深化了這個論題，成爲感物美學的最高境界。〔註 148〕而孫過庭「非力運之能成」、「同自然之妙有」之說，則是將「象」與「氣」範疇結合起來，從而促進了與「氣」密切相關的眞實論思想的發展和完善。白居易「學無常師，以眞爲師」(《白氏長慶集・記畫》)之說，當亦與此一脈相承。又竇臮在評蕭子良的書法時亦提及眞與美的關係：

〔註 144〕陳良運：《中國詩學體系論》，頁 329～331。
〔註 145〕陳伯海：《中國文學史之宏觀》，頁 230。
〔註 146〕陳良運：《中國詩學體系論》，頁 362～365。
〔註 147〕陳良運：《中國詩學體系論》，頁 211。
〔註 148〕李健：《魏晉南北朝的感物美學》(北京：中國社會科學出版社，2007 年 12 月)，頁 263～264。

「家風若遺，古則翻鄙，雖有力而無體，將從眞而自美。」評桓溫書法時說：「猶帶眞淳」，此「眞」即自然眞淳。〔註 149〕這種以心爲主，融合物象，要求達於自然的思想，乃在此前的「意象」和「氣韻」說合流的基礎上產生，而普遍受到有唐一代士人們的重視，最終促進了唐代文藝意境理論的完成。

三、境的完成

意境論的完成乃內外交融之追求的結果。詩之「境」似乎隱約要求某種親歷其境的體驗性。這是一種「身」與「心」的結合，身心一體的感受，而這也拉進了詩與書法的關係。

南齊王僧虔〈論書〉:「謝靜、謝敷，亦善寫經，亦入能境」〔註 150〕，這是「境」首次出現在書論中。從善寫經而能入「境」，明顯受到佛經的啓示。

而初唐後期，孫過庭在王羲之作品中首先看到的是「形而上」的「情」、「意」、「思」、「神」、「志」，正如其所謂「冀酌希夷，取會佳境」。又其「涉樂方笑，言哀已嘆」，明顯胎息於陸機〈文賦〉:「思涉樂其必笑，方言哀而已嘆」。或許可以說，以境說書是孫過庭書法美學的要義。〔註 151〕

王昌齡提出詩有三境之說，這是將佛家「境界」向詩歌「境界」轉化的完成。從三境的區別與聯繫觀察，王氏強調詩人主客觀世界的契合交融，開通了「因內而符外，沿隱以至顯」的路徑，同時也提供了具有質的規定性的審美準則。〔註 152〕

又王昌齡詩論有關「神」的論述，如「放安神思」、「神之於心」、「神會於物」等，蓋直承《文心雕龍》而來，乃突出主體之神在構思謀篇、立象造境中的重要作用。而杜甫之「神」較王昌齡的「精神清爽」、釋皎然的「意靜神王」，更深入到主體之神的能動創造層次。殷璠說「神來，氣來，情來」(〈河嶽英靈集敘〉) 乃指「興」的發生基因；而杜甫謂「詩興不無神」、「蒼茫興有神」，則直接表現爲「神」之外發和「神」之用。又白居易說：「文之神妙，莫先於詩」(《劉白唱和集解》)；釋皎然認爲「越俗」之詩是「其道如黃鶴臨風，貌逸神王，杳不可羈」(《詩式》)；徐寅則云：「體者，詩之象，如人之體象，須使形神豐備，不露風骨，斯爲妙手」(《雅道機要》)。而「傳神賦形」

〔註 149〕崔樹強：《氣的思想與中國書法》，頁 101～103。
〔註 150〕王僧虔：〈論書〉，盧輔聖主編：《中國書畫全書（一）》，頁 36。
〔註 151〕周膺：《書法審美哲學》(杭州：西泠印社出版社，2011 年 6 月)，頁 219。
〔註 152〕陳良運：《中國詩學體系論》，頁 239～240。

是司空圖「離形得似」的進一步實現，這是因爲詩歌藝術不是直觀而得的形象圖畫，它完全可以文字作用於讀者的想像而使其把握客體之神，進而想見其形。〔註 153〕

「詩而入神」的美學發現，應是自王昌齡、杜甫、釋皎然、劉禹錫等人首見其踪，而後由司空圖在《詩品》中予以確認，「境生於象外」是唐人所把握的「詩而入神」的審美態勢。〔註 154〕「象外」正意味著表現上的含蓄深遠，它不但將「象外」與形而上本體聯繫起來，同時也凸顯了「境」在審美中的重要性。〔註 155〕

唐中葉以前大量的詩歌理論反映了重形似的思想。從漢代賦體直到唐中葉以前的詠物小賦和山水詩，多注重對客觀事物的摹寫，劉勰《文心雕龍・物色》即云：「自近代以來，文貴形似。」至盛中唐王昌齡、杜甫、白居易等人也都強調寫實，注重形似，因而他們所談的「境」仍是偏重「物象」一面。〔註 156〕而唐代詩論的「象外」說，不全同於哲學中的「象外之意，系表之言」，也有異於繪畫的「若取之象外，方厭膏腴」，而是意在詩人主體之神行於「象外」，此意首見於皎然詩論，《詩式・重意詩例》云：「兩重意以上，皆文外之旨。若遇高手如康樂公，覽而察之，但見情性，不睹文字，蓋詣道之極也。」〔註 157〕中唐權德與〈送靈澈上人廬山回沃州序〉：「上人心冥空無，而跡寄文字。故語甚夷易，如不出常境，而諸生思慮，終不可至。」這種寄跡於文字又不出常境的空無之心，顯然亦是釋家的概念。詩僧和釋家思想的影響應該是催生意境論的最主要因素了。

皎然《詩式》第一次提出「境」與「勢」的張力和平衡問題。在皎然詩論中，「境」與「勢」基本上是兩個不同的著力點：「境」乃「詩之量」，而「勢」乃「詩之變」。〔註 158〕總體而言，中唐時期「境」開始作爲正式的詩歌術語出現，但還不具中心地位。

晚唐司空圖《二十四詩品》將「勢」攝入「境」，即對詩人而言爲「勢」者，對讀者而言卻無妨是「境」。〔註 159〕司空圖的意境說論述的是詩歌審美的

〔註 153〕陳良運：《中國詩學體系論》，頁 367、371～372、375、377。
〔註 154〕陳良運：《中國詩學體系論》，頁 409。
〔註 155〕李昌舒：《意境的哲學基礎：從王弼到慧能的美學考察》，頁 285。
〔註 156〕彭修銀：《美學範疇論》（台北：文津出版社，1993 年 6 月），頁 247～248。
〔註 157〕陳良運：《中國詩學體系論》，頁 385。
〔註 158〕蕭馳：《中國思想與抒情傳統・第二卷：佛法與詩境》，頁 314、322。
〔註 159〕蕭馳：《中國思想與抒情傳統・第二卷：佛法與詩境》，頁 313。

普遍法則，解決了長期以來唐詩理論與創作難以同步的問題，如其所云：「長於思與境偕，乃詩家之所尚者。」它承續王昌齡的境思論與皎然的取境說，進一步衍生成意境風格論。〔註 160〕

一般而言，詩的「情境」可以有三種形態表現：一是以傳統詩中常用的象徵手法創造；二是在唐詩中大量出現的觸景（物）入情；三是直抒胸臆。〔註 161〕就此而論，「直抒胸臆」似乎與書法（特別是草書）創作最爲接近，而與唐詩常見的「觸景入情」稍有差異，這當與其個別之本質密切關聯。

此外，「清」字在《文心雕龍》、《詩品》已爲襲用的術語，但同一時代如庾肩吾《書品》的書法理論中，卻看不到有「清」的評論語，而此現象一直持續到唐代。〔註 162〕雖然歐陽詢已論及墨的濃淡，但在書法中則要到明董其昌才正視了「淡」的議題。清淡相對於濃濁，對於一向重視筆法的書法而言，本質上就非其主要的構成元素。就此而言，詩似乎與畫更爲接近，而與書法距離略遠。

第三節　完整的發展週期

一、初唐之醞釀

從隋到唐初反齊梁文風的過程中，基本上有兩種不同的傾向：一是以李諤、王通、王勃等爲代表，對齊梁乃至整個六朝文學持根本否定的態度；另一是以魏徵、令狐德棻等爲代表，在批評齊梁文風過於追求形式華艷的同時，肯定其成就與積極影響，主張對齊梁文風採取具體分析的態度。前者對揭露齊梁文學的缺點，雖有一定的積極意義，但主張回到漢儒經學文藝觀的立場上去；後者兼取南北之長，主張既要有充實的社會內容，又應有華美的文采，較具往前發展的意義。〔註 163〕

王勃等人所批判的龍朔變體蓋指上官體（婉媚綺錯），而其作品則與許敬宗體（典雅宏麗）相呼應。陳子昂〈與東方左史修竹篇序〉和盧藏用〈陳子

〔註 160〕蔡瑜：《唐詩學探索》，頁 176。
〔註 161〕陳良運：《中國詩學體系論》，頁 247～250。
〔註 162〕興膳宏：〈記河內利志著《漢字書法審美範疇考釋》〉，〔日〕河內利治著；承春先譯：《漢字書法審美範疇考釋》（上海：上海社會科學院出版社，2006 年 5 月），序頁 4。
〔註 163〕張少康：《中國文學理論批評史・上卷》，頁 258、262～263。

昂文集序〉標舉風骨、興寄，所批判的主要是自上官儀以來，模仿齊梁、彩麗競繁的詩風。無論是王勃或陳子昂等人的此等主張，除了文學的因素之外，當亦涉及了政治利益的考量。〔註 164〕書法方面此類現象似較不明顯，歐陽詢的北方書風及重立法的書論與虞世南的二王書風及強調意的書論，或不無政治之意涵，但更可能是書家情性涵養及精神理念之所致，然而亦難排除所有的政治因素之影響。李世民的書論則顯然具有較濃的政治意圖，他又親贊王羲之和陸機傳，這與他的皇帝身分應該頗有關聯。又其在書法方面崇羲抑獻，固然有融合南北的政治訴求，但亦不無建立「清綺」與「氣質」並重的文藝審美標準的意圖。〔註 165〕至於孫過庭《書譜》的寫作、書風及其持論，則很難否認有那麼一絲尋求出路的政治意圖。只能說，此時書法只是配角，它或許反映了隱含在書風及其持論背後的政治目的，但終究影響有限，基本上它可能在某種程度上反映時代的政治氛圍，但不足以影響其操作。

又此期出現理論與創作偏離的現象，〔註 166〕表示應有外在因素的介入影響，同時也提示吾人在創作方面較具惰性，其變動須要較長的時間轉圜；而理念的轉變雖也有勤惰之別，惟一旦認知到改變的需求，其反應則相對快速。關鍵是基於文藝本質發展的改變通常是潛移默化式的，因而理念之認知也往往在實際創作之後；因外在環境因素而來之改變，則往往是理念先行而創作隨後。

在初唐時期，詩體律化與書體楷化皆已進入樹立典型的時期。就形式而言，楷書近於律絕，受到外在形式的一定限制；狂草近於散文（古文），大有可發揮的空間。然就內質而言，則楷書近於古文，偏向理性；而狂草與律絕則偏於抒情。比較二者之發展，其各自的關鍵或在尋找某種差異及互補性，但因本質上的差別而有不一樣的發展軌跡。

又唐代文學復古最先是詩文並進，提倡詩復古體，文用古文。而詩的古近體實際是同時發展，融會成眾體兼備，並沒有嚴重的排擠效應。〔註 167〕書法方面則主要是楷書、行書、以及草書同時發展。

〔註 164〕蔡瑜：《唐詩學探索》，頁 119～120。

〔註 165〕莊千慧：《心摹手追——中古時期王羲之書法接受研究》（成功大學中文研究所博士論文，2009 年），頁 255、329。

〔註 166〕蔡瑜：《唐詩學探索》，頁 120。

〔註 167〕楊承祖：〈論唐代文學復古的詩文異趨〉，《第二屆唐代文化研討會論文集》1995 年 9 月。

初唐前期書論，歐陽詢偏重於法，而虞世南偏重於意，李世民稱頌王羲之書，所關注的則是其點畫、結構、體勢的形式之美。而初唐後期，孫過庭則著重於「情深調合」的「緣情」體驗，就此點而論，毋寧更貼近於東晉士人的審美心靈。〔註 168〕孫過庭企圖回溯探索王羲之的創作心理十分明顯；相對地，李嗣眞的詮釋模式則開啓了另一個論題，即基於觀賞者的角度敘說自己的所見所聞，而無意於介入或回溯原創者的創作意圖。〔註 169〕

傳東晉衛夫人〈筆陣圖〉提出「意前筆後者勝」的命題。筆與意的關係，即藝術表現的物化方式與藝術構思的意象內容之間的關係，隱含著生命與形式相結合的藝術奧秘。〔註 170〕虞世南〈筆髓論〉:「故知書道玄妙，必茲神遇，不可以力求也。」已將筆與意的關係提升到「道」的高度。他強調「心悟」與「神遇」對用筆的主宰作用，故曰:「假筆轉心，非毫端之妙。必在澄心運思，至微至妙之間，神應思徹。」孫過庭則補充了先前相對忽視筆墨技巧的缺憾，《書譜》云:「心不厭精，手不忘熟。若運用盡於精熟，規矩諳於胸中，自然容與徘徊，意先筆後，瀟灑流落，翰逸神飛。」認爲技巧精熟是寫好書法必備的基本條件。〔註 171〕

再者，一般多認爲唐代以詩賦取士促進了唐詩的繁榮，然而以詩賦取士不始於唐初而始於神龍至開元年間。〔註 172〕可見不是以詩賦取士促進了唐詩的繁榮，而是唐詩的繁榮促成了以詩賦取士。〔註 173〕書法的情況亦大略相當。官府中從古至今都須要抄寫的人手，這些抄手不管是以培養、選拔或考試的方式進用，皆非自唐代才開始，因而也可以說是書法的繁榮（特別是楷書的流行與立法的需求）促成了唐代以書取人或設立相關書法教學組織的作爲。

無論是書論或詩論，大抵可以將初唐前期歸爲承續前人之發展，而初唐後期較具開創新局之嘗試。總合二者，則可視初唐爲蘊釀期。

〔註 168〕莊千慧:《心摹手追——中古時期王羲之書法接受研究》，頁 171。
〔註 169〕莊千慧:《心摹手追——中古時期王羲之書法接受研究》，頁 174。
〔註 170〕楊成寅主編:《美學範疇概論》，頁 1169。
〔註 171〕楊成寅主編:《美學範疇概論》，頁 1170。
〔註 172〕皇甫煃:〈唐代以詩賦取士與唐詩繁榮的關係〉,《南京師院學報》1979 年第 1 期。
〔註 173〕傅璇琮:〈關於唐代科舉與文學的研究〉,《文學遺產》1984 年第 3 期。

二、盛唐之開創

初唐元兢〈古今詩人秀句序〉:「以情緒爲先,直置爲本,以物色留後,綺錯爲末;助之以質氣,潤之以流華,窮之以形似,開之以振躍。或事理俱愜,詞調雙舉,有一於此,罔或孑遺。」可謂形神並舉,內外兼顧,呈現出南北融合的一體性。而初盛唐詩格作品,從講聲律、對偶爲主逐漸轉向藝術表現技巧和美學風貌方面發展,王昌齡《詩格》和皎然《詩式》、《詩議》可爲代表。陳子昂爲改造宮廷詩內容貧乏而強調寄興;李白則爲擺脫詩歌格律的束縛,認爲「雕蟲喪天眞」而提倡古風,強調「清水出芙蓉,天然去雕飾」。殷璠最先提出「興象」,用以稱許陶翰、孟浩然諸人的詩歌創作,鮮明地凸顯了當時代的詩歌特質,其見解可說是側重於盛唐詩在藝術創作方面的總結;而元結的主張則標誌了詩風的轉變,李、杜諸人,那就更多地表達了個人的旨趣與追求。又杜甫首提出「神」的概念,以其爲詩的最高境界。大抵說來,「神」是指創作時如有神助而達到出神入化的境界。〔註 174〕

書畫理論對杜甫和皎然詩學均有一定之影響,如前者之形神論;而後者如形神論、立意觀、五格論詩、「逸」格理論、「勢」論等。又皎然「辨體」中的論述方法似受《述書賦・語例字格》以單字概括書體風貌並加以釋義的方法之影響。〔註 175〕

盛唐在書論方面達到了高峰,張懷瓘書論總結和全面深化了前人之論述,也是對初盛唐書法實踐的理論概括,且兼融儒道的美學觀點,直堪與詩文理論之《文心雕龍》相媲美。而竇臮《述書賦》貴「自然」重「忘情」,亦融入了濃厚的道家審美意味;竇蒙〈語例字格〉更開出新的論述模式。徐浩〈論書〉已有「破體」一詞,又有「轉益多師」的理念,顯示了一種通變的改革思想。盛唐書論亦因書風之轉變而出現對「肥美」的審美論述,但也有如杜甫「書貴瘦硬方通神」之主張。此期亦對草書之審美有所偏重,且多與書家主體性格緊密連結。此外亦開始對草書之外的其他書體以及筆法傳承有更多的關注。

唐代書法從顏眞卿大歷以後開始致力於變法創新,其面貌來源都取自當時的流行書風,渾厚得自行書,豪放得自草書,寬博得自分書,又與當時民

〔註 174〕周祖譔編選:《隋唐五代文論選》,〈前言〉,頁 7～10。
〔註 175〕甘生統:《皎然詩學淵源考論》,頁 192～205。

間書法有所關聯，〔註176〕表現了十足的時代風貌。宋代嚴羽《滄浪詩話》曾讚美：「盛唐諸公詩，如顏魯公書，既筆力雄壯，又氣象雄渾。」惟顏氏在書論上並無相對之成就。而張旭、懷素賦予草書以更強大的抒情作用與展演形態，這種情形和文學史的發展基本同步。〔註177〕

整體而言，盛唐在書論與詩論方面的表現是無庸置疑的，雖然難與創作的表現相抗衡，但仍不失為理論發展的高峰，展現了符合於該時代的氣象，開創屬於有唐一代的代表格局，乃可以開創期視之。

三、中唐之轉折

唐詩的許多變化都肇端於杜甫，杜詩在以文為詩、好議論、以家常入詩等都開了宋詩法門。韓愈因之而變本加厲。作為「百代之中」（清・葉燮語）的中唐，韓愈對古典傳統的顛覆，具備了超越唐代乃至唐宋之變的意義。〔註178〕然而韓愈於詩文未分別立論，柳宗元則提出「文有二道：詞令褒貶，本乎著述者也；導揚諷諭，本乎比興者也。」認為詩文兩者「乖離不合」，此說對於避免詩歌過於散文化，實具有現實之意義。〔註179〕

白居易、元稹等人走了另一條極端的復古路線，因極具現實性，最終也隨著政治現實而曇花一現。然而三教融合是唐代的總體格局，在此大背景下，一股沉潛而渾厚的力量正在醞釀，而由劉禹錫：「境生於象外」予以揭示。

在文學發展史上，中唐一直被認為是一個重要的變革時期。〔註180〕打從漢代文藝自覺萌芽開始，社會現實因素的影響一直如影隨形地存在，傳統儒家詩教思想可為代表。到了中唐時期，儒家詩教的大力強調，反而促進了對文藝本體屬性之體認，導致二者的明顯分化，終有晚唐文藝本體路線的勝出和意境論的成熟。

在書法方面，顏眞卿的地位正好與杜甫相當，二人在時間上亦十分接近，顏氏不但書法創作足以為唐書之代表，其與張旭之論筆法和對肥美的審美觀點，均具時代轉折之意義。有唐隸書，結體運筆，規模出入魏碑，而豐容艷肌，一改漢晉格局，其始作俑者，或推玄宗。影響所及，無論眞、行、篆、

〔註176〕沃興華：《書法問題》（北京：榮寶齋出版社，2009年12月），頁230～233。

〔註177〕莊千慧：《心摹手追——中古時期王羲之書法接受研究》，頁221。

〔註178〕蔣寅：《百代之中：中唐的詩歌史意義》，頁183。

〔註179〕周祖譔編選：《隋唐五代文論選》，〈前言〉，頁13。

〔註180〕李貴：《中唐至北宋的典範選擇與詩歌因革》（上海：復旦大學出版社，2012年10月），〈緒論〉，頁1～39。

草，皆自瘦硬走向豐茂。〔註 181〕表現於書論則自盛唐顏眞卿、徐浩等人起即出現了「肥美」的觀點，隱約暗示了歷史轉折的到來。而整個中唐書論的重心聚焦於筆法，並延續草書之審美，格局狹小而乏開創之新意，顯然無法與盛唐之表現相抗衡。

綜合言之，書論與詩論發展到了中唐，開始出現較大的差異現象。前者幾乎聚焦於筆法的討論，格局上愈走愈窄；後者則出現多元的現象，因而促進了意境論的發展。無論從書論或詩論觀察，中唐都是一個重要的轉折期，只是二者的轉折有別而已。若再比較二者之轉折，則可以發現盛唐的高峰乃是自漢代以來文藝持續發展的完成，中唐的轉折則又是另一階段的開始，且此轉折實際自盛唐後期的顏眞卿和杜甫即已透露了訊息。這種現象若從書法方面觀察更爲明顯，書（字）體的發展在盛唐時期已經完成，之後則純粹是藝術風格的發展；書論在盛唐張懷瓘亦已達於高峰，幾乎概括了所有書學的內容，以致後來者難出其右。總論二者在唐代的發展，其重心乃由「法」而逐漸轉移至「意」（由立法而意之深化），後者主要表現於要求形式與內容的合一，即情景交融、主客一體。此種發展趨勢更拉近了書與詩的距離。

四、晚唐之潛化

大體而言，晚唐基本上仍承續中唐繼續發展，書論方面如盧攜〈臨池訣〉、林蘊〈撥鐙序〉，均以「法」爲其論述核心，沒有太多的新意，但此期出現整理前人理論的現象，如張彥遠《法書要錄》、傳韋續《墨藪》等；詩論方面則進一步深化了意境理論，而有如司空圖《二十四詩品》重要著作的出現，另一方面它也如書論一樣有整理前人的總結性發展，如張爲〈詩人主客圖〉、孟棨《本事詩》等。此外從晚唐對草書的欣賞和司空圖詩論的表現，也可發現釋、道美學理念在此期的進一步融入。

司空圖的「思與境偕」可謂是對劉勰「神與物游」的進一步發展，也是受王昌齡、皎然等人詩論影響的結果，詩歌意境論的發展至此大抵完成。而《詩人主客圖》和《本事詩》的出現，不但開創了新的詩歌理論形式，也反映晚唐人的整理意圖。唐詩本事記錄唐人解詩，反映唐人對親證的強調和比興的濫用。與唐代專門的詩論著作不同，唐詩本事中較少個人觀念，通常是

〔註 181〕朱關田：〈李邕書法評傳〉，劉正成主編：《中國書法全集（23）：李邕卷》（北京：榮寶齋出版社，1996 年 9 月），頁 10（1～14）。

普遍存在的詩學觀念。又唐代詩人和詩論家對文才神授的概念多聚焦於詩之難得佳句，而非人之難得詩才。〔註 182〕這就反映了從對創作主體之強調轉移到對主客體交融的關注，其眞正的重心已從「心」逐漸轉移至「境」。「境」原是客體的存在，不因主體而轉變，因而主客交融的關鍵在於主體必須有效地認識客體特質並加以運用和融入，而這正是意境理論的核心。

晚唐詩格類著作，內容上不同於初盛唐之專講對偶、格律、聲病等，而是較多地論述了詩歌創作中的具體表現技巧，部分涉及一些藝術的理論問題，惟缺乏新意。又晚唐詩格類著作多列舉詩中常用爲比興的物象，並說明其所隱含的喻意，此類物象在此期已趨於定型，隱喻之義相對固定。〔註 183〕物象隱喻的定型化或因現實因素使然，但卻窄化了詩歌之表現，乃是對「法」的固著表現。蓋唐人詩格有爲初學者而作者，有爲科場應舉而作者，故所謂「詩格」者，實亦爲考試之標準。〔註 184〕可以說詩格一類的著作主要討論的是詩歌的創作技巧，而其他相關的論述才較多論及創作和審美原則。由此亦可見實用因素與文藝本質二路在晚唐並行發展的情形。綜觀晚唐書論及詩論，均反映了「法」的窄化，而後者更有「意」（非法）的深化現象。

綜觀整個唐代，在詩學方面初步總結了前此的各種詩學觀念，走了一條「以復古爲通變」的路線。〔註 185〕唐初詩學仍順著漢魏六朝主情的大勢在發展，只是將過度重視辭章而乏內涵的傾向略作了調整。後來逐漸由主情轉向主意，這是詩學發展的一大改變。從隋到中唐，承繼劉勰通變論的以復古求革新的文學思想獲得了較好的發展，盛唐皎然以「復變之道」概括了這種發展的辯證規律。〔註 186〕晚唐五代時期，在主意的大勢下又出現向主情傾斜的現象，但因進一步融入釋、道思想而深化了詩歌意境論的發展。在書論方面，初、盛唐書論之發展一如詩論，初唐前期基本上仍延續前代繼續發展的格局，後期略有調整，至盛唐才出現劃時代的代表作；但進入中、晚唐則幾乎只聚焦於筆法之討論與草書之審美，與詩論之發展出現差異化。到了宋代，主「意」的書學和詩學則又都走到了另一個成熟的高峰。

〔註 182〕余才林：《唐詩本事中的詩學觀念》（香港：香港大學饒宗頤學術館，2009 年 3 月），頁 6、13、99。
〔註 183〕余才林：《唐詩本事中的詩學觀念》，頁 105。
〔註 184〕張伯偉：《全唐五代詩格彙考》，頁 349。
〔註 185〕陳伯海、蔣哲倫主編；倪進等著：《中國詩學史・隋唐五代卷》，頁 24。
〔註 186〕黄保眞等：《中國文學理論史——隋唐五代宋元時期》，頁 155。

第十章　結　論

一、身體直接性的書法與符號間接性的詩

本論文首先釐清了書與詩的本質關係，指出二者皆爲文字的藝術，但書法朝線條形式方向發展，而詩則往符號意義方向發展；前者重身體之直接感知，而後者則有賴符號之間接傳遞才能達意；又書法的形式本質雖是空間屬性，但其書寫本質使其兼具時間性，極具當下之特質，而詩的空間性主要來自詩體的規範以及讀者的想像，且因詩體形式的規範而犧牲了一部分的時間性，雖然詩也兼具了時空之特性，但二者輕重有別。書法與詩在本質上最主要的差異，乃在書法擁有濃厚的身體性和直接特質，而詩則主要透過符號的思維想像來進行創作與審美。

書法之變亦受實用性之影響，因其直接、身體性的本質而有觀念隨後的現象。中國傳統書學與詩學均具有明顯的體驗性思維特徵，存在一種「默會」的傳統，它具有非語言、玄心體味、整體豁通等層面的意義規定。〔註1〕而中國古典藝術批評具以象求象的特質，當亦與此相關。這種默會的傳統，不能說與物象式作品的呈顯模式無關，蓋物象式作品具有直接審美之特質，與語言文字須透過其意義來理解明顯不同（間接性之審美）。理論與作品乃是在一個互文間性的場域裡對話、延異而湧發全新的意義。〔註2〕就此而言，書法以抽象的圖式呈顯，其理論之語言論述背後，要求讀者先行熟悉圖象原作；詩歌

〔註1〕王新：《詩、畫、樂的融通：多維視閾下的藝術研究》（北京：中國社會科學出版社，2012年2月），頁17。

〔註2〕王新：《詩、畫、樂的融通：多維視閾下的藝術研究》，頁127。

的媒材本身即是語言文字，與語言論述之媒材無別，只是操作方式有別而已。這種關係影響了二者實際的操作與傳播模式，甚至影響了論述表達的有效性。

二、唐以前「情」、「勢」、「意」、「法」的發展

綜覽唐代以前，先秦多從實用著眼，漢以後逐漸開始文藝之自覺，是歷史上第一個重要的轉折。魏晉時期在玄學興起的影響之下，則有形象類比與緣情感物的強調，此期審美好尚有轉向「綺麗」之傾向，書論方面已出現「筋」、「骨」、「肉」等與人體有關之比喻，而詩論亦隨後強調了「骨」的作用。東晉王羲之書論多聚焦於「書意」，六朝時期無論書論或詩論均有重「意」的發展趨向。此期詩論方面出現劉勰《文心雕龍》與鍾嶸《詩品》等重量級著作，顯示其理論的成熟度；書論方面雖有陶宏景、蕭衍、王僧虔等人多所論述，但未見專著，僅庾肩吾《書品》或堪與鍾嶸《詩品》相抗衡。書論從東漢開始發展至此，其大勢乃由「形」、「勢」而「書意」的發展；詩論則由「志」、「情」而「意象」的發展，二者具有一定的類同性。又此期書論多引《易經》爲其起源論之基礎，而詩論則與《詩經》關係密切。六朝至隋又是一個歷史的轉折，開始出現如劉善經《四聲指歸》和釋智果〈心成頌〉等論「法」的作品，開啓唐人對「法」的重視與發揚。

三、初唐的立「法」與「意」的深化

初唐前期在書論或詩論二方面均延續隋代萌發的重「法」趨勢，又特別受到帝王提倡與融合南北政策之影響，因而有創作與理論不一的現象。此時之詩論家多爲史官背景，與書論家之文人背景明顯有別。至初唐後期，政策引導逐漸轉向審美之自覺發展，屬唐的特色開始出現，而有孫過庭《書譜》與元兢、陳子昂等人之詩論。初唐書論與詩論之特色蓋在「通變」與「兼融」，配合時代社會之脈動與政治需求而有所調整，惟初期在創作方面仍多延續之風，尚難跟上理論的轉向，明顯可見外在因素的影響。經過一段時間的醞釀，後期回歸到文藝發展之正軌，創作與理論遂有逐漸一致之現象。在內容上，此期特色之一是積極立「法」，如詩論方面有元兢《詩髓腦》與初唐眾多詩格類著作的出現，書論方面歐陽詢、虞世南均有論法的文本，而孫過庭亦不廢技法；另一方面則是持續對「意」之深化，有愈來愈重視創作主體之趨勢，因而有李白、張旭等人「非法」之發展。

四、盛唐的高峰表現

發展到了盛唐，書法與詩均進入創作與理論的高峰期。書論方面出現足以和劉勰《文心雕龍》相媲美的張懷瓘書論，以及竇臮兄弟《述書賦》新批評模式的產生，此期後半更有徐浩、顏眞卿等人「肥美」之論述和杜甫之強調「瘦硬」。詩論方面則有殷璠、王昌齡、皎然等重量級的詩論家，而杜甫之以詩論詩也在詩論方面開出新的批評模式，又唐代詠書詩亦在杜甫達於成熟。此時論家之背景已少有朝廷要員，現實的政策因素似已全然淡出，且其論述多具開創性，亦能具體反映時代特質，頗有引領風潮走向之勢。張懷瓘書論兼融儒道，強調「心契」、「神彩」，「隨變所適」而「貴乎會通」，又重視書品與人品之關聯，其論述既全面又深刻；而殷璠「興象」說、王昌齡「三境」說、皎然之「取境」、「作用」和強調「復變之道」等，均爲盛唐詩論之焦點。盛唐後半更出現如懷素、皎然等釋家人物，顯示了一定程度的釋道審美思想之融入。除此之外，傳統儒家詩教思想亦未式微，而是走上以復古爲通變之路，這種適應時代社會之變動而採取的相應路線，保證了其可長可久的發展生命力。

五、中唐的沉潛與轉進

中唐之最大特色在其轉折，基本上可分二路發展：一是向外企圖以儒教提振時代之精神。在詩論方面表現爲儒家詩教立場與因時而變二類，後者如韓愈、白居易等，乃針對現實環境之積極反應，而略有極端之傾向，但亦留下了一頁彩章；在書論方面則發展爲對筆法之關注，反而限縮了既有之格局。二是向內尋求某種自我之解脫。此路多融入道、釋之理念，在詩論方面逐漸深化意境論之發展，在書論方面則持續偏重對草書之審美。事實上中唐的這種大轉折，在盛唐後期顏眞卿、杜甫、以及懷素和皎然時已漸露端倪。此外，中唐較值得注意的是詩文分流以及文字與書體分流的發展。前者更加確立了詩體的藝術本質，而後者則爲字體發展已然成熟，而書體之發展仍持續進行的必然產物。

書論與詩論在初盛唐的發展幾乎一致，但中晚唐開始出現差異化，詩論似乎受到更多藝術以外的因素（主要是現實的政治因素）影響，而書論則相對較爲純粹，究其原因應有二方面的因素：一是詩歌的傳統本來就與政治的關係緊密，從最早在外交場合上的運用，到「上以風化下」、「下以諷刺上」

的儒家詩教，從未與政治完全脫鉤。二是本質使然，蓋詩歌以間接性的文字爲媒介，透過文字意義的賦予而表達；書法則以直接性的書寫爲媒介，其表達隱藏於筆墨之間，相對隱晦而難明，不適於一般語言意義要求的清晰溝通。因此當遇到現實環境的干擾時，詩歌可能作出相對強力的反應，而書法則多謹守於既有的範疇，它需要的是潛移默化式的影響，而不是即時的反彈。

此外，吾人亦應發現盛唐以前，書論之發展與字體之更遷一體俱進，而詩論之發展與詩體之變化（樂府、古體、近體）亦緊密聯結，中唐之後近體詩已然成熟，而書體也與字體脫鉤。惟此方面透露之訊息，仍有待進一步之研究。

六、回顧式的晚唐與意境論的深化

晚唐書論對筆法的關注傾向細密化的發展，對草書之審美則多與草書僧有關，不但略無新意，更有窄化之嫌。不過此期書論出現如張彥遠《法書要錄》與傳韋續《墨藪》等對理論進行整理之作，與詩論之張爲《詩人主客圖》和孟棨《本事詩》之表現不謀而合。晚唐這種帶有回顧式的對法式之強調和理論之整理，堪稱此期書論與詩論之一大特色，它反映了晚唐書、詩理論發展的沉潛與摸索。然而正在此處，晚唐詩論出現與書論不同的多元表現，其中釋、道思想的融入影響至深。因於書法的直接性本質，釋、道思想的融入很難再予書論以更進一步的發展，但卻帶給詩論以意境論的深化和成熟，皎然詩論已啓先機，經劉禹錫「境生於象外」說，至司空圖《二十四詩品》終告大成。

七、立法與變法兩脈發展

綜觀整個唐代的書、詩理論之發展，可以「兩脈發展，再創高峰」來形容。初盛唐基本上處於「立法」的時代，卻也同時引發「非法」的需求；中晚唐則進入「變法」的時代，但亦產生了「固法」的現象。「法」與「非法」好像蹺蹺板同時並存，但卻隨著時代的發展而輕重有別，卻都開展出歷史的高峰。

宗白華曾說：「晉人風神瀟灑，不滯於物。這優美的自由心靈找到了一種最適於表現他們自己的藝術，這就是書法中的行草。」〔註3〕相較於此，盛唐

〔註 3〕宗白華：〈論《世說新語》和晉人的美〉，氏著：《美學散步》（上海：上海人民出版社，1981 年），頁 180。

的狂草較多狂逸之成份，而晚唐草書則較偏向於釋、道之空逸。除了草書，唐代楷書的成就又是書法的另一高峰表現。由此觀察，唐代書法乃在「法」與「非法」二線並行發展與拉扯中前行，因而同時成就了楷書與草書的高峰。唐「法」在楷書方面表現於字體結構與筆畫形式；而在草書方面則表現於筆法及其心法。又「法」所強調的是共性，因而趨向具體及可操作性；而「非法」所強調的是個性，因而趨向抽象模糊及體證性。後者與唐詩之紀實與解詩之強調親證如出一轍，而這恰好反映了詩「境」的特質。

此外，唐代書、詩理論亦是既同步又殊途的發展關係。每個時代環境自有其特殊性，但個別文藝之發展則視其本質特性在該時代環境條件下而有不同之反應。本論文基於本質概念觀察書論與詩論之歷史發展，發現時代的特殊環境對二者皆有一定之影響，但此影響的結果有時一致（初盛唐），有時卻出現差異（中晚唐），而差異之主因蓋在不同本質上的特質而各有其相適應的發展路徑與一定的領域範疇。亦即時代環境基本上是外在的被動影響因素；而文藝媒介本質則是內在的主動影響因子。

八、發展的成熟與轉向

自魏晉六朝以來，書論美學範疇由勢（形）而意而神（逸）發展；詩論則由情（氣）而意而境發展，脈動略同而內容亦可相比附。特別是唐代書、詩理論基本經歷了一個完整的發展過程，由醞釀、開創、轉折而至潛化，可以完整的發展週期視之（若再加上隋及五代或更完整），而此發展週期在時間點上卻又恰巧位於整個中國傳統文藝發展的中間階段，於是盛中唐的轉折更具有整個中國傳統文藝發展轉折的關鍵地位，就文藝理論之發展而言，正是唐之所以為唐的重要意義之所在。

或許應該說唐代一方面總結了魏晉南北朝學術文化的發展，一方面又融合南北，開創了當時代的特色，成為後來文化走向的先導。

試將東漢至中晚唐文藝理論重心的變遷大勢以圖表簡要示意如下：

法 → 非法

勢（情）→ 意（味）〈　　（神）〉意境

象 → 象外

（漢魏晉　→　六朝　→　初盛唐　→　中晚唐）

唐代詩論由對「意」的重視而至「象」的強調，最終融合二者並進一步發展而有意境理論的完成。「意境」是整個唐代詩論發展的核心，然而唐代書論卻很少談意境。「境」畢竟偏於「靜」，而書法藝術則相當重視「動」，它有「寫」（一種「流出」）的本質，這就隱約決定了書論在「境」論上的缺席；相對地，書法是重視「意」的，在這方面它從王羲之等人之強調書意，發展爲初盛唐所重視的主體之意，更轉進至「神」、「逸」等帶有道、釋色彩的主客交融的審美層次。唐以後，宋代書論又聚焦於「意」，只是染上了更多當時代特徵，已不能完全等同於唐及唐以前之「意」。就唐代詩論之重「境」而言，顯然與繪畫的本質較爲接近（描繪物象而營造一種氛圍），因而也與繪畫的發展較爲一致（由人物畫轉至山水畫）。由此或可理解何以詩書畫並稱，而後人卻多論詩與畫之關聯，卻少述詩與書之關係。

九、詩歌選本的發達與書法法帖的稀有性

又唐代詩歌選本之發達亦值得關注，今人陳尚君〈唐人編選詩歌總集敘錄〉考及 137 種總集，另有存目 51 種。〔註 4〕殷璠以前的唐詩選本就約有十二種，而現今所知唐代第一個唐詩選本是釋慧淨（560～645）《續古今詩苑英華集》（已佚），然而由劉孝孫〈沙門慧淨英華序〉可以窺見其編選的宗旨。〔註 5〕唐高宗、武則天時期，出現另一種唐詩選本即元兢的《古今詩人秀句》。〔註 6〕孫翌（生卒年不詳，開元時人）編《正聲集》，則是首次將唐代詩歌作爲獨立的發展階段。〔註 7〕而《河嶽英靈集》所收以五言古體爲主，《中興間氣集》所收則多爲五律，表明了兩個不同時期的詩風。詩歌選本原本就有立「法」之用意，乃可以不同形式的詩論視之。唐代書法亦有選本（法帖）、摹本及拓本，以此流傳並樹立典型，惟其非以語言文字之形式出之，在數量上亦難與詩歌選本相抗衡，因而在性質上拉開了二者之距離，書法法帖的理論意義及其影響明顯要弱於詩歌選本。

〔註 4〕陳尚君：《唐代文學叢考》（北京：中國社會科學出版社，1997 年 10 月），頁 184～222。

〔註 5〕李珍華、傅璇琮撰：《河嶽英靈集研究》（北京：中華書局，1992 年 9 月），頁 1～5、18。

〔註 6〕張伯偉：《全唐五代詩格彙考》，頁 112～113。

〔註 7〕李珍華、傅璇琮撰：《河嶽英靈集研究》，頁 14、18。

十、作者背景與教育環境

若從作者的身分背景觀察，從魏晉直至隋唐，書法逐漸形成家族式的傳統，而詩歌則在文士間形成集團型的特點。〔註 8〕從唐初至武周時期，核心書家多來自貴盛之門，亦因而得以進入政治核心圈。到了開元天寶之際，出身於貴盛之門的核心書家大爲減少。長慶以後，處士書和釋僧書家逐漸抬頭。至大中以後，則知名書家已多屬釋僧或中下階層的士子。〔註 9〕詩歌方面似乎也有類似的情形，隱約可以推知這是政治社會環境的改變所帶來的變化，吾人很難斷言此種現象對文藝之發展的影響，但它確是無法分割的歷史脈動的一部分。

在教育方面，唐代官學一度興盛而長期衰微，私學亦衰微不振，唐代士子自學成材的風氣，於武則天時期開始興盛，而普遍流行至終唐之世。〔註 10〕又傳統官學私學的教育內容主要是經學而不是文學，且進士科考試雖以詩賦爲重心，但詩賦創作畢竟是關於個人化的創造性人文勞動，而較少關係於師傅教育。唐代書法教育體系則以家學和師授爲主，家學式書法教育盛行於開元以前，師授式書法教育則興起於開元以後，於是書法的師門關係開始受到重視，從而論述書法技法的文字也紛紛湧現。〔註 11〕

十一、結語

在現實的歷史中，各項文藝發展之關係本即錯綜複雜，唐代書論與詩論之關係自亦如是，更何況唐代文藝及其美學思想乃多方面的發展，若能囊括各類文藝理論於一爐而冶之，當更臻理想。本論文僅基於本體詮釋學之理念，從書法與詩歌之本質的立場出發，著眼於宏觀的書法與詩歌之歷史脈動，從理論文本探討二者間之異同及其關聯，證實了唐代書論與詩論既相互關連又具個別特質的發展關係，同時發現歷史的脈動似以二線并行的方式進行，只是隨著時間之遷移而有輕重之別；此外亦從書論與詩論之發展論證中唐確是一個重要的歷史轉折期。本論文最終因個人努力之不足和能力之所限，仍有許多問題尚待進一步研究與充實，筆者只能徒呼負負而期待來者了。

〔註 8〕由興波：《詩法與書法：從唐宋論書詩看書法文獻的文學性解讀》，頁 10～11。

〔註 9〕黃緯中：《唐代書法社會研究》（文化大學中文研究所博士論文，1992 年），頁 96～98。

〔註 10〕鄧小軍：《唐代文學的文化精神》（台北市：文津出版社，1993 年 9 月），頁 560、562、564、576。

〔註 11〕黃緯中：《唐代書法社會研究》，頁 147～148。

參考書目

壹、專書

一、書法類

（一）古籍類

1. 朱建新：《孫過庭書譜箋證》（台北：華正書局，1985 年）。
2. 沙孟海著述；鄭紹昌整理補注：《書譜注釋》（上海：上海古籍出版社，2008 年）。
3. 周士藝：《書譜序注疏》（上海：上海古籍出版社，2009 年）。
4. 姚平：《孫過庭書譜今註今譯》（台北：正中書局，1981 年）。
5. 唐・孫過庭著；王仁鈞撰述：《書譜》（台北：金楓出版社，1999 年革新一版）。
6. 馬國權：《書譜譯註》（台北：華正書局，1985 年）。
7. 清・康有爲著，龔鵬程導讀：《廣藝舟雙楫》（台北：金楓出版社，1994 年革新一版）。
8. 清・劉熙載：《藝概》（台北：廣文書局，1964 年，據民國 16 年丁卯印本影印）。
9. 清・劉熙載原著；金學智評注：《書概評注》（上海：上海書畫，2007 年）。
10. 崔爾平選編：《歷代書法論文選續編》（上海：上海書畫出版社，1993 年）。
11. 崔爾平選編：《明清書法論文選》（上海：上海書畫出版社，1994 年）。
12. 崔爾平選編點校：《明清書論集》（上海：上海辭書出版社，2011 年）。
13. 華人德主編：《歷代筆記書論彙編》（南京：江蘇教育出版社，1996 年）。
14. 華正人：《歷代書法論文選》（台北：華正書局，1984 年，本書原爲上海書畫出版社於 1979 年出版）。

15. 潘運告編著：《中晚唐書論》（長沙：湖南美術出版社，1997 年）。
16. 潘運告編著：《張懷瓘書論》（長沙：湖南美術出版社，1997 年）。
17. 潘運告編著：《漢魏六朝書畫論》（長沙：湖南美術出版社，1997 年）。
18. 盧輔聖主編：《中國書畫全書》（上海：上海書畫出版社，2009 年修訂版）。
19. 譚學念注評：《孫過庭・書譜》（南京：江蘇美術出版社，2008 年）。
20. 蕭元編著：《初唐書論》（長沙：湖南美術出版社，1997 年）。

（二）現代論著

1. 丁夢周：《中國書法與線條藝術》（合肥：安徽教育出版社，1994 年）。
2. 上海書畫出版社編：《二十世紀書法研究叢書》（上海：上海書畫出版社，2000 年）。
3. 王元軍：《唐人書法與文化》（台北：東大，1995 年）。
4. 王岳川：《書法文化精神》（北京：北京大學，2008 年）。
5. 王世征：《歷代書論名篇解析》（北京：文物出版社，2012 年）。
6. 王鎮遠：《中國書法理論史》（合肥：黃山書社，1990 年）。
7. 中國書法家協會主編：《當代中國書法論文選・書史卷》（北京：榮寶齋出版社，2010 年）。
8. 中國書法家協會主編：《當代中國書法論文選・技法、創作、教育卷》（北京：榮寶齋出版社，2010 年）。
9. 中華書道學會等編：《懷素自敘與唐代草書學術研討會論文集》（台北：中華書道學會，2004 年）。
10. 中國書法家協會學術委員主編：《全國第六屆書學討論會論文集》（鄭州：河南美術出版社，2004 年）。
11. 〔日〕河內利治著；承春先譯：《漢字書法審美範疇考釋》（上海：上海社會科學院，2006 年）。
12. 石延平：《中國書法精神》（鄭州：河南美術出版社，2012 年）。
13. 史仲文主編：《中國藝術史——書法篆刻卷》（石家庄：河北人民出版社，2006 年）。
14. 皮朝綱：《墨海禪跡聽新聲：禪宗書學著述解讀》（上海：上海三聯書店，2013 年）。
15. 朱關田：《唐代書法考評》（杭州：浙江人民美術出版社，1992 年）。
16. 朱關田：《中國書法史——隋唐五代卷》（南京：江蘇教育出版社，1999 年）。
17. 朱關田：《唐代書法家年譜》（南京：江蘇教育出版社，2001 年）。
18. 何炳武主編：《中國書法思想史》（西安：陝西人民出版社，2008 年）。

19. 沃興華：《書法問題》（北京：榮寶齋出版社，2009 年）。
20. 李光華：《禪與書法》（北京：宗教文化出版社，2011 年）。
21. 周膺：《書法審美哲學》（杭州：西泠印社出版社，2011 年）。
22. 金學智：《中國書法美學》（南京：江蘇文藝出版社，1994 年）。
23. 金開城：《中國書法文化大觀》（北京：北京大學出版社，2003 年）。
24. 金開誠：《書法藝術論集》（北京：北京大學出版社，2008 年）。
25. 周俊杰：《周俊杰書學要義》（杭州：西泠印社，1999 年）。
26. 胡方鉞：《書譜探微》（濟南：齊魯書社，2012 年）。
27. 胡抗美：《中國書法藝術當代性論稿》（北京：榮寶齋出版社，2012 年）。
28. 姜澄清：《中國書法思想史》（鄭州：河南美術出版社，1994 年）。
29. 姜壽田執行主編：《中國書法批評史》（杭州：中國美術學院出版社，1997 年）。
30. 姚淦銘：《漢字與書法文化》（南寧：廣西教育出版社，1996 年）。
31. 徐利明：《中國書法風格史》（鄭州：河南美術出版社，1997 年）。
32. 馬欽忠：《書法與文化形態》（上海：上海書畫出版社，1998 年）。
33. 馬欽忠：《中國書法的當代詮釋》（北京：人民美術出版社，2013 年）。
34. 《書法》雜誌編輯部：《美的沉思——美學篇》（上海：上海書畫出版社，2008 年）。
35. 孫曉雲、薛龍春主編：《請循其本：古代書法創作研究國際學術討論會論文集》（南京：南京大學出版社，2010 年）。
36. 陳振濂：《書法美學》（西安：陝西人民美術出版社，1993 年）。
37. 陳振濂：《書法美學通論》（瀋陽：遼寧教育出版社，1996 年）。
38. 陳振濂：《線條的世界——中國書法文化史》（杭州：浙江大學出版社，2002 年）。
39. 陳方既：《陳方既論書法》（北京：華文出版社，2003 年）。
40. 陳方既、雷志雄：《中國書法美學史》（鄭州：河南美術出版社，1994 年）。
41. 啓功：《啓功書法叢論》（北京：文物出版社，2003 年）。
42. 梅墨生：《書法圖式研究》（江蘇：江蘇教育出版社，1997 年）。
43. 張稼人：《書法美的表現——書法藝術形態學論綱》（上海：上海書畫出版社，1994 年）。
44. 張天弓：《張天弓先唐書學考辨文集》（北京：榮寶齋出版社，2009 年）。
45. 張天弓編著：《中國書法大事年表》（上海：上海書畫出版社，2012 年）。
46. 張公者編著：《書學塵談》（杭州：西泠印社出版社，2012 年）。

47. 黄緯中：《唐代書法史研究集》（台北：蕙風堂，1994 年）。
48. 黄源著；湯序波等整理：《書法講座》（桂林：廣西師範大學，2007 年）。
49. 黃惇：《秦漢魏晉南北朝書法史》（南京：江蘇美術出版社，2009 年）。
50. 傅申：《書史與書蹟：傅申書法論文集（一）》（台北：國立歷史博物館，1996 年）。
51. 傅京生：《傅京生書法論文集》（北京：文化藝術出版社，2001 年）。
52. 華正人：《現代書法論文選》（台北：華正書局，1984 年，本書原爲崔爾平選編點校，上海書畫出版社 1980 年出版）。
53. 萬應均：《漢字書寫與書法藝術》（長沙：湖南人民出版社，2005 年）。
54. 葛承雍：《書法與文化十講》（北京：文物出版社，2007 年）。
55. 齊沖天：《書法論》（北京：北京大學，1990 年）。
56. 齊沖天：《書法文字學》（北京：北京語言文化大學，1997 年）。
57. 蔡顯良：《宋代論書詩研究》（北京：人民出版社，2013 年）。
58. 劉正成主編：《中國書法全集（23）：李邕卷》（北京：榮寶齋出版社，1996 年）。
59. 熊秉明：《中國書法理論體系》（台北：雄獅出版社，1999 年）。
60. 聶清：《道教與書法》（北京：中央編譯出版社，2012 年）。
61. 叢文俊：《叢文俊書法研究文集》（《中國當代書法理論家著作叢書．第一輯》）（北京：中國文聯出版社，1999 年）。
62. 叢文俊：《書法史鑒——古人眼中的書法和我們的認識》（上海：上海書畫出版社，2003 年）。
63. 蕭元：《書法美學史》（長沙：湖南美術出版社，1990 年初版，1998 年修訂本）。
64. 龔鵬程：《書藝叢談》（濟南：山東畫報出版社，2007 年）。

二、詩歌類

（一）古籍類

1. 〔日〕遍照金剛撰；王利器校注：《文鏡秘府論校注》（北京：中國社會科學，1983 年）。
2. 宋．魏慶之：《詩人玉屑》（台北：世界書局，1980 年五版）。
3. 唐．李白著；郁賢皓選注：《李白選集》（上海：上海古籍出版社，1990 年）。
4. 唐．白居易著；謝思煒校注：《白居易詩集校注》（北京：中華書局，2006 年）。

5. 唐・齊己等：《白蓮集、禪月集、浣花集、廣成集》（上海：上海商務印書館，1965 年，四部叢刊初編集部）。
6. 唐・韋穀編：《才調集》（台北：新文豐出版公司，1980 年）。
7. 祖保泉、陶禮天：《司空表聖詩文集箋校》（安徽：安徽大學出版社，2002 年）。
8. 清・聖祖等：《全唐詩》（台北：明倫出版社，1971 年）。
9. 清・楊倫箋注：《杜詩鏡詮》（台北：華正書局，1986 年）。
10. 許清雲：《皎然詩式輯校新編》（台北：文史哲出版社，1984 年）。
11. 陳尚君輯校：《全唐詩補編》（北京：中華書局，1992 年）。
12. 盧盛江校考：《文鏡秘府論彙校彙考》（北京：中華書局，2006 年）。

（二）現代論著

1. 毛正夫：《中國古代詩學本體論闡釋》（台北：五南圖書出版有限公司，1997 年）。
2. 王英志：《古典美學傳統與詩論》（南京：南京出版社，1991 年）。
3. 王德明：《中國古代詩歌句法理論的發展》（桂林：廣西師範大學出版社，2000 年）。
4. 王夢鷗：《初唐詩學著述考》（台北：商務印書館，1977 年）。
5. 王潤華：《司空圖新論》（台北：東大圖書股份有限公司，1989 年）。
6. 中國唐代文學學會、廣西師範大學文學院、廣西師範大學出版社編：《唐代文學研究年鑑・2008》（桂林：廣西師範大學出版社，2008 年）。
7. 〔日〕吉川幸次郎著；章培恒等譯：《中國詩史》（上海：復旦大學出版社，2001 年）。
8. 甘生統：《皎然詩學淵源考論》（北京：人民出版社，2012 年）。
9. 朱光潛：《詩論》（台北：正中書局，1962 年台初版）。
10. 朱自清：《詩言志辨》（上海：華東師範大學出版社，1996 年）。
11. 呂正惠編：《唐詩論文選集》（台北：長安出版社，1985 年）。
12. 呂興昌：《司空圖詩品研究》（台北：宏大出版社，1980 年）。
13. 肖馳：《中國詩歌美學》（北京：北京大學出版社，1986 年）。
14. 杜曉勤：《初盛唐詩歌的文化闡釋》（北京：東方出版社，1997 年）。
15. 余才林：《唐詩本事中的詩學觀念》（香港：香港大學饒宗頤學術館，2009 年）。
16. 李元洛：《詩美學》（台北：東大圖書公司，2007 年二版）。
17. 李壯鷹：《禪與詩》（北京：北京師範大學出版社，2001 年）。

18. 李浩：《唐詩的美學詮釋》（台北：文津出版社，2000 年）。
19. 李咏吟：《詩學解釋學》（上海：上海人民出版社，2003 年）。
20. 李青春：《在文本與歷史之間：中國古代詩學意義生成模式探微》（北京：北京大學出版社，2005 年）。
21. 李青春：《詩與意識形態：西周至兩漢詩歌功能的演變與中國詩學觀念的生成》（北京：北京大學出版社，2005 年）。
22. 李珍華、傅璇琮撰：《河嶽英靈集研究》（北京：中華書局，1992 年）。
23. 李貴：《中唐至北宋的典範選擇與詩歌因革》（上海：復旦大學出版社，2012 年）。
24. 孟二冬：《中唐詩歌之開拓與新變》（北京：北京大學，1998 年）。
25. 〔法〕程抱一著、涂衛群譯：《中國詩畫語言研究》（南京：江蘇人民，2006 年）。
26. 易聞曉：《中國詩句法論》（濟南：齊魯書社，2006 年）。
27. 周世箴：《語言學與詩歌詮釋》（台北：晨星出版社，2003 年）。
28. 周品生：《從詩論到文論：中國狹義文學批評論綱》（成都：巴蜀書社，2006 年）。
29. 周嘯天：《唐絕句史》（重慶：重慶出版社，1987 年初版，2006 年二版）。
30. 吳明賢、李天道：《唐人的詩歌理論》（成都：巴蜀書社，2006 年）。
31. 吳戰壘：《中國詩學》（台北：五南出版社，1993 年）。
32. 林正三：《歷代詩論中「法」的觀念之探究》（台北：花木蘭文化出版社，2008 年）。
33. 林淑貞：《近五十年臺灣地區古典詩學研究概況——已 1949～2006 年碩博士論文爲觀察範疇》（台北：花木蘭文化出版社，2007 年）。
34. 林淑貞：《詩話論風格》（台北：文津出版社，1999 年）。
35. 洪迪：《大詩歌理念和創造詩美學——關於詩本體與詩創造的比較研究》（上海：上海社會科學出版社，2007 年）。
36. 胡曉明：《中國詩學精神》（南昌：江西人民出版社，2001 年）。
37. 袁行霈：《中國詩歌藝術研究》（台北：五南圖書出版有限公司，1989 年台初版）。
38. 袁行霈：《唐詩風神及其他》（香港：香港城市大學，2005 年）。
39. 馬茂元：《唐詩選》（上海：上海古籍出版社，1999 年）。
40. 祖保泉：《司空圖的詩歌理論》（台北：國文天地雜誌社，1991 年）。
41. 孫昌武：《詩與禪》（台北：東大圖書股份有限公司，1994 年）。
42. 郭杰：《古代思想與詩的世界》（北京：中國社會科學出版社，2008 年）。

43. 陳坤祥：《唐人論唐詩研究》（台北：花木蘭文化出版社，2008 年）。
44. 陳必正、張慧蓮：《王昌齡詩論研究、韓愈詩觀及其詩》（台北：花木蘭文化出版社，2009 年）。
45. 陳小亮：《論宇文所安的唐代詩歌史研究》（北京：中國社會科學出版社，2010 年）。
46. 陳良運：《中國詩學批評史》（南昌：江西人民出版社，2007 年 3 版）。
47. 陳良運：《中國詩學體系論》（北京：中國社會科學出版社，1992 年）。
48. 陳良運：《中國歷代詩學論著選》（南昌：百花洲文藝出版社，1995 年）。
49. 陳伯海：《中國詩學之現代觀》（上海：上海古籍出版社，2006 年）。
50. 陳伯海主編：《唐詩論評類編》（濟南：山東教育出版社，1993 年）。
51. 陳伯海、蔣哲倫主編，倪進等著：《中國詩學史．隋唐五代卷》（廈門：鷺江出版社，2002 年）。
52. 陳華昌：《唐代詩與畫的相關性研究》（西安：陝西人民美術，1993 年）。
53. 陳慶輝：《中國詩學》（台北：文史哲出版社，1994 年）。
54. 許清雲：《皎然詩式研究》（台北：文史哲出版社，1988 年）。
55. 曹愉生：《唐代詩論與畫論之關係研究——僅以詩、畫論之專著爲研究對象》（台北：文史哲，1997 年）。
56. 陶文鵬：《唐宋詩美學與藝術論》（天津：南開大學出版社，2003 年）。
57. 彭雅玲：《唐代詩僧的創作論研究——詩歌與佛教的綜合分析》（台北：花木蘭文化出版社，2009 年）。
58. 張少康：《司空圖及其詩論研究》（北京：學苑出版社，2005 年）。
59. 張伯偉：《中國詩學研究》（瀋陽：遼海出版社，2000 年）。
60. 張伯偉：《全唐五代詩格彙考》（南京：鳳凰出版社，2002 年）。
61. 張本志：《律詩規範及其辨析》（天津：天津古籍出版社，2007 年）。
62. 張伯偉：《禪與詩學》（北京：北京人民出版社，2008 年）。
63. 張伯偉：《禪與詩學》（北京：人民文學出版社，2008 年增訂版）。
64. 張巍：《杜詩及中晚唐詩研究》（濟南：齊魯書社，2011 年）。
65. 黃永武：《詩與美》（台北：洪範書店，1984 年）。
66. 黃美玲：《唐代詩評中風格論之研究》（台北：文史哲出版社，1982 年）。
67. 黃美鈴、涂淑敏：《唐代詩評中風格論之研究、初盛唐近體詩聲律研究》（台北：花木蘭文化出版社，2009 年）。
68. 黃炳輝：《唐詩學述論》（廈門：鷺江出版社，1996 年）。
69. 黃炳輝：《唐詩學史論述》（上海：上海古籍出版社，2008 年）。
70. 黃維樑：《中國詩學縱橫論》（台北：洪範出版社，1977 年）。

71. 黃霖主編，羊列榮著：《20世紀中國古代文學研究史・詩歌卷》（上海：東方出版中心，2006年）。
72. 喬惟德、尚永亮：《唐代詩學》（長沙：湖南人民出版社，2000年）。
73. 楊啓高：《唐代詩學》（台北：正中書局，1935年）。
74. 葉嘉瑩：《中國古典詩歌評論集》（台北：桂冠圖書出版公司，1991年）。
75. 葉嘉瑩：《迦陵論詩叢稿》（北京：北京出版社，2008年）。
76. 聞一多：《唐詩雜論、詩與批評》（北京：生活・讀書・新知三聯書店，1999年）。
77. 趙謙：《唐七律藝術史》（台北：文津出版社，1992年）。
78. 蔡鎮楚：《中國詩話史》（長沙：湖南文藝出版社，1988年）。
79. 蔡瑜：《唐詩學探索》（台北市：里仁出版社，1998年）。
80. 蔣均濤：《審美詩論》（成都：巴蜀書社，2003年）。
81. 蔣寅：《古典詩學的現代闡釋》（北京：中華書局，2009年）。
82. 蔣寅：《百代之中：中唐的詩歌史意義》（北京：北京大學出版社，2013年）。
83. 劉士林：《中國詩學精神》（鄭州：河南人民出版社，1999年）。
84. 劉潔：《唐詩題材類論》（北京：民族出版社，2005年）。
85. 黎志敏：《詩學構建：形式與意象》（北京：人民出版社，2008年）。
86. 錢鍾書：《中國詩與中國畫》（香港：龍門書店，1969年）。
87. 霍松林主編：《中國詩論史》（合肥：黃山書社，2006年）。
88. 謝建忠：《毛詩及其經學闡釋對唐詩的影響研究》（成都：巴蜀書社，2007年）。
89. 鍾應梅：《論詩絕句甲乙集》（香港：香港崇基學院中國語文學系華國學會，1975年）。
90. 蕭華榮：《中國古典詩學理論史》（上海：華東師範大學出版社，2005年）。
91. 蕭水順：《從鍾嶸詩品到司空詩品》（台北市：文史哲出版社，1993年）。
92. 蕭榮華《中國詩學思想史》（上海：華東師範大學出版社，1996年）。
93. 蕭麗華：《唐代詩歌與禪學》（台北：東大圖書公司，1997年）。
94. 羅宗強：《唐詩小史》（天津：百花文藝出版社，2007年）。

三、其他

（一）古籍類

1. 丁福保註譯：《六祖壇經箋註》（台北：天華出版事業股份有限公司，1992年二版）。

2. 肖占鵬主編：《隋唐五代文藝理論匯編評注》（天津：南開大學出版社，2002 年）。
3. 李壯膺主編；唐曉敏編著：《中華古文論釋林・隋唐五代卷》（北京：北京大學出版社，2011 年）。
4. 宋・歐陽修、宋祁撰：《新唐書》（北京：中華書局，1975 年排印本）。
5. 周祖譔編選：《隋唐五代文論選》（北京：人民文學出版社，1999 年）。
6. 周紹良總主編：《全唐文新編》（長春：吉林文史出版社，2000 年）。
7. 春秋・左丘明著；晉・杜預集解；日本・竹添光鴻會箋：《左傳會箋》（台北：天工書局，1988 年）。
8. 唐・元結：《元次山集》（台北：河洛圖書出版社，1975 年）。
9. 唐・李肇：《唐國史補》，《學津討原》，嚴一萍選集：《百部叢書集成》（台北：藝文印書館，1964 年）。
10. 唐・柳宗元：《柳宗元集》（台北：漢京文化事業有限公司 1982 年 5 月）。
11. 唐・姚思廉撰：《梁書》（台北：洪氏出版社，1980 年再版）。
12. 唐・虞世南撰；胡洪軍、胡遐輯注：《虞世南詩文集》（杭州：浙江古籍出版社，2012 年）。
13. 唐・劉禹錫著；瞿蛻園箋證：《劉禹錫集箋證》（上海：上海古籍出版社，1989 年）。
14. 後晉・劉昫等撰：《新校本舊唐書》（台北：鼎文書局，1976 年）。
15. 清・阮元：《十三經注疏》（台北：藝文印書館，1965 年）。
16. 清・董誥等：《全唐文》（北京：中華書局，1983 年）。
17. 清・葉燮：《已畦集、原詩、詩集、詩集殘餘》（四庫全書存目叢書・集部・別集類・二四四）（濟南：齊魯書社，1997 年）。
18. 清・嚴可均輯；馮瑞生審定：《全梁文》（北京：商務印書館，1999 年）。
19. 梁・蕭統、徐陵編：《增補六臣注文選》（台北：漢京文化事業有限公司，1980 年，古迂書院刊本）。
20. 梁、劉勰著；王更生注譯：《文心雕龍讀本》（台北：文史哲出版社，1988 年三版）。
21. 郭紹虞、王文生編：《中國歷代文論類編》（上海古籍出版社，1979 年）。
22. 郭紹虞主編：《中國歷代文論選》（上海：上海古籍出版社，2001 年）。
23. 陳尚君輯校：《全唐文補編》（北京：中華書局，2005 年）。

（二）現代論著

1. 丁政：《碑帖書畫與詩歌文獻研究》（天津：天津人民美術出版社，2007 年）。

2. 中國古典文學研究會主編：《古典文學・第七集——中國古典文學第一屆國際會議論文專集》（台北：台灣學生書局，1985 年）。
3. 《中華五千年文化集刊——法書一》（台北：故宮博物院中華五千年文化集刊編輯委員會，1984 年）。
4. 〔日〕深澤一幸著；王蘭、蔣寅譯：《詩海撈月——唐代宗教文學論集》（北京：中華書局，2014 年）。
5. 〔日〕赤井益久著；范建明譯：《中唐文人之文藝及其世界》（北京：中華書局，2014 年）。
6. 〔日〕川合康三著；劉維治、張劍、蔣寅譯：《終南山的變容：中唐文學論集》（上海：上海古籍出版社，2007 年）。
7. 王一川：《審美體驗論》（南昌：百花洲文藝出版社，1992 年）。
8. 王步高：《司空圖評傳》（南京：南京大學出版社，2006 年）。
9. 王岳川：《藝術本體論》（上海：上海三聯書店，1994 年）。
10. 王明居：《唐代美學》（合肥：安徽大學出版社，2005 年）。
11. 王素峰編：《文學與藝術》（台北：台北市立美術館，2009 年）。
12. 王新：《詩、畫、樂的融通：多維視閾下的藝術研究》（北京：中國社會科學出版社，2012 年）。
13. 王耘：《唐代美學範疇研究》（上海：學林出版社，2005 年）。
14. 王運熙、顧易生主編：《中國文學批評史新編》（上海：復旦大學，2001 年）。
15. 王運熙、楊明：《隋唐五代文學批評史》（上海：上海古籍，1994 年）。
16. 王夢鷗：《古典文學論探索》（台北：正中書局，1984 年）。
17. 王夢鷗：《中國文學理論與實踐》（台北：時報文化公司，1995 年）。
18. 王樹人、喻柏林：《傳統智慧再發現》（台北：國際村文庫書店，1999 年）。
19. 由興波：《詩法與書法：從唐宋論書詩看書法文獻的文學性解讀》（桂林：廣西師範大學出版社，2012 年）。
20. 左冬嶺主編：《中國古代文藝思想國際學術研討論文集》（北京：學苑出版社，2005 年）。
21. 古風：《意境探微》（南昌：百花洲文藝出版社，2001 年）。
22. 〔加拿大〕諾思羅普・弗萊（Northrop Frye，1912～1991）著，陳慧等譯：《批評的剖析》（南昌：百花文藝出版社，1998 年）。
23. 朱志榮主編：《中國古代文論名篇講讀》（北京：北京大學出版社，2006 年）。
24. 朱良志：《中國藝術的生命精神》（合肥：安徽教育出版社，1995 年）。

25. 牟世金主編：《中國古代文論家評傳》（鄭州：中州古籍出版社，1988 年）。
26. 成復旺：《中國古代的人學與美學》（北京：中國人民大學出版社，1992 年）。
27. 成復旺：《神與物遊——中國傳統審美之路》（濟南：山東人民出版社，2007 年，中國人民大學 1989 年出版之修訂補充版）。
28. 衣若芬、劉苑如：《世變與創新——漢唐、唐宋轉換期之文藝現象》（台北：中央研究院中國文學與哲學研究所，1999 年）。
29. 余紹宋：《書畫書錄解題》（杭州：浙江人民，1982 年，據 1932 年國立北平圖書館排印本影印）。
30. 李一：《中國古代美術批評史綱》（哈爾濱：黑龍江美術出版社，2000 年）。
31. 李大華、李剛、何建明著：《隋唐道家與道教》（北京：人民出版社，2011 年）。
32. 李正治主編：《政府遷台以來文學理論研究及方法之探索》（台北：台灣學生書局，1988 年）。
33. 李壯膺主編：《中華古文論釋林・魏晉南北朝卷》（北京：北京大學出版社，2011 年）。
34. 李昌舒：《意境的哲學基礎：從王弼到慧能的美學考察》（北京：社會科學出版社，2008 年）。
35. 李浩：《唐代三大地域文學士族研究》（北京：中華書局，2008 年增訂本）。
36. 李瑞卿：《中國古代文論修辭觀》（北京：中國傳媒大學出版社，2007 年月）。
37. 李裴：《隋唐五代道教審美文化研究》（成都：巴蜀書社，2012 年）。
38. 李澤厚：《美學論集》（台北：駱駝出版社，1987 年）。
39. 汪湧豪：《風骨的意味》（南昌：百花洲文藝出版社，2001 年）。
40. 狄爾泰（Wilhelm Dilthey）著，胡其鼎譯：《體驗與詩》（北京：生活・讀書・新知三聯書店，2003 年）。
41. 易中天等：《人的確證——人類學藝術原理》（上海：上海文藝出版社，2001 年）。
42. 周宗岱：《美辯》（長沙：湖南美術出版社，1998 年）。
43. 〔法〕弗朗索瓦・于連著；杜小眞譯：《迂迴與進入》（北京：生活・讀書・新知三聯書店，1998 年）。
44. 〔法〕莫里斯・梅洛—龐蒂著；姜志輝譯：《符號》（北京：商務印書館，2003 年）。
45. 〔法〕莫里斯・梅洛—龐蒂著；姜志輝譯：《知覺現象學》（北京：商務印書館，2001 年）。

46. 〔法〕莫里斯・梅洛—龐蒂著；楊大春譯：《眼與心》（北京：商務印書館，2007 年）。
47. 〔法〕余蓮（Francois JULLIEN）著；卓立（Esther Lin-Rosolato）譯：《淡之頌：論中國思想與美學》（台北：桂冠圖書股份有限公司，2006 年）。
48. 〔法〕余蓮著；卓立譯：《勢：中國的效力觀》（北京：北京大學出版社，2009 年）。
49. 〔法〕雅克・德里達著；汪堂家譯：《論文字學》（上海：上海譯文出版社，2005 年）。
50. 〔波〕羅曼・英加登著，陳燕谷、曉末譯：《對文學的藝術作品的認識》（台北：商鼎文化出版社，1991 年）。
51. 宗白華：《美學與意境》（台灣版無出版頁，原爲北京人民出版社，1987 年）。
52. 宗白華：《宗白華全集》（合肥：安徽教育出版社，1994 年）。
53. 吳中杰主編：《中國古代審美文化論》（上海：上海古籍出版社，2003 年）。
54. 吳在慶：《增補唐五代文史叢考》（合肥：黃山書社，2006 年）。
55. 吳功正：《唐代美學史》（西安：陝西師範大學出版社，1999 年）。
56. 吳風：《藝術符號美學》（北京：北京廣播學院出版社，2002 年）。
57. 吳夏平：《唐代制度與文學研究述論稿》（濟南：齊魯書社，2008 年）。
58. 吳興明：《中國傳統文論的知識譜系》（成都：巴蜀書社，2001 年）。
59. 吳興明等著：《比較研究：詩意論與詩言意義論》（北京：北京大學出版社，2013 年）。
60. 吳調公：《古典文論與審美鑒賞》（濟南：齊魯書社，1985 年）。
61. 金健人：《論文學的特殊本質》（杭州：杭州大學出版社，2009 年）。
62. 杜文涓：《感悟之道：中國傳統山水畫心物論》（北京：清華大學出版社，2011 年）。
63. 杜道明：《中國古代審美文化考論》（北京：學苑出版社，2003 年）。
64. 孟華：《文字論》（濟南：山東教育出版社，2008 年）。
65. 姜耕玉：《藝術辯證法：中國智慧形式》（北京：高等教育出版社，2012 年）。
66. 〔英〕巴瑞特著；曾維加譯：《唐代道教：中國歷史上黃金時期的宗教與帝國》（濟南：齊魯書社，2012 年）。
67. 侯文宜：《中國文氣論批評美學》（北京：中國社會科學出版社，2012 年）。
68. 柯慶明：《中國文學的美感》（台北：麥田出版社，2006 年二版）。
69. 胡可先：《唐代重大歷史事件與文學研究》（杭州：浙江大學出版社，2007 年）。

70. 胡家祥：《氣韻：藝術神態及其嬗變——中國傳統的藝術風格學研究》（北京：中國書籍出版社，2013 年）。
71. 胡雪岡：《意象範疇的流變》（南昌：百花洲文藝出版社，2002 年）。
72. 胡經之、王岳川：《文藝學美學方法論》（北京：北京大學出版社，1994 年）。
73. 郁賢皓：《李白與時代文史考論》（南京：南京師範大學出版社，2007 年）。
74. 〔美〕宇文所安著；王柏華、陶慶梅譯：《中國文論：英譯與評論》（上海：上海社會科學出版社，2003 年）。
75. 〔美〕雷克・韋勒克著；張今言譯：《批評的概念》（杭州：中國美術學院出版社，1999 年）。
76. 〔美〕宇文所安著，賈晉華譯：《初唐詩》（北京：生活・讀書・新知三聯書店，2004 年）。
77. 〔美〕蘇珊・朗格著；騰守堯等譯：《藝術問題》（北京：中國社會科學出版社，1983 年）。
78. 〔美〕蘇珊・朗格著；劉大基等譯：《情感與形式》（台北：商鼎文化出版社，1991 年）。
79. 〔美〕魯道夫・阿恩海姆著；藤守堯、朱疆源譯：《藝術與視知覺》（成都：四川人民出版社，1998 年）。
80. 〔美〕魯道夫・阿恩海姆著；藤守堯譯：《視覺思維——審美直覺心理學》（成都：四川人民出版社，1998 年）。
81. 梅墨生：《藝道說文：梅墨生書畫文集》（杭州：西泠印社出版社，2012 年）。
82. 章啓群：《論魏晉自然觀：「中國藝術自覺」的哲學考察》（合肥：安徽教育出版社，2013 年）。
83. 唐光榮：《唐代類書與文學》（成都：巴蜀書社，2008 年）。
84. 唐曉敏：《中唐文學思想研究》（北京：北京師範大學出版社，2000 年）。
85. 涂光社：《因動成勢》（南昌：百花洲文藝出版社，2001 年）。
86. 涂光社：《原創在氣》（南昌：百花洲文藝出版社，2001 年）。
87. 袁濟喜：《興：藝術生命的激活》（南昌：百花洲文藝出版社，2001 年）。
88. 高友工：《中國美典與文學研究論集》（台北：台灣大學出版中心，2004 年）。
89. 高行健：《談創作》（台北：聯經出版事業，2008 年）。
90. 高楠：《道教與美學》（瀋陽：遼寧人民出版社，1989 年）。
91. 徐復觀：《中國文學論集》（台北：台灣學生書局，1990 年 5 版）。
92. 徐復觀：《中國文學論集續集》（台北：台灣學生書局，1980 年）。

93. 徐艷：《中國中世文學思想史：以文學語言觀念的發展爲中心》（上海：上海古籍出版社，2012 年）。
94. 孫立：《中國文學批評文獻學》（廣州：廣東人民出版社，2000 年）。
95. 孫昌武：《佛教與中國文學》（上海：上海人民出版社，2007 年二版）。
96. 孫昌武：《佛教與中國文化》（上海：上海人民出版社，1988 年）。
97. 倪梁康：《現象學的始基——對胡塞爾《邏輯研究》的理解與思考》（廣州：廣東人民出版社，2004 年）。
98. 敏澤：《中國美學思想史》（濟南：齊魯書社，1987 年）。
99. 陳文敏：《漢字起源與原理》（上海：上海古籍出版社，2007 年）。
100. 陳允鋒：《中唐文論研究》（北京：中國社會科學出版社，2010 年）。
101. 陳兵：《佛教禪學與東方文明》（上海：上海人民出版社，1992 年）。
102. 陳友冰：《海峽兩岸唐代文學研究史（1949—2000）》（台北：中央研究院・中國文哲研究所，2001 年）。
103. 陳良運：《文與質、藝與道》（北京：中國人民大學出版社，1992 年）。
104. 陳伯海：《中國文學史之宏觀》（北京：中國社會科學出版社，1995 年）。
105. 陳尚君：《唐代文學叢考》（北京：中國社會科學出版社，1997 年）。
106. 陳尚君：《漢唐文學與文獻論考》（上海：上海古籍出版社，2008 年）。
107. 陳德禮：《中國藝術辯證法》（長春：吉林人民出版社，1990 年）。
108. 郭紹虞：《郭紹虞說文論》（上海：上海古籍出版社，2000 年）。
109. 郭紹虞：《照隅室古典文學論集》（上海：上海古籍出版社，1983 年）。
110. 郭紹虞等：《古代文學理論研究叢刊》（台北：新文豐出版公司，1989 年台一版）。
111. 郭紹虞：《中國文學批評史》（台北：文史哲，1937 年初版，2008 年版）。
112. 許結：《漢代文學思想史》（北京：人民文學出版社，2010 年）。
113. 陶東風：《中國古代心理美學六論》（天津：百花洲文藝出版社，1992 年）。
114. 陶禮天：《藝味說》（南昌：百花洲文藝出版社，2005 年）。
115. 陶禮天：《司空圖年譜匯考》（北京：華文出版社，2002 年）。
116. 曹利華：《中華傳統美學體系探源》（北京：北京圖書館出版社，1999 年修訂版）。
117. 曹逢甫：《從語言看文學：唐宋近體詩三論》（台北：中研院語言所，2004 年）。
118. 崔樹強：《氣的思想與中國書法》（北京：人民出版社，2010 年）。
119. 梁一儒、户曉輝、宮承波：《中國人的審美心理研究》（濟南：山東人民出版社，2002 年）。

120. 湯華泉：《唐宋文學文獻研究叢稿》（合肥：安徽大學出版社，2008 年）。
121. 馮毓雲：《文藝學與方法論》（北京：社會科學文獻出版社，2002 年修訂再版）。
122. 彭吉象主編：《中國藝術學》（北京：北京大學出版社，2007 年）。
123. 彭鋒：《詩可以興：古代宗教、倫理、哲學與藝術的美學闡釋》（合肥：安徽教育出版社，2002 年）。
124. 張文勛：《儒道佛美學思想探索》（北京：中國社會科學出版社，1988 年）。
125. 張少康：《古典文藝美學論稿》（台北：淑馨出版社，1989 年）。
126. 張少康、劉三富：《中國文學理論批評發展史》（北京：北京大學出版社，1997 年）。
127. 張少康：《中國文學理論批評史（上）》（北京：北京大學出版社，2005 年）。
128. 張克鋒：《魏晉南北朝文學與書畫的會通》（北京：中國社會科學出版社，2010 年）。
129. 張再林：《作爲身體哲學的中國古代哲學》（北京：中國社會科學出版社，2008 年）。
130. 張伯偉：《中國古代文學批評方法研究》（北京：中華書局，2002 年）。
131. 張延風：《中國藝術的文化闡釋》（北京：人民美術出版社，2003 年）。
132. 張清民：《藝術解釋的向度》（開封：河南大學出版社，2005 年）。
133. 張乾元：《象外之意——周易意象學與中國書畫美學》（北京：中國書店，2006 年）。
134. 張國剛：《佛學與隋唐社會》（石家莊：河北人民出版社，2002 年）。
135. 張國慶：《中國古代美學要題新論》（北京：中國社會科學出版社，1994 年）。
136. 張燕瑾、呂薇芬主編；杜曉勤撰著：《20 世紀中國文學研究·隋唐五代文學研究》（北京：北京出版社，2001 年）。
137. 黃保眞等：《中國文學理論史——隋唐五代宋元時期》（台北市：洪葉文化事業有限公司，1993 年）。
138. 黃河濤：《禪與中國藝術精神的嬗變》（台北：正中書局，1997 年台初版）。
139. 黃景進：《意境論的形成——唐代意境論研究》（台北：台灣學生書局，2004 年）。
140. 黃敬雅：《李陽冰的研究》（台灣新竹：國興出版社，1985 年）。
141. 黃峰：《中國古代書論與文論的關係研究》（武漢：華中師範大學出版社，2009 年）。
142. 曾祖蔭：《中國古代文藝美學範疇》（台北：文津出版社，1987 年）。

143. 童慶炳主編：《藝術與人類心理》（北京：北京十月文藝出版社，1990 年）。
144. 童慶炳：《中國古代心理詩學與美學》（台北市：萬卷樓圖書有限公司，1994 年）。
145. 童慶炳：《文學審美論的自覺——文學特徵問題新探索》（北京：北京師範大學出版社 2011 年）。
146. 喬象鍾；陳鐵民主編：《唐代文學史》（北京：人民文學出版社，2006 年）。
147. 傅樂成：《漢唐史論集》（台北：聯經出版社，1977 年）。
148. 傅璇琮主編：《唐代文學研究．第九輯》（桂林：廣西師範大學出版社，2002 年）。
149. 傅璇琮、羅聯添主編：《唐代文學研究論著集成》（西安：三秦出板社，2004 年）。
150. 〔瑞士〕費爾迪南．德．索緒爾著；高名凱譯：《普通語言學教程》（北京：商務印書館，1980 年）。
151. 楊玉華：《文化轉型與古代文論的嬗變》（成都：巴蜀書社，2000 年）。
152. 楊守森：《藝術境界論》（上海：上海人民出版社，2008 年）。
153. 葛兆光：《中國宗教與文學論集》（北京：清華大學出版社，1998 年）。
154. 葛兆光：《漢字的魔方》（瀋陽：遼寧教育出版社，1999 年）。
155. 詹福瑞：《中古文學理論範疇》（北京：中華書局，2005 年）。
156. 葉太平：《中國文學的精神世界》（台北：正中書局，1994 年台初版）。
157. 葉秀山：《思．史．詩：現象學和存在哲學研究》（北京：人民出版社，2010 年）。
158. 葉朗：《中國美學史大綱》（上海：上海人民出版社，1985 年初版，2001 年版）。
159. 葉維廉：《飲之太和》（台北：時報文化出版事業有限公司，1980 年）。
160. 葉維廉：《歷史．傳釋與美學》（台北：東大圖書公司，1988 年）。
161. 萬曼：《唐集敘錄》（台北：明文書局，1982 年初版；1988 年再版）。
162. 褚哲輪：《變異美學．中國書法繪畫藝術哲學》（長春：吉林大學出版社，2011 年）。
163. 趙樹功：《氣與中國文學理論體系構建》（北京：人民出版社，2012 年）。
164. 趙敏俐編著：《文學研究方法論講義》（北京：學苑出版社，2011 年 2 版）。
165. 趙慧平：《批評的視界》（北京：中國社會科學出版社，2004 年）。
166. 蒲震元：《中國藝術意境論》（北京：北京大學出版社，1999 年）。
167. 鄧國光：《文原：中國古代文學與文論研究》（澳門：澳門大學出版中心，1997 年）。

168. 鄧小軍：《唐代文學的文化精神》（台北市：文津出版社，1993年）。
169. 鄧國軍：《中國古典文藝美學「表現」範疇及命題研究》（成都：巴蜀書社，2009年）。
170. 〔德〕朴松山著；向開譯：《中國的美學和文學理論——從傳統到現代》（上海：華東師範大學出版社，2010年）。
171. 〔德〕黑格爾著；朱孟實譯：《美學（一）》（台北：里仁書局，1981年）。
172. 〔德〕萊辛著；朱光潛譯：《詩與畫的界限》（又名《拉奧孔》）（台北：蒲公英出版社，1986年）。
173. 〔德〕海德格爾著；孫周興選編：《海德格爾選集》（上海：上海三聯書店，1996年）。
174. 〔德〕阿多諾著；王柯平譯：《美學理論》（成都：四川人民出版社，1998年）。
175. 〔德〕伽達默爾著；洪漢鼎譯：《眞理與方法——哲學闡釋學的基本特徵》（上海：上海譯文出版社，1999年）。
176. 〔德〕伽達默爾著；洪漢鼎譯：《哲學解釋學》（上海：上海譯文出版社，1999年）。
177. 〔德〕海德格爾著；陳映嘉、王慶節譯：《存在與時間》（北京：生活·讀書·新知三聯書店，2000年修訂版）。
178. 〔德〕卡西爾著；甘陽譯：《人論》（上海：上海譯文出版社，2004年）。
179. 〔德〕埃德蒙德·胡塞爾著；〔德〕克勞斯、黑爾德編；倪梁康譯：《現象學的方法》（上海：上海譯文出版社，2005年）。
180. 〔德〕埃德蒙德·胡塞爾著；〔德〕埃爾瑪、霍倫斯坦編；倪梁康譯：《邏輯研究〔第一卷〕》（上海：上海譯文出版社，2006年修訂本）。
181. 〔德〕埃德蒙德·胡塞爾著；潘策爾編；倪梁康譯：《邏輯研究（第二卷·第二部分）》（上海：上海譯文出版社，2006年修訂本）。
182. 〔德〕朴松山著；向開譯：《中國的美學和文學理論——從傳統到現代》（上海：華東師範大學出版社，2010年）。
183. 劉介民：《比較文學方法論》（台北：時報文化出版企業有限公司，1990年）。
184. 劉金柱：《中國古代題壁文化研究》（北京：人民出版社，2008年）。
185. 劉紹瑾：《復古與復元古：中國復古文學理論的美學探源》（北京：中國社會科學出版社，2001年）。
186. 劉朝謙：《技術與詩——中國古人在世維度的天堂性與泥濘性》（北京：華齡出版社、中國社會科學出版社，2005年）。
187. 劉綱紀：《藝術哲學》（長沙：湖北人民出版社，1986年）。

188. 劉躍進：《中古文學文獻學》（南京：江蘇古籍出版社，1997 年）。
189. 潘知常：《詩與思的對話——審美活動的本體論內涵及其現代闡釋》（上海：上海三聯書店，1997 年）。
190. 樊美筠：《中國傳統美學的當代闡釋》（北京：中國社會科學出版社，1997 年）。
191. 蔡芳定：《中國文學批評史上之美學批評法》（台北：花木蘭文化出版社，2010 年）。
192. 錢中文主編：《中國中外文藝理論學會年刊・2010 年卷：文學理論前沿問題研究》（鄭州：河南大學出版社，2011 年）。
193. 錢鍾書：《管錐編（一）》（北京：中華書局，1979 年）。
194. 錢穆：《中國學術思想史論叢（一）》（台北：東大圖書股份有限公司，1990 年）。
195. 薛富興：《東方神韻：意境論》（北京：人民文學出版社，2000 年）。
196. 謝維揚、房鑫亮主編：《王國維全集》（杭州：浙江教育出版社，2009 年）。
197. 聶振斌、滕守堯、章建剛：《藝術化生存——中西審美文化比較》（成都：四川人民美術出版社，1997 年）。
198. 簡政珍：《語言與文學空間》（台北：漢光文化事業股份有限公司，1989 年）。
199. 韓林德：《境生象外：華夏審美與藝術特徵考察》（北京：生活・讀書・新知三聯書店，1995 年）。
200. 蕭馳：《玄智與詩興》（台北：聯經出版社，2011 年）。
201. 蕭馳：《中國思想與抒情傳統・第二卷：佛法與詩境》（台北：聯經出版社，2012 年）。
202. 蕭麗華：《從王維到蘇軾：詩歌與禪學交會的黃金時代》（天津：天津教育出版社，2013 年）。
203. 滕守堯：《審美心理描述》（成都：四川人民出版社，1998 年）。
204. 滕守堯：《道與中國藝術》（台北：揚智文化出版社，1996 年）。
205. 羅中峰：《中國傳統文人審美生活方式之研究》（台北：洪葉文化公司，2001 年）。
206. 羅宗強編：《古代文學理論研究》（武漢：湖北教育出版社，2002 年）。
207. 羅宗強：《隋唐五代文學思想史》（北京：中華書局，2003 年修訂版）。
208. 羅根澤：《羅根澤古典文學論文集》（上海：上海古籍出版社，2009 年繁體版）。
209. 羅瑩：《線形象：中國繪畫的起源與形成》（武漢：武漢大學出版社，2013 年）。

210. 羅聯添編:《隋唐五代文學批評資料彙編》(台北:成文出版社,1978 年)。
211. 顧平:《藝術的理論研究與學術表達——藝術專業學術論文寫作》(天津:天津人民,2004 年)。
212. 龔鵬程:《中國文學批評史論》(北京:北京大學出版社,2008 年)。
213. 龔鵬程:《文化、文學與美學》(台北市:時報文化出版企業有限公司,1988 年)。
214. 龔鵬程:《文化符號學》(台北:台灣學生書局,1992 年初版,2001 年再版)。

貳、期刊論文

一、書法類

1. 王林寶:〈書法藝術形象思維初探〉,中國書法家協會編:《全國第四屆書學討論會論文集》(重慶:重慶出版社,1993 年),頁 556～570。
2. 王昌煥:〈論唐代狂士書法〉,《南都學壇(哲學社會科學版)》第 20 卷第 2 期(2000 年 3 月),頁 28～29。
3. 王崗:〈中唐尚實尚俗的書法思想〉,《書法研究》總第 30 期(上海:上海書畫出版社,1987 年第 4 期),頁 12～24。
4. 王崗、蕭雲:〈孫過庭的意義——初唐美學巡禮〉,《書法研究》總第 27 期(上海:上海書畫出版社,1987 年),頁 27～39。
5. 王學雷:〈中國古代書法史著的發端——劉宋王愔《文字志》研究〉,文物出版社編:《第五屆中國書法史論國際研討會論文集》(北京:文物出版社,2002 年 8 月),頁 455～467。
6. 朱關田:〈李邕書法評傳〉,劉正成主編:《中國書法全集(23):李邕卷》(北京:榮寶齋出版社,1996 年)。
7. 朱關田:〈唐墓誌中的書學資料〉,《中國書法史學國際學術研討會論文集》(杭州:西泠印社,2000 年 12 月),頁 93—101。
8. 西中文:〈關係態——書法本體論研究的新視角〉,中國書協學術委員會主編:《全國第六屆書學討論會論文集》(鄭州:河南美術出版社,2004 年 3 月),頁 61～71。
9. 李一:〈唐代書論的特色與成就〉《美術史論》1994 年第 3 期(總 51 期),頁 32～44。
10. 李林祥:〈杜子美論書「貴古賤今」辨析〉,《杜甫研究學刊》1996 年第 1 期,頁 23～27。
11. 李祥林:〈論杜甫的書法美學思想〉,《杜甫研究學刊》1993 年第 3 期,頁 14～23。

12. 沈語冰：〈關於書法風格史的反思〉，《中國書法》2000 年第 1 期（總第 81 期），頁 45～48。
13. 金開誠：〈中國書法的藝術特徵〉，收入氏著：《文藝心理學論稿》（北京：北京大學出版社，1982 年），頁 248～259。
14. 杜忠誥：〈書法藝術與文字內容〉，《美育》1997 年 4 月，頁 1～14。
15. 吳榮富：〈書論與文論的異離與妙合〉，《成大中文學報》第 5 期（1997 年 5 月），頁 283～302。
16. 吳榮富：〈唐太宗的書法學考論——從《溫泉銘》的相關問題切入〉，成功大學中文系、臺灣大學中文系編：《知性與情感的交會——唐宋元明學術研討會論文集》（臺北：大安出版社，2005 年 7 月），頁 1～38。
17. 林銳：〈《書品》三題〉，文物出版社編：《第五屆中國書法史論國際研討會論文集》（北京：文物出版社，2002 年 8 月），頁 447～454。
18. 孟雲飛：〈唐代的書法教育與科舉〉，《書法研究》總第 122 期（上海：上海書畫出版社，2005 年 3 月），頁 46～51。
19. 武振宇：〈略論唐代書學理論關於王羲之書法地位的變遷〉，《大連大學學報》2009 年第一期，頁 93～95。
20. 〔法〕Yolaine Escande（幽蘭）：〈中國書法藝術品評的美學思想——論張懷瓘的《書斷》〉，《哲學與文化》第 32 卷第 12 期（2005 年 12 月），頁 47～70。
21. 洪文雄：〈論中國歷代對孫過庭《書譜》的評價與詮釋〉，《逢甲社會人文學報》第 20 期（2010 年 6 月），頁 143～185。
22. 姜壽田：〈唐代書法審美流變〉，《中國書法史學國際學術研討會論文集》（杭州：西泠印社，2000 年 12 月），頁 107～113。
23. 姜壽田：〈書法爲中國文化核心的核心〉，《中國書法》2006 年 2 月，頁 31～33。
24. 侯開嘉：〈題壁書法興廢史述〉，《書法研究》1996 年第 6 期（上海：上海書畫出版社，1996 年 11 月），頁 56～67。
25. 胡問遂：〈試談顏書藝術成就〉，《書法》雜誌編輯部編：《書法文庫——群星璀璨》（上海：上海書畫出版社，2008 年 1 月），頁 113～124。原刊《書法》1978 年第 2 期（總 3 期）。
26. 馬欽忠：〈論書法學和書法史學的幾個方法論問題〉，《書法研究》1995 年第 4 期。收入上海書畫出版社編：《二十世紀書法研究叢書・品鑒評論篇》（上海：上海書畫出版社，2000 年 12 月），頁 589～605。
27. 馬欽忠：〈莊子思想對書法創作及審美的定性作用〉，《中國書法》1995 年第 4 期，頁 59～61。

28. 唐幼鐸：〈「經世致用」與中唐書風〉，《湘潭師範學院學報（社會科學版）》第 24 卷第 2 期（2002 年 3 月），頁 81～83。
29. 徐永賢：〈書道自然——漢唐書論「自然」之探析〉，《藝術學報》第 81 期（2007 年 10 月），頁 25～51。
30. 殷蓀：〈論孫過庭〉，《書法研究》1987 年第 1 期。收入上海書畫出版社編：《二十世紀書法研究叢書・品鑒評論篇》（上海：上海書畫出版社，2000 年 12 月），頁 104～124。
31. 殷蓀、王鑫：〈唐代書史的分期〉，《美術史論》1989 年第 4 期，頁 90～94。
32. 曹建：〈杜甫書法論〉，《東南大學學報（哲學社會科學版）》第 3 卷第 2A 期（2001 年 5 月），頁 121～124。
33. 崔成宗：〈杜詩與書法〉，《杜甫與唐代詩學：杜甫誕生一千二百九十年國際學術研討會論文集》（台北市：里仁書局，2003 年 6 月），頁 657～670。
34. 崔成宗：〈書論修辭美學初探——以書勢群篇之修辭爲例〉，《哲學美學與傳統修辭：「修辭學之多元詮釋與教學」學術研討會論文集（一）》（台北：新文豐出版公司，2012 年 10 月），頁 151～189。
35. 陳章錫：〈從儒道二家思想探討孫過庭《書譜》的美學意蘊〉，《第一屆中國文學與文化全國學術研討會論文專集》，龍華科技大學通識教育中心出版，2002 年 12 月，頁 171～191。
36. 陳章錫：〈孫過庭與張懷瓘書法美學思想之對比〉，《文學新鑰》第 2 期（2004 年 7 月），頁 61～90。
37. 陳欽忠：〈盛唐開拓氣運下書法意識的轉換〉，《興大中文學報》第四期（1991 年），頁 133～152。又見中國書法教育協會：《1990 書法論文徵選入選論文集》（台北：蕙風堂，1990 年 11 月），頁六 1-18。
38. 許洪流：〈論魏晉南北朝的筆法傳承與充實〉，《中國書法》2000 年第 7 期（總第 87 期），頁 44～50。收入中國書法家協會主編：《當代中國書法論文選・技法、創作、教育卷》（北京：榮寶齋出版社，2010 年 6 月），頁 176～187。
39. 張天弓：〈羊欣書學論著考評〉，浙江省博物館編：《中國書法史學國際學術研討會論文集》（杭州：西泠印社，2000 年 12 月），頁 71～80。
40. 張志攀：〈李白書法藝術和書法審美觀論析〉，《浙江師範大學學報（社會科學版）》第 28 卷 2003 年第 3 期（總第 125 期），頁 115～117。
41. 張昕若：〈褚遂良在唐代書法中的地位〉，《書法》雜誌編輯部編：《書法文庫——群星璀璨》（上海：上海書畫出版社，2008 年 1 月），頁 79～83。原刊《書法》1983 年第 6 期（總 33 期）。
42. 張偉生：〈書法藝術中的詩意美〉，《書法》1989 年第 2 期，收入上海書畫出版社編：《二十世紀書法研究叢書・審美語境篇》（上海：上海書畫出版社，2000 年 12 月），頁 241～245。

43. 張學忠：〈唐代詩人與書法〉，《書法研究》1999 年第 6 期（上海：上海書畫出版社，1999 年 11 月），頁 14～23。
44. 黃惇：〈書法神采論研究〉，《書法研究》1986 年第 3 期。收入上海書畫出版社編：《二十世紀書法研究叢書．審美語境篇》，頁 138～156。
45. 彭礪志：〈從「書勢」到「筆陣」：古代書法理論的發生〉，孫曉雲、薛龍春主編：《請循其本：古代書法創作研究國際學術討論會論文集》（南京：南京大學出版社，2010 年 10 月），頁 386～404。
46. 傅京生：〈道家美學與書法意識研究札記〉，《書法之友》1995 年第 3 期，頁 3～7。
47. 傅京生：〈中國書法如何反映生命——人的形式與人的內容在書法中的價值與意義〉，《美術研究》1995 年第 4 期，頁 31～40。
48. 楊璋明：〈韓愈的書論及其作品〉，《書法》雜誌編輯部編：《書法文庫——群星璀璨》（上海：上海書畫出版社，2008 年 1 月），頁 149～155。原刊《書法》1980 年第 6 期（總 15 期）。
49. 葉鵬飛：〈唐人尚法淺論〉，《書法研究》1997 年第 5 期，收入《二十世紀書法研究叢書·品鑒評論篇》（上海：上海書畫出版社，2000 年 12 月），頁 635～645。
50. 翟景運：〈從《李潮八分小篆歌》看杜甫的美學觀〉，《甘肅聯合大學學報（社會科學版）》第 20 卷第 4 期（2004 年 10 月），頁 20～23。
51. 趙啓斌：〈意象論——淺議六朝書法的主觀性轉化〉，文物出版社編：《第五屆中國書法史論國際研討會論文集》（北京：文物出版社，2002 年 8 月），頁 414～421。
52. 榮斌：〈書法藝術中的狂醉與放逸書寫的美感經驗——張旭書法美學初探〉，《哲學與文化》第 37 卷第 9 期（2010 年 9 月），頁 169～179。
53. 蔡根祥：〈柳宗元書法探究〉，《台北技術學院學報》第 28 卷第 2 期（1995 年 7 月），頁 151～181。
54. 蔡顯良：〈唐代論書詩研究〉，《全國第六屆書學討論會論文集》（鄭州：河南美術出版社，2004 年 3 月），頁 194～219。又見《書法研究》總第 124 期（上海：上海書畫出版社，2005 年 5 月），頁 1～38。

二、詩歌類

1. 王夢鷗：〈唐詩人王昌齡生平及其詩論〉，《中華文化復興月刊》第 13 卷第 7、8 期，頁 5～10、5～11。
2. 王夢鷗：〈試論皎然詩式〉，《中華文化復興月刊》第 14 卷 3 期，收入王夢鷗：《古典文學論探索》，頁 8～14。
3. 李宛平：〈論司空圖的「韻味」說〉，《南都學壇》第 25 卷第 4 期（2005 年 7 月），頁 68～70。

4. 李宛平：〈司空圖的詩歌理論〉，《南都學壇》第 26 卷第 6 期（2006 年 11 月），頁 68～70。
5. 李建福：〈《二十四詩品》眞僞述評〉，《唐宋詩詞研究論集》（彰化：明道大學中文系，2008 年），頁 319～356。
6. 孟二冬：〈韓孟詩派的創新意識及其與中唐文化趨向的關係〉，《中國社會科學》1989 年第 6 期，頁 155～170。
7. 孟二冬、耿琴：〈皎然復古通變論〉，《安徽師大學報》第 23 卷第 1 期（1995 年），頁 86～91。
8. 邱湘雲：〈禪學對唐代詩歌美學的影響〉，《興大人文學報》2006 年，頁 223～260。
9. 吳宏一：〈談中國詩歌史上的「以復古爲革新——以陳子昂爲討論重心」〉，《北京大學學報》2007 年第 3 期，頁 5～11。
10. 杜松柏：〈佛禪「法」「悟」於詩論的影響〉，《興大中文學報》第 4 期（1991 年 1 月），頁 25～39。
11. 周裕楷：〈王楊盧駱當時體——試論初唐七言歌行的群體風格及其遞嬗軌跡〉，《天府新論》1988 年第 4 期，頁 60～67。
12. 周策縱：〈詩詞的「當下」美——論中國詩歌的抒情主流和自然境界〉，中國古典文學研究會主編：《古典文學・第七集——中國古典文學第一屆國際會議論文專集》（台北：台灣學生書局，1985 年 8 月），頁 683～728。
13. 皇甫煃：〈唐代以詩賦取士與唐詩繁榮的關係〉，《南京師院學報》1979 年第 1 期。
14. 袁曉薇：〈論「韻味說」的「味」與「格」——兼論司空圖對王維詩歌藝術的理論發展〉，徐中玉、郭豫適主編：《中國文論的方與圓——古代文學理論研究・第 31 輯》（上海：華東師範大學出版社，2010 年 9 月），頁 111～122。
15. 高東洋：〈皎然意境論在意境理論發展史上的地位和作用〉，《山東省農業管理幹部學院學報》第 22 卷第 3 期（2006 年），頁 24～25。
16. 孫中峰：〈唐代山水詩論探析——以「境」之範疇爲論述核心〉，《興大中文學報》第 15 期（2003 年 6 月），頁 164～193。
17. 許連軍：〈論皎然「五格」品詩及其唐詩觀〉，《中國文學研究》第 4 期（2007 年），頁 46～49。
18. 許連軍、陳伯海：〈論皎然《詩式》的理論體系〉，《江漢論壇》2008 年 1 月，頁 101～104。
19. 許總：〈論四傑與唐詩體式規範〉，《學術研究》1995 年第 2 期，頁 104～108。

20. 陳尚君、汪涌豪：〈司空圖《二十四詩品》辨僞〉，《中國古籍研究》第 1 卷（上海：上海古籍出版社，1996 年），頁 581～588。
21. 黃保眞：〈皎然詩學評議〉，古代文學理論研究編委會編：《古代文學理論研究》（上海：上海古籍出版社，1987 年 11 月），頁 157～184。
22. 張明非：〈論陳子昂「興寄」說〉，《唐代文學研究》第 7 輯（1998 年），頁 202～214。
23. 張伯偉：〈論唐代的規範詩學〉，黃霖、鄔國平主編：《追求科學與創新：復旦大學第二屆中國文論國際學術會議論文集》（北京：中國文聯出版社，2006 年 12 月），頁 195～215。
24. 溫新瑞：〈皎然詩歌理論中高的詩學美學觀〉，《新余高專學報》第 11 卷第 4 期（2006 年 8 月），頁 53～55。
25. 楊承祖：〈論唐代文學復古的詩文異趨〉，《第二屆唐代文化研討會論文集》1995 年 9 月，頁 209～215。
26. 葛曉音：〈論初、盛唐詩歌革新的基本特徵〉，《中國社會科學》1985 年第 2 期，頁 191～208。
27. 葛曉音：〈初唐四傑與齊梁文風〉，《求索》1990 年第 3 期，頁 87～93。
28. 葛曉音：〈創作範式的提倡和初盛唐詩的普及——從《李嶠百詠》談起〉，《文學遺產》1995 年第 6 期，頁 30～41。
29. 劉衛林：〈中唐詩學造境說與詩之變——兼論佛教思想之影響〉，《普門學報》第 16 期（2003 年 7 月），頁 99～116。
30. 潘重規：〈隋劉善經《四聲指歸》定本箋〉，《新亞書院學術年刊》第四期（1962 年），無頁碼。
31. 蔡瑜：〈王昌齡的「身境」論——《詩格》析義〉，《漢學研究》第 28 卷第 2 期（2010 年 6 月），頁 297～326。
32. 蔣凡：〈文學批評史中之殷璠及其《河嶽英靈集》〉，古代文學理論研究編委會編：《古代文學理論研究・第十二輯》（上海：上海古籍出版社，1987 年 11 月），頁 141～156。
33. 蔣寅：〈對王維「詩中有畫」的質疑〉，《文學評論》2000 年第 4 期，頁 93～100。
34. 戴爲群：〈論「興」——一個形式角度的新解釋〉，徐中玉、郭豫適主編：《中國文論的方與圓——古代文學理論研究・第 31 輯》（上海：華東師範大學出版社，2010 年 9 月），頁 569～584。
35. 蕭馳：〈中國傳統詩學中的超越與本在——《二十四詩品》中一個重要意涵的探討〉，《中國文哲集刊》第 12 期（1998 年 3 月），頁 164～204。
36. 蕭馳：〈玄、禪觀念之交接與《二十四詩品》〉，《中國文哲研究集刊》第 24 期（2004 年 3 月），頁 1～37。

三、其他

1. 王海華：〈放浪思想，取璧生輝——談唐代詩歌與書法藝術的相互影響〉，《佳木斯大學社會科學學報》第22卷第4期（2004年8月），頁55～56。
2. 王飛：〈杜詩與中國書畫創作〉，《杜甫研究學刊》2002年第4期（總第74期），頁10～18。
3. 王樹先：〈關於書法美與詩詞美的思考〉，《中國書法》1996年第2期（總第52期），頁73～74。
4. 皮朝綱：〈華嚴境界與中國美學〉，《普門學報》第13期（2003年1月），頁153～180。
5. 史作檉：〈美學與人類文明再建之可能性〉，《文藝美學研究》第2輯（濟南：山東大學，2003年8月），頁1～25。
6. 朱小鴻：〈《李潮八分小篆歌》三重意蘊説〉，《杜甫研究學刊》2002年第2期，頁93～97。
7. 成中英：〈構建和諧化的辯證法：中國哲學中的和諧與衝突〉，成中英、馮俊主編；中國人民大學國際中國哲學與比較哲學研究中心譯：《本體詮釋學、民主精神與全球和諧・第2輯》（北京：中國人民大學出版社），頁28～55。
8. 成中英：〈論「觀」的哲學涵義——論作爲方法論和本體論的本體詮釋學的統一〉，氏編：《本體詮釋學・第二輯》（北京：北京大學出版社，2002年3月），頁31～60。
9. 任文京：〈中國古代詩學書學互通論〉，《河北學刊》第27卷第3期（2007年5月），頁133～139。
10. 汪軍：〈〈文賦〉與〈書譜〉——中國古代文論與書論之間關係的個案分析〉，《東南大學學報（哲學社會科學版）》第6卷第3期（2004年5月），頁83～85。
11. 李彥鋒：〈中國美術史中的語圖關係〉，包兆會主編：《中國美學（第一輯）》（上海：上海古籍出版社，2010年7月），頁24～43。
12. 李彥鋒：〈中國美術史中的語圖關係〉，包兆會主編：《中國美學（第一輯）》（上海：上海古籍出版社，2010年7月），頁24～43。
13. 李澤厚：〈盛唐之音——關於中國古典文藝的札記之一〉，《文藝理論研究》1980年第1期，頁5～13。
14. 祁光祥：〈古代文論方法論的文化闡釋〉，《文藝理論研究》1992年第5期，收於許建平主編：《去蔽、還原與闡釋：探索中國古代文學研究的新路徑》（北京：社會科學出版社，2007年7月），頁716～728。
15. 吳有能：〈中國書道藝術的內在主體性進路——以禪宗精神爲中心〉，《普門學報》第42期（2007年11月），頁1～21。

16. 胡遂、禹媚:〈盛唐詩歌與書法——以李白、張旭和杜甫、顏眞卿爲中心〉,《柳州師專學報》第 22 卷第 2 期(2007 年 6 月),頁 26～29。
17. 胡湛:〈古文運動對唐宋書法的影響〉,《書法賞評》2010 年第 2 期,頁 22～26。
18. 侯東菊:〈淺析唐楷書尚法和唐詩重律的政治原因〉,《書法賞評》2010 年第 5 期,頁 29～30。
19. 俞敏華:〈藝術「形式」及其「形式研究」內涵新探——兼及新時期以來的研究綜述〉,《文藝理論研究》2010 年第 3 期,頁 17～22。
20. 徐中玉:〈中國文藝批評所受佛教傳播的影響〉,中國人民大學古代文論選編組編:《中國古代文論研究論文選》(上海:上海古籍出版社,1989 年 2 月),頁 82～110。原載《中山文化季刊》第 2 卷第 1 期(1945 年 6 月)。
21. 馬世曉、方愛龍:〈杜甫論書詩及其藝術思想〉,《中國書法》1993 年第 5 期(1993 年 9 月),頁 40～43。
22. 章滌凡:〈論司空圖《二十四詩品》與中國古代書論的契合及相互影響〉,《楚雄師範學院學報》第 22 卷第 10 期(2007 年 10 月),頁 46～51。
23. 章繼光:〈杜甫的詩藝與唐代書法〉,《江西社會科學》2004 年 4 月,頁 93～95。
24. 啓功:〈詩與書關係〉,《啓功書法叢論》(北京:文物出版社,2003 年 12 月),頁 214。
25. 陳凌雲:〈詩不能盡,溢而爲書——歷代書論與文論的相互貫通和影響〉,《江南論壇》2006 年 8 月,頁 50～51、59。
26. 陳麗麗:〈論「狂」作爲審美範疇在中國古代文論中的確立與發展〉,《古代文學理論研究(第 25 輯)——中國文論的情與體》(上海:華東師範大學出版社,2007 年 10 月),頁 77～88。
27. 許四輩:〈盛唐浪漫豪放的藝術高峰——論李白、張旭的詩歌與書法共生現象〉,《青海師範大學學報(哲學社會科學版)》2008 年第 4 期(總第 129 期),頁 112～114。
28. 馮翠兒:〈初盛唐書論與詩格關係初探〉,《古典文學知識》2005 年第 3 期,頁 121～127。
29. 馮翠兒:〈書法理論與詩文理論的關係——以「象」爲中心〉,莫礪鋒編:《誰是詩中疏鑿手:中國詩學研討會論文集》(南京:鳳凰出版社,2007 年 7 月),頁 58～71。
30. 舒大剛、黃修明:〈李白生卒年諸說平議〉,《文學遺產》2007 年第五期,頁 27～37。

31. 張法：〈論唐代美學中的「格」〉，朱志榮主編：《中國美學研究（第一輯）》（上海：上海三聯書店，2006 年 5 月），頁 134～138。
32. 張晶：〈審美化境論〉，《中國美學》2004 年第 2 輯，頁 85～93。
33. 張學忠：〈唐代詩歌書法共同繁榮原因探微〉，《陝西師範大學學報（哲學社會科學版）第 32 卷第 2 期（2003 年 3 月），頁 76～82。
34. 張穎煒：〈試論唐代書法與唐詩的相互關係及影響〉，《江蘇石油化工學院學報》第 3 卷第 4 期（2002 年 12 月），頁 40～42。
35. 傅璇琮：〈關於唐代科舉與文學的研究〉，《文學遺產》1984 年第 3 期，頁 1～12。
36. 楊雅惠：〈晉唐書畫美學的境界型態〉，《中山人文學報》第 1 期（1993 年 4 月），頁 137～154。
37. 葉碧苓：〈五十年來台灣博碩士「書法」論文之研究動向〉，《書畫藝術學刊》第九、十期（2010 年 12 月、2011 年 6 月），頁 101～128、89～144。
38. 趙志偉：〈「溫柔敦厚」與「平和簡靜」——淺談詩與書法的中和美〉，《書法》1989 年第 5 期（總 68 期）。另見《書法》雜誌編輯部編：《美的沉思——美學篇》（上海：上海書畫出版社，2008 年 1 月），頁 91～95。
39. 盧輔聖：〈方法與陷阱〉，《書法》1988 年第 4 期，收入上海書畫出版社編：《二十世紀書法研究叢書．品鑒評論篇》（上海：上海書畫出版社，2000 年 12 月），頁 169～176。
40. 謝思煒：〈初盛唐的政治變革與文學繁榮〉，傅璇琮主編：《唐代文學研究．第九輯》（桂林：廣西師範大學出版社，2002 年 4 月），頁 107～120。
41. 簡月娟：〈黃庭堅的詩論與書論〉，《興大中文學報》第 15 期（2003 年 6 月），頁 107～123。
42. 羅宗強：〈清水芙蓉，天然去雕飾——李白審美理想蠡測〉，郭紹虞等：《古代文學理論研究叢刊》（台北：新文豐出版公司，1989 年 6 月台一版），頁 227～242。
43. 羅宗強：〈清水芙蓉，天然去雕飾——李白審美理想蠡測〉，郭紹虞等：《古代文學理論研究叢刊》（台北：新文豐出版公司，1989 年 6 月台一版），頁 227～242。

參、學位論文

1. 王淑芬：《唐五代詩格的意境論研究》（臺灣清華大學中國文學系 2009 年碩士論文）。
2. 由興波：《詩法與書法——宋代「書法四大家」詩學思想與書法理論比較研究》，復旦大學中國語言文學系 2006 年博士論文）。

3. 朱書萱：《張懷瓘書論思想探析》（國立臺灣師範大學國文研究所 1993 年碩士論文）。
4. 李佳穎：《身體知覺與書法美學——從蔡邕的《筆勢論》開展身體知覺現象的研究》（南華大學環境與藝術研究所 2006 年碩士論文）。
5. 李瑞榮：《孫過庭《書譜》書論及技法析論》（台南大學中國語文學系教學碩士班 2008 年碩士論文）。
6. 李翠瑛：《孫過庭書譜中書論藝術精神探析》（國立臺灣師範大學國文研究所 1994 年碩士論文）。
7. 金炳基：《黃山谷詩與書法之研究》（中國文化大學中國文學研究所 1988 年博士論文）。
8. 洪文雄:《唐人楷書的文化意涵》(中興大學中國文學系碩士在職專班 2003 年碩士論文）。
9. 高莉莉：《魏晉到盛唐時期建安風骨論的形成與嬗變》（臺灣師範大學國文學系 2005 年碩士論文）。
10. 殷黃明網:《唐代禪宗對書法的影響》(華梵大學東方人文思想研究所 2007 年碩士論文）。
11. 郭敏郎：《唐宋書風轉變之研究》（中山大學中國與文學系 2002 年碩士論文）。
12. 陳丁立：《張懷瓘書法思想》（國立高雄師範大學國文學系 2003 年博士論文）。
13. 陳怡蓉:《初唐詩意觀念與詩語理論研究》(輔仁大學中國文學研究所 1991 年碩士論文）。
14. 陳欽忠：《中國書法論研究》（中國文化大學中文研究所 1983 年碩士論文）。
15. 陳欽忠：《唐代書風衍嬗之研究》（國立政治大學中國文學研究所 1990 年博士論文）。
16. 許擇文：《唐代論草書詩研究》（台灣師範大學國文研究所 1999 年碩士論文）。
17. 莊千慧：《心慕手追——中古時期王羲之書法接受研究》（國立成功大學中國文學系 2009 年博士論文）。
18. 莊子茵：《宋代書法及其文學涵泳之研究》（國立中興大學中國文學系碩士在職專班 2002 年碩士論文）。
19. 曾守正：《唐初史官文學思想及其形成》（台灣師範大學國文研究所碩士論文 1993）。
20. 曾昭榕：《表演與交流——論唐代書畫場中的審美活動》（成功大學中國文學系 2006 年碩士論文）。

21. 曾瑞雯：《中國律詩、書法史中文質中和觀念與實踐——以南北朝至杜甫、顏眞卿的詩歌、書法發展爲觀察對象》（淡江大學中國文學系 2003 年碩士論文）。
22. 黃緯中：《唐代書法社會研究》（中國文化大學史學研究所 1992 年博士論文）。
23. 彭道衡：《孫過庭〈書譜〉書學理論與書法藝術之研究》（台中師範學院語文教育學系 2002 年碩士論文）。
24. 楊旭堂：《張懷瓘書學研究》（台北市立師範學院應用語言文學研究所 2002 年碩士論文）。
25. 楊疾超：《古代書法批評模式研究》（華中師範大學歷史文化學院 2008 年博士論文）。
26. 劉文魁：《禪在書藝上之實踐》（國立嘉義大學視覺藝術研究所 2006 年碩士論文）。
27. 蔡芳定：《唐代文學批評研究》（國立台灣師範大學國文研究所 1990 年博士論文）。
28. 鄭英志：《唐代意境觀詩論的起源與發展》（東海大學中文學系 2002 年碩士論文）。
29. 鄭淙賓：《筆墨煙雲——論書法線條的表現性》（國立臺灣師範大學美術系在職進修碩士學位班 2001 年碩士論文）。
30. 簡月娟：《中國近現代書法美學建構之研究》（國立政治大學中國文學研究所 2003 年博士論文）。

肆、其他資源

1. 《文淵閣四庫全書電子版》（香港：迪志文化出版有限公司，2003 年）。
2. 中國知識資源總庫——CNKI 系列數據庫（網址：http://cnki50.csis.com.tw.ap.lip.nchu.edu.tw.2048/k）。
3. 免費論文下載中心（網址：http://big.hil38.com/）。
4. 逢甲大學：「唐代研究中心」（網址：http://tang.cl.fcu.edu.tw/wsite/mp?mp=535601）。
5. 國家圖書館全球資訊網（網址：http://www.ncl.edu.tw/mp.asp?mp=2）。

附表：唐代重要書論家、詩論家生卒年及相關文本一覽表

論家	生卒年（A.D）	相關文本及備註
※	初唐	（618～712）共94年
姚思廉	557～637	《梁書》、《陳書》
歐陽詢	557～641	〈傳授訣〉、〈用筆論〉、〈八訣〉、〈三十六法〉
虞世南	558～638	〈筆髓論〉、〈書旨述〉、〈勸學篇〉
李百藥	565～648	《北齊書》
孔穎達	574～648	《五經正義》
房玄齡	578～648	《晉書》
魏徵	580～643	《隋書》
令狐德芬	583～666	《周書》
李延壽	不詳，貞觀（627～649）時人	《北史》
許敬宗	592～672	〈謝皇太子玉華山宮銘賦啓〉
李世民	599～649	〈筆意〉、〈筆法訣〉、〈論書〉、〈指意〉、〈王羲之傳論〉、《晉書・陸機傳後論》
※	※	初唐前後期分界
上官儀	607～664	《筆札華梁》
元兢	不詳，龍朔（661～663）時人	《詩髓腦》、《古今詩人秀句》
?	?	《文筆式》
盧照鄰	約637～689	〈南陽公集序〉
駱賓王	約640～約684	〈上吏部裴侍郎書〉、〈在獄咏蟬詩序〉、〈傷祝阿王明府序〉、〈螢火賦〉、〈和道士閨情詩啓〉

孫過庭	646～689	《書譜》
王勃	650～676	《平台秘略・論・文藝三》、〈上吏部都裴侍郎啓〉、〈秋晚入洛於畢公宅別道王宴序〉
楊炯	650～693？	〈王勃集序〉
李嗣眞	？～696	〈書後品〉、〈九品書人〉
？	？	《詩式》
崔融	653～706	《珠英學士集》、《唐朝新定詩格》
陳子昂	661～702	〈與東方左史虬修竹篇序〉
盧藏用	661？～713？	〈陳子昂文集序〉
劉知幾	661～721	《史通》
？	？	舊題魏文帝撰《詩格》
？	？	〈論文〉
※	盛唐	（713～770）共57年
張說	667～731	〈唐昭容上官氏文集序〉、〈洛州張司馬集序〉
張懷瓘	不詳，開元（713～741）時人	〈二王書錄〉、《書斷》、〈文字論〉、〈書估〉、〈書議〉、〈六體書論〉、〈評書藥石論〉、〈論用筆十法〉、《玉堂禁經》
何延之	不詳，開元（713～741）時人	〈蘭亭始末記〉
王昌齡	約690～757	《詩格》
殷璠	不詳，天寶（742～756）時人	《河嶽英靈集》、《丹陽集》
竇蒙	不詳，天寶（742～756）時人	《述書賦・語例字格》
竇臮	不詳，天寶（742～756）時人	《述書賦》
蔡希綜	不詳，天寶（742～756）時人	〈法書論〉
？	？	傳蔡邕〈筆論〉（首見於蔡希綜〈法書論〉）
樓穎	不詳，天寶（742～756）時人	〈國秀集序〉
尚衡	不詳，至德（756～758）時人	〈文道元龜〉
王維	701～761	〈登樓歌〉、〈爲相國王公紫芝木瓜贊並序〉
徐浩	703～782	〈論書〉、〈古跡記〉
李白	705～766	〈草書歌行〉、〈王右軍〉、〈送賀賓客歸越〉、〈獻從叔當塗宰陽冰〉、〈猛虎行〉；〈大獵賦序〉、〈古風〉、〈經亂離後天恩流夜郎憶舊游書懷贈江夏韋太守良宰〉、〈宣州謝朓樓餞別校書叔雲〉、〈感興〉

顏眞卿	709～785	〈永字八法頌〉、〈尙書刑部侍郎贈尙書右僕射孫逖文公集序〉
杜甫	712～770	〈寄張十二山人彪三十韻〉、〈殿中楊監見示張旭草書圖〉、〈李潮八分小篆歌〉、〈觀公孫大娘弟子舞劍器行并序〉、〈送顧八分文學適洪吉州〉、〈觀薛稷少保書畫壁〉……；〈進雕賦表〉、〈同元使君舂陵行序〉、〈游修覺寺〉、〈獨酌成詩〉、〈江上值水如海勢聊述短〉、〈戲爲六絕句〉、〈宗武生日〉、〈奉贈韋左丞丈二十二韻〉、〈解悶十二首〉
李華	715～766	〈字訣〉
岑參	715～770	〈敬酬杜華淇上見贈兼呈熊曜〉、〈送魏升卿擢第歸東都因懷魏校書陸渾喬潭〉
元結	719～772	《篋中集》、〈文編序〉、〈二風詩論〉、〈繫樂府序〉、〈劉侍御月夜宴會序〉、〈訂司樂氏〉
皎然	約720～796至805	《詩式》、《詩議》、〈奉應顏尙書眞卿觀玄眞子置酒張樂舞破陣畫洞庭三山歌〉、〈酬別襄陽詩僧少微〉、〈秋日遙和盧使君遊何山寺宿易上人房論涅槃經義〉、〈張伯英草書歌〉、〈陳氏童子草書歌〉
李陽冰	723～787	〈論篆〉
獨孤及	725～777	〈檢校尙書吏部員外郎趙郡李公中集序〉、〈唐故殿中侍御史贈考功郎中蕭府君文章集錄序〉、〈送開封李少府勉自江南還赴京序〉、〈盧郎中潯陽竹亭記〉
懷素	725～785	〈自敘〉
戴叔倫	732～789	《詩品》載其論詩語
陸羽	733～804	〈釋懷素與顏眞卿論草書〉、〈論徐、顏二家書〉
梁肅	735～793	〈周公瑾墓下詩序〉、〈送元錫赴舉序〉
?	?	〈草書勢〉（或爲張懷瓘之後所僞托）
于劭	?	〈華陽屬和集序〉
※	中唐	（771～824）共53年
顧況	約727～821～824	〈悲歌序〉、〈文論〉、〈禮部員外郎陶氏集序〉
高仲武	不詳	大曆末年（779）編成《中興間氣集》
李益	748～829	〈詩有六義賦〉
孟郊	751～814	〈送任載齊古二秀才自洞庭遊宣城序〉、〈送別崔寅亮下第〉、〈送草書獻上人歸廬山〉
權德輿	759～818	〈左武衛冑曹許君集序〉、〈送靈澈上人廬山回歸沃州序〉、〈唐故漳州刺史張君集序〉、〈唐使君盛山唱和集序〉
韓愈	768～824	〈送高閑上人序〉、〈石鼓歌〉；〈上兵部李侍郎書〉、〈上宰相書〉、〈答劉正夫書〉、〈答李翊書〉、〈送孟東野序〉、〈荊潭唱和詩序〉、〈送窮文〉、〈答張籍書〉、〈貞曜先生墓志銘〉、〈孟生詩〉、〈醉贈張秘書〉、〈詠雪贈張籍〉、〈送無本師歸范陽〉……

劉禹錫	772～824	〈論書〉
白居易	772～846	〈與元九書〉、〈策林四・采詩（六十九）〉、〈進士策問五道・第三道〉、〈問楊瓊〉、〈寄唐生〉、〈劉白唱和集解〉、〈新樂府序〉
柳宗元	773～819	〈報崔黯秀才書〉；〈答韋中立論師道書〉、〈與呂道州溫論非國語書〉、〈答吳武陵論非國語書〉、〈與呂公論墓中石書〉、〈報崔黯秀才論爲文書〉、〈楊評事文集後序〉、〈婁二十四秀才花下對酒唱和詩序〉……
空海	774～835	《文鏡秘府論》
姚合	775～845	〈答韓湘〉、〈喜覽裴中丞詩卷〉
張敬玄	不詳，貞元（785～805）時人	〈書則〉
韓方明	不詳，貞元（785～805）時人	〈授筆要說〉
呂溫	不詳，貞元（785～805）進士	〈聯句詩序〉
皇甫湜	777～830	〈論業〉、〈顧況詩集序〉
元稹	779～831	〈唐故工部員外郎杜君墓繫名并序〉、〈上令狐相公詩啓〉、〈進詩狀〉
賈島	779～843	〈題詩後〉
?	?	〈筆陣圖〉（僞托）
?	?	傳王羲之〈題衛夫人〈筆陣圖〉後〉（僞托，抄襲〈法書論〉）
?	?	〈筆勢圖〉（又名〈書論〉，僞托）
?	?	〈王逸少筆勢傳〉（剽竊蔡希綜〈法書論〉，僞托）
?	?	傳鍾繇〈筆法〉（因襲蔡希綜〈法書論〉，僞托）
劉肅	不詳，元和年間（806～820）人	《大唐新語》
李肇	不詳，元和時（806～820）人	《唐國史補》
※	晚唐	（825～907）共 82 年
柳公權	778～865	〈筆偈〉、〈謝人惠筆書〉、「心正則筆正」說
李德裕	787～849	〈文章論〉
杜牧	803～853	〈答莊充書〉、〈獻詩啓〉、〈唐故平盧軍節度巡官隴西李府君墓誌銘〉
李商隱	813～858	〈獻侍郎鉅鹿公啓〉、〈上崔華州書〉、〈容州經略使元結文集後序〉、〈獻相國京兆公啓〉、〈有感〉、〈太尉衛公會昌一品集序〉、〈唐梓州慧義精舍南禪院四證堂碑銘〉
張彥遠	約 815～約 877	《法書要錄》、《歷代名畫記》

？	？	傳顏眞卿〈張長史十二意筆法〉（抄襲張彥遠《法書要錄》載錄之〈觀鍾繇書法十二意〉）
？	？	〈敘筆法〉
羅鄴	825～？	〈覽陳丕卷〉
盧携	？～880	〈臨池訣〉
陸龜蒙	？～約881	〈復友生論文書〉、〈書李賀小傳序〉
皮日休	約834～883左右	〈正樂府十篇序〉、〈松陵集序〉、〈論白居易薦徐凝屈張祜〉、〈雜體詩序〉、〈劉棗強碑〉
顧雲	？～894	〈唐風集序〉
吳融	？～約903	〈覽（辯）光上人草書想賀監賦〉、〈贈（辯）光上人草書歌〉、〈贈廣利大師歌〉、〈禪月集序〉
貫休	832～912	〈觀懷素草書歌〉；〈讀顧況歌行〉、〈苦吟〉
羅隱	833～909	〈讒書重序〉
釋蘊光	不詳	〈論書法〉
林蘊	不詳	〈撥鐙序〉
韋續	不詳	《墨藪》
呂總	不詳	〈續書評〉
韋榮宗	不詳	〈論書〉
陸希聲	不詳，昭宗（889～907）時人	〈寄辯光上人〉；〈北戶錄序〉
孟棨	不詳，乾符二年（875）及進士第	《本事詩》
韋莊	836～910	《又玄集》
司空圖	837～908	〈辯光大師草書歌〉、〈送草書僧歸吳越〉、〈書屛記〉；《二十四詩品》、〈題柳柳州集後序〉、〈與極浦書〉、〈與王駕論詩書〉、〈與李生論詩書〉
韓偓	842～932 或 843～923？	〈香奩集自序〉
杜荀鶴	846～907	〈自敘〉、〈讀友人詩〉、〈苦吟〉、〈哭方干〉
齊己	864～937？	〈謝虛中寄新詩〉、〈寄酬高輦推官〉、〈寄鄭谷郎中〉
張爲	不詳，約874前後	《詩人主客圖》
韋縠	不詳	〈才調集序〉
黃滔	不詳，乾寧二年（895）及進士第	〈答陳磻隱論詩書〉